Roman | Skarabæus

Luise hat eigentlich genug um die Ohren: eine Mutter, die im landläufigen Sinn als wahnsinnig zu bezeichnen ist, eine Schwester, die sich der Verantwortung des Erwachsenseins lieber noch entzieht, einen geschiedenen Anwalt, der in ihrem Leben ein und aus geht, wie es ihm gerade passt, und ganz nebenbei einen neuen Job, der zur Zufriedenheit aller erledigt sein will. Mitten in diesen alltäglichen Trubel hinein funkt plötzlich eine E-Mail-Nachricht von einem Unbekannten namens Noone, die Luise zunächst als Scherz abtut. Als sich die Mails aber immer öfter in ihrem Posteingang einstellen, muss sie bald erkennen, dass es jemand da draußen ernst meint mit ihr – und klickt eines Tages auf „Antworten".

Spannend wie einen Krimi entwickelt Silvia Pistotnig in ihrem Romandebüt die Beziehung einer jungen Frau zu Unbekannt bis hin zum überraschenden Höhepunkt. Zugleich entsteht im Hintergrund das authentische Bild jener heutigen Generation von 20- bis 30-Jährigen, die – gesegnet und verflucht zugleich mit uneingeschränkter Mobilität und Gestaltungsfreiheit – sich mehr denn je nach Beständigkeit und zwischenmenschlicher Nähe sehnen.

Silvia Pistotnig, geboren 1977 in Kärnten, lebt in Wien. Studium der Publizistik und Politikwissenschaften, arbeitet als Redakteurin. Veröffentlichungen in Literaturzeitschriften (Podium, Macondo, Sterz etc.) sowie in den Fotobänden *En Détail. Alte Wiener Läden* von Petra Rainer und *Wien im Licht der Nacht* von Klaus Bock. Erhielt zweifach das Arbeitsstipendium für Literatur des Bundeskanzleramtes.

Silvia Pistotnig

Nachricht von Niemand

Roman

Skarabæus

Von: noone@hotmail.com an alleswirdbesser@gmx.at
19. März 2009 01:11:31
Guten Tag alleswirdbesser,
dieses Mail mag Ihnen verrückt erscheinen, aber ich habe Ihre Adresse in einem
Verteiler entdeckt und seitdem muss ich immer daran denken. alleswirdbesser@
gmx.at, und ich weiß, es ist nicht so gemeint, aber es hat mich so berührt, aus
irgendeinem Grund, und nun schreibe ich Ihnen, einfach so, und ich hoffe, dass
Sie mir antworten.

„Was?", sagt Lu laut. Sie hebt die Augenbrauen, dann schüttelt
sie den Kopf. Eine kranke Werbeaktion? Lu schiebt ihren Stuhl
zurück, schaut sich um. Sie liest das Mail noch einmal. Kennt
sich nicht aus. Ein dummer Witz? Spam? Eine völlig neue
Virusart, die sich sogar über Textnachrichten verbreitet? Oh
nein, Viren! Sie erschrickt. Sie starrt auf den Bildschirm. Nichts
passiert. Sie löscht das Mail. Kontrolliert jedes Programm. Alles
lässt sich öffnen, alle Dokumente sind noch da. Sie speichert
die Diplomarbeit auf den USB-Stick.

Von: alleswirdbesser@gmx.at an brit.siczek@univie.ac.at
19. März 2009 09:29:23
huch, was ist denn jetzt passiert, da hab ich ja ein völlig irres mail bekommen.
schau dir das mal an, im anhang ... lu

Lu wartet. Doch Brit antwortet nicht. Wahrscheinlich hat sie
gerade Sprechstunde mit einer Studentin oder einem Studen-
ten. Oder sie hält ein Seminar. Lu fischt das „Noone"-Mail
wieder aus dem Papierkorb. Sie liest es noch einmal, dann
klickt sie wieder auf „Empfangen", aber keine neue Nachricht
scheint auf.

Irgendwer hat ihr einmal erzählt, man könnte herausfinden, wer hinter E-Mails steckt. Aber wie? Keine Ahnung. Ist ja auch egal. Sie schiebt das Mail wieder in den Papierkorb, lässt den Computer eingeschaltet und geht zum Kleiderschrank, zieht die unterste Lade heraus und seufzt.

Sie hat es versucht. Mit Tricks. Verschiedene Farben zum Beispiel. Nichts hat geholfen. Zu ihrem Geburtstag kaufte sie sich sieben Paar schwarze Socken. Den oberen Rand schloss ein oranges schmales Band ab. Darauf stand in kleiner schwarzer Schrift: Monday, Tuesday, Wednesday, Thursday, Friday, Saturday, Sunday. Der Mittwoch verschwand als Erstes. Nach einem halben Jahr gab es noch einen Mittwoch, einen Freitag, einen Samstag und zwei Montage. Die Montagssocken sind nur für besondere Anlässe. Heute ist ein besonderer Anlass.

Lu steht in ihren Montagssocken vor dem Kleiderschrank. Seit fünf Jahren lebt sie nun in der Wohnung und noch immer hat sie es nicht geschafft, ihren Schrank auszumisten. Sie legt Hose, Pullover, BH und Unterhose über den Arm und geht auf Zehenspitzen ins Bad, damit die wertvollen Montagssocken nicht zu staubig werden.

Lu duscht eine halbe Stunde. Danach ist ihre Haut rot, die dunklen kurzen Haare kleben glatt am Kopf. Im Bad gibt es keine Wanne. Gleich neben der Dusche ist das Waschbecken. Darüber ein Spiegel, mit seitlichen Kästchen und daneben die Waschmaschine. Auf ihr liegen Lus Schminksachen, Zahnbürste, Zahnpasta, Fön. Sich im Bad anzuziehen ist nicht einfach. Streckt man die Arme waagrecht nach vorn, braucht man beinahe die gesamte Breite des Bads. Bückt man sich, muss man das Regal und das Waschbecken mit einberechnen, um nicht mit dem Kopf anzustoßen. Doch Lu ist geübt: Sie hebt das Bein nur wenig, beugt das Knie leicht und senkt den Oberkörper um 45 Grad. Sie zieht den rechten Monday an. Dann wiederholt sie die Bewegung auf der linken Seite mit dem linken Monday. Die Unterhose, die Jeans, der BH. Beim Pullover streckt Lu die Arme nie ganz aus, lässt sie immer leicht angewinkelt. Sie bürstet ihr Haar, schminkt sich. Zwei Stunden noch.

Wie wird der Mann aussehen? Oder die Frau? Lu hat das Firmengebäude von außen besichtigt. Es ist in einem Haus der Jahrhundertwende im dritten Bezirk untergebracht. ConnectED. Im Internet hat sie die einzelnen Mitarbeiter durchgeklickt und sich unter dem Link „Team" jeden angesehen. Sich vorgestellt, es gäbe auch ein Bild von ihr in der „Junior-Assistents"-Reihe. Warum nicht?

„Eine Sekunde noch", flüstert der Mann. Lu nickt. Er nickt zurück, schenkt ihr ein Zahnpastalächeln und spricht wieder in sein winziges Handy. „Herr Egisch, wäre es für Sie in Ordnung, wenn wir uns für nächste Woche einen Termin ausmachen? – Nein, da geht es bei mir nicht. Donnerstag, sagen wir 17 Uhr 30? – Genau, wunderbar. Also bis dann, einen schönen Tag noch, auf Wiederhören!" Er legt auf, wirft das Handy lässig auf den Schreibtisch. „Lästige Kunden", sagt er und lacht. Lu lacht verkrampft mit, als wüsste sie, wovon er spricht. Aber in Wahrheit hat sie keine Ahnung, im Gegenteil, ich hab von gar nichts Ahnung, denkt sie und bemüht sich, sympathisch und kompetent zu wirken. Und lächeln, immer lächeln. Als wäre es ein Rendezvous.

„Sooooo", sagt er und schlägt ihre Mappe auf. „Eigentlich", er schlägt die Mappe wieder zu, „bin ich nicht besonders an

Lebensläufen interessiert." Er lehnt sich zurück und Lu tut es ihm nach. Sie hat gelesen, dass man unbewusst die Haltung des Gesprächspartners nachahmt. „Wissen Sie", sagt er und neigt seinen Kopf kurz nach hinten, dann blickt er ihr ernst und ohne ein Lächeln ins Gesicht. „Ich glaube, ich habe ein gutes Gefühl für Menschen. Und ich habe ein gutes Gefühl für Leute, die in diese Firma passen und die für diese Firma gute Arbeit leisten können. Nun ..." Er lässt dem kleinen Wort eine bedeutungsvolle Pause folgen. „Und ich glaube ...", wieder einige Sekunden Stille – Lu würde am liebsten seinen Hals zusammenquetschen, damit er die Worte endlich herauswürgt. Denn jetzt kommt bestimmt wieder das Übliche, das sie schon von den bisherigen Vorstellungsgesprächen kennt: dass sie nicht in die Firma passt, dass sie für diesen Job nicht die Richtige ist und blabla.

„Nun ich glaube, dass Sie sehr gut in diese Firma passen würden."

„Oh!"

„Ja, das glaube ich tatsächlich." Er sinkt noch weiter in seinem Lederstuhl nach hinten, legt ein Bein über das andere und lässt seinen Kopf wieder in den Nacken fallen. „Natürlich ..." Seine Pausen rauben ihr noch den letzten Nerv! „Natürlich sind noch andere Kandidatinnen und Kandidaten im Gespräch. Und wir werden uns genau informieren, wer welche Fähigkeiten mitbringt. Aber ..." Plötzlich und ohne Vorwarnung beugt er sich weit nach vorne über den Schreibtisch und starrt ihr ins Gesicht. „Sie sind zumindest nicht von vornherein ausgeschlossen." Ach so. Na toll. Danke auch.

Der Rest des Gesprächs ist belanglos. Er fragt nach Lus Eigenschaften, nach ihren Hobbys, nach den letzten drei Büchern, die sie gelesen hat, erklärt, dass sie eine Probezeit hätte und er sich danach entscheiden würde, ob sie bleiben·dürfe. Dass es ihn langweilt, diese Fragen zu stellen, nimmt Lu ihm nicht einmal übel. Wie viele Leute hat er bereits danach gefragt? Also antwortet sie so knapp wie möglich. Führt nichts aus. „Wollen Sie noch etwas zum Unternehmen wissen?" Lu überlegt – was könnte sie ihn fragen, um seinem Ego zu schmeicheln? „Nun, eigentlich – ja also ... wie sind Sie zu diesem Unternehmen gekommen?"

Dumm, dumm, dumm, schimpft sie sich selbst, wie kann man so etwas Bescheuertes fragen? Tatsächlich sieht er sie einen kurzen Moment erstaunt an. Doch dann lehnt er sich zurück. „Nun", beginnt er und Lu atmet innerlich auf.

„Das war eigentlich Zufall", sagt er. Der folgende Monolog dauert zehn Minuten.

Sie verlässt die Firma, eilt zur U-Bahn und sucht in ihrer Tasche nach dem Handy. Sie ruft Brit an.

„Und? Wie war's?", fragt Brit.

„Ganz in Ordnung, glaub ich. Der Typ war allerdings echt zum Kotzen." Lu steigt die Rolltreppe nach unten und drängt sich an den Leuten vorbei. Sie trägt Stiefel mit hohem Absatz, extra gekauft für diesen Tag. Das Leder reibt an der Achillessehne, sie spürt, dass sich eine Blase bildet. Jeder Schritt schmerzt.

„Na dann wird er seinem Ruf gerecht. Und sonst?"

Lu erzählt.

„Das klingt doch gut", sagt Brit. „Was hast du für ein Gefühl?"

„Ich habe das Gefühl, dass ich vor allem dringend Arbeit brauche. Und zwar bald." Sie kann Brits Antwort nicht hören: Die U-Bahn fährt ein. Sie stellt sich vor, wie es wäre, jeden Morgen in der Station anzukommen und jeden Abend wieder nachhause zu fahren. „Was?", ruft Lu ins Telefon.

„Ich wollte wissen, wie es weiter geht. Was hat er gesagt?", antwortet Brit.

„Dass sie noch einige Bewerber haben und sich in den nächsten zwei Wochen melden." Lu quetscht sich neben eine Frau auf den einzigen freien Platz, lässt ihre Tasche auf den Schoß fallen. „Naja, mal sehen." Sie atmet aus.

Der Geruch der Frau mischt sich mit dem des Mannes gegenüber. Lu nimmt ihn unfreiwillig auf, dreht sich von den beiden weg und sieht sich selbst im Fenster spiegeln.

„Du freust dich aber gar nicht", beschwert sich Brit.

„Doch, schon, aber noch ist es ja nicht so weit. Warten wir mal ab. Wie geht's dir? Alles in Ordnung?"

„Ja, soweit ist alles okay. Mein Bauch wächst und wächst. Und die Arbeit nervt. Nichts Neues also."

„Und Raoul?"

„Ach Raoul", antwortet Brit nur und fragt: „Und Erich?"

„Ach Erich. Wir sehen uns heute. Alles wie immer." Lu wendet sich wieder der Frau zu, doch statt der Frau sitzt ein junges Mädchen neben ihr, ihr Haar ist glatt und schwarz gefärbt.

„Na dann wünsche ich dir viel Spaß. Lass dir den wenigstens nicht nehmen. Okay?"

Das Mädchen tippt auf ihren iPod, durch die Kopfhörer ist Musik zu hören. „Ich werde es versuchen. Bis dann."

Die U-Bahn fährt in die Station Stephansplatz ein. Wie immer, wenn sie hier ist, sucht sie den Bahnsteig ab. Jedes Mal kontrolliert sie, ob Erich nicht doch einsteigt und wie zufällig neben ihr steht, hinter ihr, irgendwo. Dabei fährt er gar nicht U-Bahn. Mit einem Ruck fährt die U-Bahn wieder los.

Die Leute stehen dicht aneinandergedrängt. Es ist kurz nach 5 Uhr Nachmittag, die schlechteste Zeit für Öffis. Seit Lu keinen Job mehr hat, vermeidet sie die U-Bahn. Und das ist jetzt doch schon fast drei Monate her. Sie wollte sich auf ihre Diplomarbeit konzentrieren. Doch es funktionierte nicht. Die Tage vergingen, die Seiten füllten sich nicht. Aus dem iPod von Lus Sitznachbarin dröhnt Techno. Lu versucht wegzuhören. Bumm, bumm, bumm. Wie hat sie das früher nur ausgehalten, die ständige Musik in den Ohren? Lu straft das Mädchen mit einem vernichtenden Blick.

Vielleicht wird sie auch einfach nur älter, vergrämter, intoleranter. Sie hat früher auch laut Musik gehört. Ihrer Mutter war das egal. Sie regte sich nicht auf, so laut es auch sein mochte.

Danach, in der Wohngemeinschaft für Jugendliche, war das natürlich anders. Aber da war vieles anders.

Lu ist am Westbahnhof angekommen und beschließt, ein Stück zu Fuß zu gehen. Ein bisschen Bewegung schadet nicht. Dadurch bleibt auch noch Zeit. „Entschuldigung", sagt sie und drängt sich an dem Mädchen vorbei.

Aber heute, ganz bestimmt, wird sie die Mutter anrufen.

In einer Auslage glitzern Minikleider, über und über mit Pailletten verziert. Sie bleibt davor stehen, zieht das Handy aus der Tasche. Nur für den Fall, dass sie Erichs Anruf versäumt hat. Er hat versprochen, sie nach seiner Verhandlung anzurufen. Auf dem Display ist nichts zu sehen.

„Mama, hallo, ich bin es. Wie geht es dir?"
„Marion! Endlich, du bist zurück!"
„Nein Mama, Luise, ich bin es, Luise."

„Ach so. Ihr habt fast dieselbe Stimme. Ist Marion schon zurück?"

Lu verdreht die Augen. Innerlich seufzt sie. Am liebsten würde sie – nein, das weißt du doch, das habe ich dir schon hundert Mal erzählt – sagen, schluckt es aber hinunter.

„Nein, aber bald. Es geht ihr gut, ich habe vor kurzem ein Mail von ihr bekommen. Und wie geht's dir?"

„Ach, diese Mails, das ist ja schrecklich. Weißt du, ob da nicht geheime Botschaften mitschwingen? Eine dunkle Machenschaft hat da ihre Hände im Spiel, glaub mir. Eine globale Verschwörung. Die Daten werden überall gespeichert und keiner weiß, was damit passiert. Aber ich lasse mich darauf nicht ein. Ich nicht."

„Ja, musst du ja auch nicht. Aber sonst alles in Ordnung bei dir? Bist du gesund? Wie ist das Wetter bei euch?"

„Ach immer gleich. Viel zu kalt, ich glaub, mit Frühling und Sommer wird's nichts mehr, das ist vorbei. Zu viel passiert. Jetzt pfeift uns sogar das Wetter schon was."

„Bei uns ist es auch eiskalt." Das Gespräch stockt. Lu überlegt, was sie noch sagen könnte.

„Übrigens habe ich vielleicht bald einen neuen Job."

„Ach ja?", fragt die Mutter misstrauisch.

„Bei einer guten Firma."

„Was machen die?"

„Die Pressearbeit für andere Firmen."

„Ach so etwas. Die Presse ist ja auch nichts wert. Die arbeitet ja nur mit."

Lu bereut ihren Anruf schon. Wieso macht die Mutter sie so wütend? Noch immer?

„Weißt du, ich muss eben Geld verdienen, damit ich was zum Leben habe", zischt sie.

Die Mutter seufzt. „Ach mein Kind. Du musst deinen eigenen Weg finden, Luise, ich kann dir dabei nicht helfen."

Lu kaut an ihrer Nagelhaut. Sie muss sich beruhigen. Die Mutter ist weit weg. Wen interessiert, was sie über ihre Arbeit denkt? „Ich wollte einfach fragen, wie es dir geht. Was gibt es sonst Neues?"

Durch das offene Fenster der Wohnung fliegt eine Wespe. Sie setzt sich auf den Vorhang, surrt. Lu schüttelt mit der freien Hand den Vorhang, damit das Insekt wieder verschwindet.

„Nun, Luise, ich nehme eben nicht alles einfach hin, sondern hinterfrage. So wollte ich euch auch erziehen, aber es hat nicht gefruchtet."

Warum, fragt sich Lu, hört sie nicht auf? Gereizt reißt sie weiter am Vorhang herum. Die Wespe schafft es, sich aus dem Stoff zu befreien, allerdings fliegt sie in die falsche Richtung: direkt ins Wohnzimmer. „Welche Erziehung bitte?", schimpft sie. Wieder nicht geschafft, sich zurückzuhalten.

„Du hast Recht, wenn meine eigene Tochter mir das Jugendamt auf den Hals hetzt, obwohl ich ihr mein Leben gewidmet habe –"

„Ich habe dir das Jugendamt nicht auf den Hals gehetzt. Falls du dich noch erinnern kannst, ist meine Lehrerin drauf gekommen, dass ich so gut wie nie in der Schule war. Und wie hast du mir bitte dein Leben gewidmet? Du hast uns …"

„Weißt du überhaupt, was du da redest, weißt du überhaupt, was du mir damals angetan hast? Du hast gesagt, deine Mutter lässt dich nicht zur Schule. Aber warum ich das getan habe, hat dich nicht interessiert. Dass ich euch beschützen wollte vor all dem da draußen, vor dem System und sogar jetzt auch noch, jeden Tag, jeden Tag bin ich bei dir, aber du lässt es ja nicht zu, du legst es ja darauf an, mein Leben zu zerstören. Ja, meine eigene Tochter, meine eigene Tochter will mich zerstören, aber glaube mir, mit mir nicht, ich lasse mich nicht –"

Lu legt auf. Wirft das Handy auf den Boden, schlägt mit der Faust auf den Tisch. Aufhören! Warum enden die Gespräche immer so? Warum ist sie noch immer nicht erwachsen genug, um endlich zu verstehen, dass die Mutter eben so ist. „Du kannst sie nicht ändern", sagt Marion ständig und dabei ist doch Lu die Ältere, aber Vernunft hat nichts mit Alter zu tun.

Die Wespe setzt sich auf den Fernseher. Warum ist sie überhaupt schon wach? Es ist doch noch viel zu kalt für Wespen. Wahrscheinlich hat sie das aufgeregte Gespräch der beiden Frauen geweckt.

Während Lu das irre Verhalten der Mutter schon immer zur Weißglut brachte, sie sich für ihre wirren Worte schämte, wollte Marion die Mutter beschützen. Dabei war während Lus Kindheit noch alles ganz normal: Sie wuchs in einer typischen 70er-Einfamilienhaus-Siedlung auf. Billig gebaut, aber gemütlich, am Land, aber doch nicht allein. Ein kleiner Ort in Oberösterreich, unaufregend. Die Familie hatte ein kleines, dann irgendwann größeres Auto. Mann, Frau, Kind, dann noch ein Kind.

Doch mit der Zeit wurde die Mutter immer eigenartiger. Zum Beispiel als Lu krank war: Drei Mädchen aus ihrer Klasse kamen vorbei, um ihr die Hausübung zu bringen. Lu schlief, die Mutter bat die Mädchen dennoch ins Haus, machte ihnen Saft, setzte sich zu ihnen.

Einige Tage später besuchte Lu die Schule wieder. Sie bemerkte das Getuschel der drei Mädchen. Eines von ihnen kam in der Pause zu ihr und fragte, ob ihre Mutter wirklich glaube, sie würde von Außerirdischen beobachtet. Was hätte sie darauf sagen sollen? Lu stammelte. „Nein, natürlich nicht. Sie hat euch nur verarscht." Aber dass die Mutter nicht ganz dicht war, hatte sich bereits herumgesprochen. Am Nachmittag heulte Lu vor Wut. „Lieber keine Mutter als die", schrieb sie in ihr Tagebuch, die einzige Eintragung des ganzen Monats.

Jahre später zogen sie und ihre Schwester Marion in die betreute Wohngemeinschaft. An den Wochenenden besuchten sie die Mutter und Lu versuchte, sie völlig zu ignorieren. Schon beim Eintreten ins Haus grüßte sie nicht, sondern ging in ihr altes Zimmer und schloss die Tür ab. Marion suchte hingegen bei jedem Besuch nach der Mutter und blieb ständig in ihrer Nähe. Die Liebe der jüngeren Schwester zu der verrückten Frau machte Lu noch wütender. Die ganze Woche über bearbeitete sie Marion, versuchte ihr klar zu machen, dass die Mutter wahnsinnig war. Doch es nützte nichts.

Lu geht zum Schrank, öffnet eine Flasche klaren Schnaps und nimmt einen kräftigen Schluck. Die Schärfe brennt sich über ihre Zunge durch die Speiseröhre bis in den Bauch.

Hinter ihr tickt die uralte Küchenuhr, die sie auf einem Flohmarkt gekauft hat und die seit drei Jahren zehn Minuten nachgeht. Sie schließt die Augen und erinnert sich: Es ist Anfang Sommer, sie schaukelt im Garten. Die Mutter arbeitet, der Vater auch, Marion spielt im Haus. Der Abend rauscht, Schwalben ziehen über den Himmel und hinterlassen Sehnsucht in ihren Klagen. Vor und zurück und vor und zurück. Ihr Körper im Rhythmus der Zeit, im Gleichklang, im Einklang. Die Wiese klein aber gepflegt, der Zaun des Nachbarn und die Füße, mit deren Spitzen sie den Himmel berührt. Die Luft, süße Frische und voller Leben, zwischen dem Geschrei der Schwalben kläfft ein Hund, zu weit weg. Zu spät für Tagträume, zu früh für die Erschöpfung der Nacht. Lu hört nicht auf, hört nicht auf, vor und zurück und vor und zurück, schwerelos in der Möglichkeit des Vergessens.

Als sie die Augen öffnet, sieht sie aus dem Fenster, gegenüber wirft die Fassade des grauen Hauses einen traurigen Blick durch die schmutzige Scheibe. Dass es einmal ein schönes Gebäude war, liegt irgendwo in den Mauern begraben. Versteckt hinter dem Schmutz und Staub, der sich im Lauf der Jahre angelegt hat.

Lu überlegt, ob sich diese Vorstellung ihrer Kindheit ins Gedächtnis geschlichen oder ob es sie wirklich gegeben hat. Ihr fällt ein Bild ein, das in dieser Zeit entstanden sein müsste und das sie sich später oft im Fotoalbum angesehen hat. Ein hübsches Bild. Sie auf der Schaukel, links von ihr winkt die Mutter und etwas weiter hinten steht der Vater. Auch er winkt. Warum Marion auf dem Bild fehlt, hat Lu vergessen.

Ein Jahr später gab es keine Fotos mehr mit dem Vater. Der Vater war weg. Er ging ganz plötzlich, zumindest empfand es Lu so. Allerdings kam er nicht weit. Er ließ sich im Nachbarort mit seiner Freundin nieder, die er später heiratete.

Dass der Vater verschwand, hinterließ in Lus Leben zu Beginn keine besonders große Lücke – außer in der Brieftasche der auf drei geschrumpften Familie. Er war selten zuhause. Vielleicht traf er die andere Frau schon viel früher? Wer weiß. Später, als die Mutter immer eigenartiger wurde, wünschte sie ihn aber oft zurück.

Die Wespe sitzt noch immer regungslos auf der oberen Kante des Fernsehers. Wahrscheinlich ist sie wieder in die Winterstarre übergetreten. Lu steht auf, nimmt eine Zeitung vom Wohnzimmertisch und einen Brief, den sie gestern bekommen und noch immer nicht geöffnet hat. Mit der Zeitung will sie die Wespe auf den Brief manövrieren, um sie danach aus dem Fenster zu werfen. Doch kaum berührt sie die Wespe, surrt diese aufgeregt davon. Dann eben nicht. Lu legt Zeitung und Brief wieder auf den Tisch, geht zum Fenster, atmet staubige Luft ein und lehnt sich gegen die Fensterbank.

Damals in der betreuten Wohngemeinschaft saß sie oft auf der Fensterbank und träumte: dass man sie plötzlich entdeckt und dass sie singen und in einem Film mitspielen und wunderschön und begehrenswert sein könnte. Wieso auch nicht? So starrte Lu hinaus und wartete, dass der Tag vorbei ging. Wenn sie auch sonst nicht viel hatte – Zeit hatte sie genug.

Es war an einem Nachmittag, war es Sonntag? Samstag? Sie träumte aus dem Fenster, sah Marion und drei Burschen, die ebenfalls in der WG wohnten. Einer von ihnen warf Marions Rucksack auf das flache Garagendach. „Hoppla", brüllte er und lachte. Marions Arme hingen schlaff nach unten und Lu hatte das Gefühl, sie weinen zu hören, obwohl das durch das geschlossene Fenster gar nicht möglich war. Die Jungen bemerkten Lu nicht, bis sie das Fenster aufriss und schrie. So laut, dass sie selbst verwundert war. „Hört sofort auf, ihr Arschlöcher."

Der Junge, der den Rucksack geworfen hatte, wandte sich Richtung Fenster, nicht erschrocken oder erstaunt, nur gelangweilt. „Was ist, du Irre?" Während seine Stimme zuerst tief war, klangen die Worte am Ende des Satzes eine Oktave höher – Stimmbruch. Lu schloss das Fenster energisch, schlug mit der Faust gegen die Scheibe. Der Schmerz machte sie noch zorniger, sie rannte nach unten. Im Garten stand der Junge und grinste sie an. Sie rannte auf ihn zu und bevor er es bemerkte, rammte sie ihm das Knie zwischen die Beine. Er schrie auf, ließ sich fallen. „Du Arschloch, du Scheißarschloch!", brüllte Lu. Die anderen beiden Jungen standen da und schauten zu, wie der eine sich am Boden wand. Marion war neben Lu, auch sie starrte den Burschen am Boden an, sie bewegte sich nicht, sie hatte aufgehört zu weinen. Lu nahm die Schwester am Unterarm. „Komm wir gehen", sagte sie und zog Marion mit hoch. Sie gingen zurück ins Zimmer, dort setzte sich die kleine Schwester aufs Bett. „Was machen wir jetzt?", flüsterte Marion und Lu war sich nicht sicher, was sie damit meinte. „Mach dir keine Sorgen, okay?", antwortete Lu. „Wir machen das schon irgendwie. Irgendwie geht es immer."

***

Die Mutter

Die Sonne brennt sich durch den Kopf, um den Geist zu vernichten. Doch der Geist ist wach. Sie steht auf und zieht die Vorhänge zu. Das Licht strahlt durch die winzigen Spalten und Ritzen. Der Vorhangstoff ist viel zu hell. Sie legt sich wieder in das Bett, sie gibt den Polster auf ihr Gesicht, so sind die Stimmen etwas leiser, die Stimmen, die das Licht schickt, direkt in ihren Kopf, tief hinein, um ihren Geist zu vernichten.

Sie bekommt kaum Luft. Die Stimmen versuchen, zu ihr vorzudringen und sie beginnt, ein Lied zu summen. La Paloma, ohe, summt sie. Sie summt und summt und summt, bis die Stimmen zu einem konstanten Zischen werden. Bis sie einschläft.

Ein Mädchen öffnet die Tür und lugt scheu in das Zimmer. „Mama", sagt Marion und die Mutter blinzelt. Durch den Spalt dringt Licht und sie schreit. „Mach zu, mach sofort zu!" Marion will etwas sagen, die Augen füllen sich mit Tränen, sie sagt nichts, tritt einen Schritt zurück und schlägt die Tür zu. Die Mutter ist wieder allein.

Doch sofort sind die Stimmen wieder da und das Licht. Sie drückt den Polster auf ihre Ohren. Kneift die Augen zusammen, dass sich über ihre Stirn zwei tiefe Falten bilden. Ihr ist heiß, doch sie schlägt die Decke nicht zurück, um ihrem Körper frische Luft zu gönnen. Sie bleibt unter dem Schutz, damit sich das Licht nicht von ihren Füßen nach oben frisst, den ganzen Körper verbrennt – und am Ende ihr Zentrum, ihren Geist, sie selbst.

Noch immer lassen sie die Stimmen nicht in Ruhe, nur langsam beruhigen sie sich wieder. Wenn nur niemand mehr kommt, denkt sie und beginnt wieder zu summen. Sie summt und summt und summt.

Als sie die Augen aufschlägt, sitzt ein anderes Mädchen auf dem Stuhl, es ist älter und das Haar ist verfilzt, Lu. Lu sieht sie an. Sie sagt etwas, doch die Mutter kann es nicht hören, im Kopf sind so viele Stimmen. Lus Lippen bewegen sich und dann plötzlich erkennt sie, dass Lu in ihrem Kopf spricht, sie ist eine der Stimmen, die ihr etwas sagen wollen, sie ist eine von ihnen, eine von denen, die sie beherrschen wollen, ihren Körper, ihren Geist und sie selbst.

„Geh", schreit sie. „Geh weg, geh hinaus!"

Lu schließt den Mund und steht auf, doch noch spricht sie, sagt Wörter, die ihr in den Kopf schneiden. Sie geht zur Tür und dann hinaus. Die Stimmen hören nicht auf, doch eine ist weg, Lu, jaja, Lu.

Sie beginnt zu singen. La Paloma, ohe, irgendwann muss es vorbei sein.

***

Vor der neuen, leeren Seite graut Lu. Bis die Worte die Seite nach und nach füllen, ist jedes einzelne Blatt in seiner Leere ein Beweis des Versagens. Lu schaut auf, sie ist müde, lustlos – und überhaupt. Ein Student mit asymmetrischer Frisur und umgehängtem Gitarrenkoffer zwängt sich durch die Bibliothek. Er erinnert Lu an einen Burschen von früher, auch er ging immer mit dem Instrument spazieren.

Gespielt, erinnert sich Lu, hat er nur selten, und wenn, war es falsch. Lu streckt sich und lehnt sich wieder nach vorn. Kein Wort kommt ihr in den Sinn, nichts, das der leeren Seite den Schrecken nehmen würde. Sie schließt das Dokument, ruft ihren Account auf.

Wieder ein Mail von Noone! Lu erschrickt. Überlegt. Sie will die Nachricht wegwerfen. Schließlich siegt, wie immer, doch ihre Neugierde.

Von: noone@hotmail.com an alleswirdbesser@gmx.at
21. März 2009 01:42:21
Sie haben doch alleswirdbesser nicht zufällig ausgewählt.

Erlauben Sie mir also bitte, Ihnen zu schreiben. Es genügt schon zu wissen, dass Sie da sind – jemand zumindest von mir weiß, von mir Notiz nimmt.

Es ist Nacht, alles ist ruhig, aber nicht für mich. Ich höre so viel, in der Nacht herrscht keine Stille, in der Nacht ist es lauter, viel lauter als sonst, jeder Schritt auf der Straße und jedes Auto, sie machen einen Höllenlärm und oft reden Leute, sie reden miteinander, ganz knapp unter meinem Fenster, ich will sie nicht hören, ich will sie alle nicht hören, sie sollen mich nicht stören in meiner stillen, ruhigen Einsamkeit.

Darf ich Ihnen erzählen, nur ein bisschen erzählen? Sie brauchen es gar nicht zu lesen, aber wissen Sie, es würde mich freuen, wenn Sie mein Mail zumindest überfliegen, um festzustellen, dass ich ein netter Mensch bin und glauben Sie mir, das bin ich. Ich war heute spazieren, den ganzen Tag, ich habe die Vögel beobachtet und die Kinder auf dem Spielplatz, ich bin gegangen und gegangen, durch die halbe Stadt und sie macht mir Angst, wissen Sie, dass ich mich oft fürchte, vor der Stadt, vor den vielen Leuten, die ich alle nicht kenne?
Wäre es Ihnen möglich, mir zu schreiben?

Auch diesmal verändert sich der Bildschirm nicht und sie entspannt sich. Kein Virus. Vielleicht jemand von früher. Ruhig bleiben. Einfach weiterarbeiten. „Ha!", ruft sie laut, um ihr mulmiges Gefühl gänzlich zu vertreiben. Die anderen Studierenden sehen sie streng an. „Tschuldigung", murmelt sie. Sie schreibt ein Mail an Brit.

Von: alleswirdbesser@gmx.at an brit.siczek@univie.ac.at
21. März 2009 14:20:31
hallo du!
stell dir vor, ich habe wieder ein mail von dem unbekannten bekommen. klingt eher wie ein brief. und auch irgendwie so traurig. ich schicke es dir mal mit. was meinst du dazu? fällt dir jemand ein, der so was schreibt?
bu
lu

Lu wartet kurz, doch Brit mailt nicht zurück. Also bleibt ihr nichts anderes übrig als weiterzuarbeiten. Nach zwei Stunden kontrolliert Lu wieder die Zeichenanzahl. Es sind 1529 Zeichen mehr. In ihrer Hosentasche läutet das Handy. Sie zieht es heraus: Brit. Sofort erntet Lu einen strengen Blick der

Bibliotheksmitarbeiterin und verschwindet nach draußen.
„Hallo?"

„Hallo. Du, ich hab nicht viel Zeit, aber das Mail ist völlig
irre. Vielleicht solltest du dagegen wirklich etwas machen."

„Aber was?"

„Keine Ahnung, ich frag Raoul, komm morgen vorbei, er
kennt sich da sicher aus. Das ist ja unheimlich. So um sechs, da
ist er daheim. Bis dann!"

Am nächsten Tag ist die Diplomarbeit um weitere 3.000 An-
schläge reicher. Sie hat noch nie verstanden, wie andere ihre
Arbeiten so ohne weiteres verfassten. Lu verlässt das Haus und
es beginnt leicht zu regnen. Ihr fällt ein, dass sie ihren Regen-
schirm letzte Woche in der U-Bahn vergessen hat. Sie blickt
auf das kleine Stück Himmel und hört Stimmen aus einem
offenen Fenster vom obersten Stockwerk des Hauses gegenüber.

Und was, wenn es doch keine Werbung ist? Kein Spam und
kein mieser Trick, um an ihre Daten heranzukommen oder
etwas Persönliches zu erfahren? Was, wenn dieser E-Mail-
Schreiber wirklich nur reden – oder besser gesagt – schreiben
und gelesen werden will? Warum immer gleich etwas Bedrohliches vermuten?

Langsam geht Lu weiter, vorbei an Handyläden, Wettbü-
ros, einer Trafik, drei Lokalen, einem Optiker. Was könnte an
ihrem Leben schon so spannend sein, dass es jemand wissen
möchte?

„Ich werde mich nie an deine Pünktlichkeit gewöhnen", sagt
Raoul, als er die Tür öffnet. Er trägt eine alte Jogginghose in
lila.

„Hübsches Höschen, der Hintern hängt schon bis zu den Knien", lächelt Lu.

„Komm du nicht so pünktlich, dann schau ich besser aus." Lu folgt Raoul ins Wohnzimmer. Wie immer ist sie erstaunt, dass ein Gitterbett darin steht. Es wirkt wie ein Fremdkörper zwischen der schwarzen Ledercouch, den CDs und dem Regal.

„Also, was kann ich für dich tun?", fragt Raoul und lässt sich auf die Couch fallen. „Brit hat gesagt, du bekommst eigenartige E-Mails. Ist doch super, ganz ohne Partnerbörse! Sei froh, dann wirst du auch den furchtbaren Anwalt los."

„Ja, du hast Recht. Na dann brauch ich dich eigentlich gar nicht fragen. Danke, du hast mir schon geholfen."

„Stopp, so geht das auch wieder nicht. Neugierig wäre ich ja schon."

Lu erzählt Raoul von den E-Mails, die sie sogar ausgedruckt hat. Er liest sie durch, macht dabei „hmmmm". Lu grinst. Das „hmmmm" verwendet Raoul immer, wenn er nachdenkt. Gar nichts von sich zu geben liegt ihm nicht. „Hmmmm" macht er noch einmal und streicht mit dem Zeigefinger über sein Kinn. „Also", beginnt er, doch dann folgt eine weitere Pause und ein „hmmmm". Raoul gibt Lu die Zettel zurück. „Also die Sache ist folgende: Man kann meistens herausfinden, wer hinter einem Mail steckt. Das ist aber extrem aufwändig. Und ich frage mich, ob sich der Aufwand lohnt. Ich kann mir beim besten Willen nicht vorstellen, dass da irgendeine böse Absicht dahinter steckt. Oder irgendeine Organisation oder was weiß ich was. Ich glaube, das ist ein Typ, dem fad oder der vielleicht wirklich allein ist, der nicht auf Foren oder Chats steht und einfach ein bisschen kommunizieren will." Raoul zuckt mit den Schultern. „Wär meine Meinung."

23

Lu nickt. „Ich kann mir auch nicht vorstellen, dass irgendetwas Böses dahinter steckt. Eigentlich. Und ja, vielleicht ist er wirklich einsam."

„Weißt du", sagt Raoul, „die machen uns alle einfach schon verrückt."

„Wen meinst du?"

„Na die alle, die Parteien und die Medien und überhaupt. Mit ihren Überwachungen und Kameras und Kontrolle und gläserner Mensch und der ganze Scheiß. Es ist ja ganz klar, dass man dann niemand mehr über den Weg traut und bei allem das Schlechteste vermutet. Aber jeder hat eine Einkaufskarte von irgendeinem Drecksgeschäft, damit die Semmel drei Cent weniger kosten. Ist doch so, oder? Da hört sich die Panik auf. Auf Facebook posten die Leute alles Mögliche. Und am Ende sind wir in Wahrheit ganz froh, wenn jemand auf uns aufpasst. Damit wir wissen, dass wir nicht so einfach verloren gehen können." Raoul hat sich in seine Rede ziemlich hineingesteigert. „Ist halt meine Meinung", meint er schließlich etwas ruhiger.

„Ich habe auch eine Bipa-Card und bin auf Facebook", sagt Lu und Raoul lächelt.

„Na siehst du. Und deshalb", sagt er, beugt sich nach vorn und berührt mit seiner Hand kurz ihre Schulter, „deshalb wäre es völlig absurd, sich auf der andern Seite wegen so eines lächerlichen E-Mails, das ein armer, trauriger Schlucker geschrieben hat, Sorgen zu machen." Lu nickt. „Ich mach jetzt mal einen Kaffee", sagt Raoul und lässt Lu allein.

Sie ist beruhigt. Raoul hat Recht. Wieso sich über alles aufregen?

Ihr Blick fällt auf das Gitterbett, die Stäbe aus Plastik. Gleich neben dem Gitterbett beginnt Raouls CD- und Plattensammlung. Wenn Raoul das so sieht, wird es stimmen, denkt Lu. Vielleicht sollte sie die Mitgliedschaft auch gleich aufkündigen, bei Bipa, bei Billa, bei Spar, beim Friseur, wo auch immer.

Am nächsten Tag ist in Lus Posteingang wieder ein Mail.

Von: noone@hotmail.com an alleswirdbesser@gmx.at
23. März 2009 03:21:12
Ich war um die zehn Jahre alt und lief mit den anderen Kindern durch den Wald, wir machten einen Wettlauf. Obwohl meine Schuhe schlecht und der Waldboden rutschig war, lief ich schneller als die anderen. Es war, als wäre mein Kopf nicht mehr vorhanden, als wäre ich ein Waldgeist, der den Boden nicht berührt. Wir liefen eine Stunde, vielleicht auch mehr, aber ich spürte keine Erschöpfung. Wir mussten einem Weg folgen, der mit roten Bändern an den Bäumen gekennzeichnet war. Doch ich wollte ihm nicht folgen, wollte vorbei an der vorgegebenen Richtung, nicht zurück und nicht aufhören, ich wollte ein Waldgeist bleiben – und frei von allen Gedanken.
Manchmal frage ich mich, ob es mich verändert hätte, wenn ich weiter gelaufen wäre. Ob ich es danach geschafft hätte, mich noch einmal so zu fühlen, so unabhängig. Bei allen späteren Läufen war ich unter den Letzten, erschöpft und müde.

Lu liest das Mail noch einmal. Um die zehn Jahre alt. Was hat sie mit zehn getan? Lebten ihre Eltern damals noch zusammen? Von der Zeit, in der ihr Vater noch mit der Mutter zusammenlebte, weiß sie kaum noch etwas. In ihrer Erinnerung war der Vater immer ein großer, schlanker Mann. Später wunderte sie sich immer, wenn sie ihn sah: Er war nicht besonders groß und hatte einen Bauch, über dem das Hemd sich spannte. Auch der Bart, den er später trug, blieb Lu fremd. Wie dieser

Mann überhaupt. Fünf Jahre hatten sie keinen Kontakt. Dabei wohnte er nur wenige Kilometer weit weg. Lebte mit einer Frau, die Lu noch mehr hasste als den Vater selbst. Lebte mit einer Tochter, die nicht ihre Schwester war.

Als sie sich wieder trafen, fand Lu sein Aussehen sympathisch, er sah aus wie ein Brummbär, gemütlich, nett. Doch sie ließ sich nicht täuschen. Er war ein Verräter, er hatte sie und seine Schwester mit der verrückten Mutter sitzen lassen. Und plötzlich tauchte er wieder auf.

Er versprach, für fünf Jahre Lus und Marions Wohnungsmiete zu übernehmen. Ein guter Deal. Dafür besuchten die Schwestern den Vater hin und wieder. Als er die Miete nicht mehr bezahlte, eröffnete er für die beiden einen Bausparvertrag. Sie besuchten ihn weiterhin.

Während Marion und Lu in der WG lebten, trafen sie den Vater manchmal zufällig. Beim Einkaufen zum Beispiel. Lu bummelte mit Marion durch die Einkaufsstraße. Einige Meter vor ihnen ging der Vater. Marion wollte nach ihm rufen, doch Lu verbot es, befahl ihr, gefälligst den Mund zu halten. Also gab die kleine Schwester Ruhe und sah dem Vater nach.

Die Sache mit dem Rucksack passierte etwa zur selben Zeit: Lu und Marion waren kurz davor in die WG gezogen. Die ersten Monate verbrachten die beiden fast nur in ihrem Zimmer. Erst mit Becko änderte sich alles. Gleich am ersten Tag, als er sich ins Wohnzimmer auf die Couch legte, als wäre er schon immer hier gewesen.

Es war ein Tag Ende der Ferien. Sie wollte ein Glas aus der Küche holen und lief durch das Wohnzimmer. „Wer bist du?", fragte jemand plötzlich von links und Lu blickte erschrocken zur Seite. Sie brauchte einige Sekunden, um seine Erscheinung zu verdauen. Becko war riesig und spindeldürr. Obwohl er seine Beine abgewinkelt hatte, fand er kaum Platz auf der Couch, auf der Lu immer das Gefühl hatte, zu versinken. Er hatte Locken, die bis zu seinen Schultern reichten. Er trug keine Socken und seine riesigen, dünnen Zehen ekelten Lu.

„Ich bin Becko", sagte er, hob seine Hand und bildete mit seinen langen Fingern einen Vulkanier-Gruß.

„Lu", sagte Lu und hob die Hand ebenfalls, jedoch ohne Mittel- und Ringfinger auseinanderzuspreizen.

Becko hieß eigentlich Leopold. Er war sechzehn, trug verwaschene Nirvana- und Sex-Pistols-T-Shirts, machte eine Drucktechnikerlehre und rauchte Camel. „Mein Vater säuft und meine Mutter ist fett wie ein Wal und wartet darauf, dass sie endlich platzt", erzählte er ungeniert. Er lernte ständig neue Leute kennen. Sein Selbstbewusstsein war enorm. Trotz oder vielleicht sogar wegen seiner eigenartigen Erscheinung war Becko von sich selbst überzeugt. Doch was Lu am meisten bewunderte: Er schaffte es, seine Eltern wie Witzfiguren in einem schlechten Film aussehen zu lassen. Lu schämte sich für ihre Mutter, den verschwundenen Vater und ihre Herkunft. Becko aber stilisierte sich durch seine verkorkste Familie zum coolen Antihelden hoch.

In der WG war es nach wenigen Tagen klar, dass er die Gruppe anführte. Was Becko sagte, war Sache. Wollte er fernsehen, taten es auch die anderen. Ging er ins Bett, waren auch die anderen müde. „Das Leben ist so unaufgeregt wie ich selbst", sagte er und das machte nicht nur auf Lu Eindruck. Sie begann ihn nachzumachen. Hörte statt Roxette Nirvana. Riss Löcher in ihre Jeans, trug nur noch dunkle Farben und trainierte einen gelangweilten Gesichtsausdruck.

Lus Veränderung fiel mit dem Beginn der Oberstufe zusammen. Die Schülerinnen und Schüler, die sie noch von der Unterstufe her kannten, lachten zuerst. Doch das änderte sich. Denn Lu kommentierte es mit dem gelangweilten Blick, den sie mehr und mehr perfektionierte. Sie machte auch kein Geheimnis mehr daraus, wie und wo sie lebte. Wer und wie ihre Mutter war. Im Gegenteil: Lu wurde eine Meisterin des Erzählens, berichtete monoton und gelangweilt, als würde es sie überhaupt nicht berühren, über die Erlebnisse mit der *armen Irren*, wie sie die Mutter fortan nannte. Oder über den *Scheißvater, der einfach abhaute, aber he, was soll's, auch so kann man leben und aufregen hilft ja nichts.*

Irgendwann ließ sich Lu von Becko Dreads machen. Sie trug im Winter Holzfällerhemden und im Sommer Männer-Unterleiberl, sparte auf Converse und rauchte Lucky Strike. Als Becko achtzehn wurde und ausziehen musste, besetzte sie ganz selbstverständlich die Couch im WG-Wohnzimmer als seine Nachfolgerin.

Von: noone@hotmail.com an alleswirdbesser@gmx.at
25. März 2009 04:32:56
Der Morgen kommt über die Stadt, ganz sanft wandert er über die Häuser, immer ein Stück weiter. Wenn alles noch schläft, aber man weiß, dass das Leben bald erwacht — der Morgen ist für mich die schönste Zeit des Tages, voller Neugier, Freude, Hoffnung und Erwartung und alles ist noch möglich.
Ich wünsche Ihnen einen schönen Tag.

Von: noone@hotmail.com an alleswirdbesser@gmx.at
26. März 2009 00:35:52
Stellen Sie sich vor, es würde gar nichts mehr gehen. Kein Strom, kein Handy, kein Akku, kein Auto, nichts. Haben Sie „Die Stadt der Blinden" gelesen?

Vor kurzem habe ich das Buch wiederentdeckt, zwischen einem Reiseführer und einem Lexikon, eingeschlossen in einer Welt voller Definitionen und Erklärungen. Eine Geschichte über den Ausbruch einer weißen Blindheit, aber ich brauche es Ihnen nicht zu erklären, nicht wahr, ich weiß, Sie haben es gelesen, Sie müssen es gelesen haben. alleswirdbesser@gmx.at hat „Die Stadt der Blinden" gelesen.
Irgendwann.

Lu hält für einige Sekunden die Luft an. Sie kennt das Buch tatsächlich. Noch Wochen später träumte sie von der Geschichte, von der weißen Blindheit. Sie vergaß auf Vorlesungen, Seminare, Verabredungen deshalb. Wie kann er das wissen? Lu zieht die Vorhänge zu, schließt die Tür ab. Sie geht zum Bücherregal, holt José Saramagos Buch heraus, liest den Klappentext, stellt es wieder zurück. Nein, alles ist in Ordnung, das Buch steht noch an seinem Platz. Alles ist gut. Sie pfeift, um zu zeigen, dass außer ihr niemand da ist. Dann stellt sie sich vor den Spiegel. „Nein", sagt sie laut und deutlich, wie sie es im Selbstverteidigungskurs gelernt hat. Vielleicht ist es jemand, den sie bereits kennt?

Jemand aus der WG. Ein Ex-Lover. Ein Bekannter, womöglich ein Freund.

Am Nachmittag trifft sie Brit zu einem Spaziergang im Park und erzählt ihr vom neuen E-Mail.

„Wer weiß, vielleicht ist es jemand von früher", sagt Lu.

„Stadt der Blinden", murmelt Lu, wie zu sich selbst. „Das ist schon verrückt. Kann doch kein Zufall sein?"

„Vielleicht. Vielleicht ist es auch harmlos. Du kannst in niemanden hineinschauen."

„Du hast Recht. Ich warte einfach mal ab."

Brit bleibt stehen. „Das ist schon verrückt. Andererseits, das haben viele gelesen. Du hast es mir damals auch geliehen, ich habe es Raoul gegeben und der hat es anderen empfohlen. Kannst du dich erinnern? Ich hab damals auch auf der Uni allen möglichen Leuten davon erzählt, Gerhard, Maria und dieser einen, die du mal treffen wolltest, kannst du dich erinnern?"

„Ja, stimmt, hieß sie nicht Karin oder so ähnlich? Ich weiß es auch nicht mehr genau."

„Also das kann sehr wohl Zufall sein." Sie gehen weiter. Brit hat die Hände in die Hüften gestemmt und schiebt ihren Bauch vor sich her.

Lu zuckt mit den Schultern. „Ja, wahrscheinlich. Trotzdem komisch."

„Jedenfalls kann es kein Vollidiot sein", stellt Brit fest. Kurz darauf bleibt sie wieder stehen. „Jetzt hab ich's. Der Literat!", sagt sie und Lu lacht.

Der Literat war eine von Lus tragischen Lieben, auf die viele weitere folgten. Dass seine Gedichte schlecht waren, fiel Lu damals nicht auf. Sie verehrte jeden Satz, den er schrieb. Ein halbes Jahr verbrachte sie damit, ihm zuzusehen, wie er im verdunkelten Zimmer saß und im Rumrausch Gedichte schrieb. Nun gut, nicht das ganze halbe Jahr. Die meiste Zeit wartete sie darauf, dass er sie wieder anrief und mitteilte, sie könnte kommen, er würde ihre Anwesenheit wieder ertragen. Denn seine besten Gedanken, so meinte er, kämen schließlich in der Einsamkeit. Also ging Lu aus, schwimmen, Kaffee trinken, ins Kino, kehrte aber, wann immer der Literat es wollte, in seine Höhle zurück.

Weil sie seinen Wunsch nach Einsamkeit respektierte – wegen dem ständigen „Ich will dich sehen" hatte er kurz davor eine Beziehung beendet –, schrieb er ihr sogar ein Gedicht. Lu kann sich nur noch an den Titel erinnern. „Lass mich allein, wenn du mich liebst." Der Literat nahm das sehr wörtlich und machte kurz darauf mit Lu Schluss, weil er doch lieber mit seiner Exfreundin zusammen sein wollte. „Weißt du, ich brauche eben Herausforderungen. Inspirationen", erklärte er.

„Na, was denkst du?", fragt Brit und grinst.

„Unmöglich. Die Mails sind viel zu gut geschrieben."

„Vielleicht hat er dazugelernt? Und am Ende kommt ein Buch heraus, in dem du die Hauptrolle spielst."

„Dann ist es garantiert ein Flop." Sie gehen bergauf und Brit schnauft.

„Geht's noch?", fragt Lu.

„Frag nicht so scheinheilig. Natürlich geht es noch." Auf der großen Wiese im Park hüpfen Krähen herum. Zwei alte Frauen gehen an Lu und Brit vorbei. Eine der beiden hat einen Stock in der Hand, sie haben sich eingehakt.

„Sogar die schnaufen nicht so wie du", flüstert Lu und grinst. Brit boxt ihr in die Seite. „In Wahrheit ist sowieso Raoul schuld. Hätte er mich gewarnt und nicht gesagt, ich soll nicht so übernervös sein, wäre jetzt alles in bester Ordnung", sagt Lu altklug und hebt ihren Zeigefinger, genau vor Brits Gesicht.

Auch Brit hebt ihren. „Absolut richtig. Böser, böser Raoul. Es ist alles seine Schuld. Auch dass wir uns nicht auf einen Namen einigen können." Die beiden gehen weiter und Lu legt den Arm um Brit, die auch trotz Bauch noch klein und zierlich wirkt. Diese streicht sich mit beiden Händen über den Bauch. „Hör nicht auf die Frau", flüstert sie in Richtung des Bauchs. „Dein Papa hat nichts damit zu tun, die ist selber schuld."

Lu lacht. „Wie geht es Raoul sonst so? Ich bin gar nicht dazu gekommen, mit ihm zu reden."

„Du meinst in der Arbeit? Naja. Es geht. Mit seinem Kollegen hat er noch immer Probleme. Aber es sieht nicht so aus, als würde der irgendwann gehen. Als Bekannter vom Chef hat man eben bessere Karten. Und mehr Freiheiten."

„Schaut er sich noch um?"

„Ja, das schon, aber zurzeit bauen alle nur ab. Dass deine Stelle ausgeschrieben war, hat mich echt gewundert." Neben ihnen läuft ein Mann in kurzen Hosen vorbei, er schwitzt und hechelt.

„Mich auch. Und wenn das nichts wird, muss ich wahrscheinlich auch wieder kellnern gehen."

„Ach", sagt Brit und streichelt Lu kurz über die Wange. „Die müssen dich einfach nehmen. Weil du so gut bist." Lu lächelt. Sie gehen weiter, vor ihnen staksen die Krähen auf der Wiese.

„Raoul hat doch mal überlegt, eine Auszeit zu nehmen?"

„Die Zeiten sind vorbei. Das können wir uns nicht leisten. Ich weiß nicht, mal sehen. Einstweilen bin ich froh, dass er einen Job hat. Mit meinem Uni-Gehalt komme ich gerade so durch und das wird nicht gerade leichter." Sie streicht sich eine Strähne aus der Stirn. Die beiden gehen an einer weiteren großen Wiese vorbei, auf der eine Familie Frisbee spielt, dann am Basketball- und Volleyballplatz. Niemand ist zu sehen. Auf dem Spielplatz will ein Kind eine Frau überreden, auch zu schaukeln. Brit deutet mit dem Kopf zur Frau, die mit übergeschlagenen Beinen auf der Parkbank sitzt und andauernd „weil ich nicht schaukeln mag" wiederholt. „So werde ich dann auch ausschauen. Auf einer Bank sitzen und meinem Kind zuschauen. Kannst du dir das vorstellen?"

„Nein", antwortet Lu.

Brits Blick erstarrt für einige Sekunden. „Ich mir auch nicht."

Lu holt das Handy aus der Tasche. Sie hat die Tastensperre aktiviert, tut aber, als würde sie ein SMS schreiben. Der Kellner kommt schon zum zweiten Mal. „Wollen Sie doch schon etwas zu trinken bestellen?"

Lu bestellt einen Campari-Soda.

Die Tür geht auf, Erich rauscht in das Lokal, unter dem Arm die Aktentasche eingeklemmt. Lu winkt.

„Hallo, tut mir leid, hat länger gedauert." Erich küsst sie nicht. Er zieht seinen Mantel aus, der Kellner nimmt ihn ab. „Aber du weißt ja, wie das ist, gerade will man gehen und genau dann ruft noch ein Klient an und braucht ganz dringend eine wichtige Auskunft." Mit einem tiefen Seufzer lässt er sich auf den Stuhl fallen, er sieht sie kurz an, lächelt.

„Schon gut", sagt sie.

„Wie war denn eigentlich dein Vorstellungsgespräch?" Erich schiebt die Serviette zur Seite, blickt dann an ihr vorbei und winkt dem Kellner zu.

„Weiß nicht so genau", sagt Lu. „Der Chef war mir unsympathisch. Schnöseltyp. Hat viel geredet und ich musste kaum was sagen." Erich lässt dann seinen Blick wieder durch das Lokal schweifen. „Das war immerhin angenehm."

„Was?", fragt Erich abwesend.

„Dass ich nicht viel reden musste."

„Ach so."

„Mal sehen. Sie wollten sich diese Woche melden." Erich nickt, der Kellner kommt.

Während des Essens erzählt er von einer Gerichtsverhandlung und einem Vergleich, den er ausgehandelt hat, obwohl es niemand mehr für möglich gehalten hatte. Er beschreibt, wie er die andere Partei doch überzeugen konnte. Wie am Ende beide Seiten erkannten, dass der Vergleich die beste Lösung sei. Denn schließlich und überhaupt und außerdem. Der Kellner räumt die Teller ab, Lu gähnt. Plötzlich lacht Erich, anscheinend erzählt er eine lustige Passage, die Lu nicht mitbekommen hat. Sie lacht auch. Er räumt ein, dass er sich mit dem Anwalt der gegnerischen Partei von Anfang an geeinigt hätte. Aber manchmal wollten die Leute eben nicht einsehen, dass das Streiten keinen Sinn mehr hat. Lu gähnt wieder. Der Kellner schenkt Wein nach. Sie trinkt ihr drittes Glas. „Aber jetzt ist es vorbei", schließt Erich. Lu nutzt die Pause in seinem Monolog, steht auf, geht aufs Klo. Dort angekommen schaut sie in den Spiegel und erschrickt. Ihre Augen sind gerötet, die Wangen ebenfalls, die Wimperntusche ist verwischt. Sie zwinkert sich zu und das Spiegelbild winkt ihr entgegen. „Schrei ihn an", sagt die Lu im Spiegel. „Sag ihm, was für ein Waschlappen er ist." Die Lu im Spiegel fletscht die Zähne und knurrt, ihr Gesicht zieht sich zusammen und aus der Mitte wächst eine Schnauze, alles wird von grauem Fell überzogen. „Zerreiß ihn", fletscht der Wolf und Lu nickt, ja, murmelt sie, das werde ich.

Sie verlassen das Lokal, Erich legt den Arm um Lu. Er hält ein Taxi an. „Gumpendorfer Straße 40", sagt er. Aha, denkt Lu. In ihrem Kopf läuft eine Rateshow. *Wir begrüßen Sie herzlich zu unserer Sendung „Kommt er mit oder nicht?" Auch heute stellen wir Ihnen unsere Rateteams vor: Team eins, Lu und ihr unverbesserliches Herz, ihr Motto: „Ich-will-haben". Auf der anderen Seite versucht Team zwei, Lu und ihre Vernunft, sein Glück. „Das-ist-nicht-klug" lautet ihr Leitspruch. In der Mitte, wie jedes Mal unser „Ist-eh-Wurscht-weil-ich-entscheide"-Team, kurz: Erich. Wir gehen in die erste Runde und hier ist schon die erste Frage: Wird Erich mit Lu aussteigen oder nicht und wie wird sie reagieren? Ha, da haben wir schon die Antwort von Lu und ihrem „Herz-Team", was glauben die beiden? Sie haben Angst, er könnte weiterfahren und sie müssen allein nachhause, ja, wir warten, da kommt auch schon die Reaktion von Lu und ihrem „Vernunft-Team". Die beiden glauben, sie sollten Erich gleich sagen, dass er gar nicht mitkommen soll. Und wie fällt nun die Entscheidung von „Ist-eh-Wurscht-weil-ich-entscheide" Erich aus?*

Er geht mit und Lu tut nicht, was sie dem Wolf versprochen hat. Die Rateshow ist zu Ende. Wenn Erich Zeit und Lust hat, hat sie es auch. Und fertig. Mindestens zwei Jahre hat sie mit Brit durchgekaut, warum sie auf Erich steht. Obwohl sie was Besseres verdient. Dass gerade sein Nein zu einer Beziehung mit ihr sie ganz besonders reizt. Das ewig gleiche Spiel, solange sie dieses nicht Ja hört, wird auch sie keine Chance haben, endlich Nein zu sagen und die ganze Geschichte zu beenden.

So versucht sie es weiter und weiter und weiter.

Zuhause lässt Erich sich auf ihr Bett fallen, sie legt sich auf ihn, ihr Kopf auf seinem Bauch, er streichelt sie, zärtlich und weich, wie ein kleines Kind, ja, ich bin dein kleines Mädchen. Lu vergisst den Wolf, schmiegt sich an ihn, so bleiben beide eine Zeitlang, bis er ihren Mund küsst. Ihre Hände streicheln seinen Kopf, seine Hände wandern über ihren Rücken und gleiten unter die Hose, ihre unter sein Hemd. Das Hemd ausziehen, die Hose, die Unterwäsche, herunter mit der Entbehrung, der Einsamkeit, dem Früher, dem Hier und Jetzt und der Zukunft, weg mit dem Wolf, der Rateshow, vergeben und vergessen. Begehren und Wollen, Lust und Macht.

Er kommt und sie schaut ihn an dabei, wie seine Gesichtsmuskeln sich verkrampfen, die Adern auf seinem Hals, die fest verschlossenen Augen. Sie sieht ihn gern an in diesem Moment, in dem er ganz weit weg ist und trotzdem ihr gehört.

„Schön war es", sagt er und sie bleibt auf ihm liegen, ihr Kopf auf seiner Brust und er streicht über ihren Rücken. Nach einiger Zeit wird sein Streicheln langsamer, dann hört es ganz auf, sein Atem ist gleichmäßig. Ein Zucken fährt durch seinen Körper und Erich beginnt zu schnarchen. Nach einiger Zeit versucht Lu, von ihm herunter zu gleiten, doch sein Körper bemerkt die Veränderung, das Schnarchen ist plötzlich stockend, er bewegt seine Hände, dann die Arme. „Ich muss gehen", sagt er und gähnt. „Okay", sagt sie und ganz leise, „schade."

Er steht auf. Geht duschen, kommt zurück, kniet sich neben das Bett, fährt ihr zart durch die Haare, drückt ihr einen Kuss auf die Wange und geht.

Lu hört seine Schritte, zuerst im Vorraum, er schließt die Tür, sie hört ihn leise im Stiegenhaus, dann ist er weg. Sex heiligt alle Mittel. Er heiligt auch, dass er geht und Lu sich einsam fühlt, allein gelassen, benutzt.

Sie streckt sich. Jetzt ist sie wach. Nach einiger Zeit geht sie ins Wohnzimmer, holt den Laptop und legt sich auf die Couch.

Sie wählt sich ins Netz ein, ruft die E-Mails ab.

Er hat ihr noch nicht geschrieben. Vielleicht ist er gerade dabei, genau jetzt. Alle seine Mails wurden mitten in der Nacht geschickt, also warum nicht auch dieses Mal.

Herbst, zweite Klasse Unterstufe. Sie durfte nicht mehr zur Schule, ihre Mutter nahm ihr eines Morgens die Schultasche aus der Hand, sagte: „Du bleibst ab jetzt da. Die wollen dich nur verblenden, so wie sie alle verblenden. Aber nicht mit meinen Kindern, ich mache nicht mehr mit."

Lu fand es anfangs zu bequem, um sich darüber aufzuregen. Sie spielte mit Marion, lungerte herum, las im Englischbuch nur die Comicgeschichten und schlief jeden Morgen bis 10 Uhr. Am vierten Tag fand sie es nicht mehr so lustig.

Am fünften Tag begann sie, sich ernsthaft Sorgen zu machen. Sie musste doch zur Schule und etwas lernen.

Zwei Tage später ging sie zur Mutter und fragte, ob sie wieder hin dürfte. Die Mutter nuschelte etwas, das Lu nicht verstand, sprach von Verschwörung und von schlechten, dunklen Mächten. Lu wusste nicht, was sie tun sollte. Mitten in der Nacht rief sie den Vater an, er hob nicht ab. Als sie ins Zimmer zurückging, lag Marion wach im Bett.

„Wir müssen nie mehr zur Schule", erklärte die kleine Schwester.

„Wer sagt das?", fragte Lu.

„Mama", antwortete Marion. „Sie sagt, wir sollen da nie wieder hin. Die würden uns nur Lügen erzählen. Und das müssten wir auch noch lernen. Ich will keine Lügen lernen."

„Das ist Blödsinn. Wir lernen keine Lügen. Und wir werden wieder in die Schule gehen."

Am nächsten Tag kam die Großmutter. Sie stritt mit der Mutter, tobte und brüllte. Die Mutter weinte. Mit den Mädchen sprach niemand, die Großmutter rauschte nach einiger Zeit wieder aus dem Haus. Es war früher Abend, also putzten Lu und Marion die Zähne und legten sich ins Bett, was hätten sie sonst auch tun sollen?

Am nächsten Tag weckte die Mutter die Mädchen. „Los, in die Schule." Ihre Augen waren geschwollen, sie lächelte nicht und sah die Mädchen nicht an. Lu packte Marions Schultasche und sie gingen los, in der Schule fragte kein Lehrer nach der Entschuldigung.

In der kleinen Stadt sprach sich alles schnell herum. Die Leute schimpften über die Mutter, bezeichneten sie als Verrückte. Die Mutter schimpfte über alle im Ort. Sie glaubte, sie hätten sich gegen sie verschworen. Wenn sie jemandem begegnete, murmelte sie einen Fluch. Die Leute grinsten dann, die jungen Burschen zeigten ihr hinterher einen Vogel. Die Mutter ging immer seltener in den Garten. Sie kümmerte sich nicht darum, dass das Unkraut wuchs. Dabei war er früher akkurat gepflegt, jede Blume im Beet reihte sich brav hinter der anderen ein.

Einen Dachschaden hat sie, munkelten die Leute, übergeschnappt ist sie, verrückt. Und die armen Kinder.

Sahen die Leute die Mädchen, betrachteten sie Lu und Marion voll Mitleid.

Die Mädchen konnten tun, was sie wollten. Die Mädchen wollten nichts tun.

Lu hasste die Mutter. Marion liebte Lu. Die Schwestern trugen tagelang dieselbe Kleidung, auch wenn sie schon schmutzig war. Sie putzten die Zähne oder putzten sie nicht. Sie wechselten die Unterwäsche sporadisch, duschten sich manchmal zweimal am Tag, manchmal zwei Tage nicht. Die Mutter lag zu der Zeit immer öfter im Bett, manchmal den ganzen Tag. Dann lief sie wieder herum und redete wirr. Die Mädchen beachteten sie nicht. Die Mutter magerte ab, Marion und Lu ebenfalls. Die Oma kam einmal die Woche, schimpfte und brüllte, ließ zwei volle Schachteln Lebensmittel stehen. Bevor sie ging, steckte sie Lu manchmal einen Hundert-Schilling-Schein in die Hand. „Für Schulsachen und Kleider und so." Lu und Marion verbrauchten den Hunderter für Süßigkeiten.

Ein Jahr später ließ die Mutter ihre Töchter wieder nicht zur Schule. Sie sperrte das Haus ab und versteckte den Schlüssel. Die Oma klopfte und läutete. Die Mädchen weinten.

Einige Tage später kam dann jemand. Die Tür wurde aufgebrochen, Lu und Marion in ein Auto gesetzt. Die Mutter in einen Krankenwagen, sie fuhren weg, jeweils in eine andere Richtung.

Von: noone@hotmail.com an alleswirdbesser@gmx.at
29. März 2009 01:23:45
Ich will Sie nicht belästigen. Ich will Ihnen nicht zu nahe treten und ich will Ihnen keine Angst einjagen.
Es ist mir egal, wie Sie aussehen, ich beobachte Sie nicht, ich schleiche nicht um Ihr Haus herum, ich weiß nicht, wo Sie wohnen, es spielt keine Rolle, ich will nur schreiben und irgendwann vielleicht von Ihnen lesen, einen Buchstaben, drei Worte, einen Satz, eine Seite, einen Roman.
Ich stelle Ihnen keine Fragen, ich will nicht wissen, wie alt Sie sind, wo Sie leben, was Sie beruflich tun, ich interessiere mich für das, was Sie mir sagen wollen. Nicht mehr und nicht weniger. Und wer immer ich auch bin, für Sie bin ich der, den Sie sich vorstellen, wenn Sie meine Nachrichten lesen, und alles andere kommt mit der Zeit.

Sie hat den Computer noch vor dem Zähneputzen eingeschaltet. In der Nacht hat sie geträumt: Ein Mann stand vor ihrer Tür und klopfte an, doch es war nicht ihre Wohnung, sondern das Haus, in dem sie aufwuchs, und als sie öffnete, war es Becko, der sagte, er wäre blind.

Wie kann der E-Mail-Schreiber genau wissen, was sie hören will? Als hätte er ihre Gedanken gelesen, beruhigt er sie nun. *Für Sie bin ich der, den Sie sich vorstellen.*

Lu stellt sich vor: Er sitzt an einem Holztisch, die Wohnung ist klein, ein schmales Fenster, ein winziger Raum, voll gekramt, Bücher auf dem Tisch, im Regal, auf dem Boden ein Stapel. Er ist alt, hat graues Haar, trägt einen Vollbart, ja, einen Vollbart, warum nicht? Seine Finger auf der Tastatur, knapp dahinter ein großer, grauer Monitor.

Er ist einsam. Er sitzt an seinem Tisch, Tag und Nacht, er trägt eine ausgebeulte Hose, Schnürlsamt. Lu überlegt, sie liest noch einmal seine Zeilen, doch sie fühlt sich nicht bedroht, nur angesprochen, angeschrieben, ist das gefährlich?

Sie klickt auf „Antworten".

Von: alleswirdbesser@gmx.at an noone@hotmail.com
29. März 2009 10:43:45
ich ka

Sie sieht Brotkrumen zwischen dem Z und dem U. Lus Fingernagel ist zu kurz, sie bläst auf die Tasten. Die Brotkrumen rühren sich nicht von der Stelle. Also dreht sie den Laptop vorsichtig um, klopft darauf. Doch die Krumen verstecken sich noch tiefer unter den Tasten. Lu holt eine Gabel, setzt sich wieder und fährt mit einer äußeren Zinke zwischen die Tasten.

Von: alleswirdbesser@gmx.at an noone@hotmail.com
29. März 2009 10:50:15
ich ka

Sie löscht die Nachricht wieder. Und beginnt erneut.

Von: alleswirdbesser@gmx.at an noone@hotmail.com
29. März 2009 10:50:40
ich ka

Wieder löscht sie die Buchstaben. Sie schaut auf das Handy, sucht einen neuen Klingelton, um am Ende doch wieder den alten zu nehmen. Legt das Handy weg. Mit zwei Fingern beginnt sie zu schreiben.

Von: alleswirdbesser@gmx.at an noone@hotmail.com
29. März 2009 10:52:03
ichichichichichichweißjaauchnicht

Sie starrt auf den Computer, lehnt sich über den Tisch. Wartet.

Von: alleswirdbesser@gmx.at an noone@hotmail.com
29. März 2009 10:52:58
ichichichichichichweißjaauchnicht
muss ich warten, bis es vorbei ist, oder muss ich es beenden, damit es vorbei ist?
können sie mir das sagen?

Sie fährt mit der Maus über den Bildschirm, drückt „Senden“. Erschrocken lässt sie die Maustaste los.

Das Mail ist weg.

Sie schaltet den Laptop aus. Fährt ihn wieder hoch. Ruft die Mails ab. Drückt auf den Button „Gesendete Nachrichten“. Wie kann man nur so bescheuert sein? Wie kann man nur so blöd sein und – nein! So etwas Dummes. Hätte sie nicht, wenn sie schon zurückschreibt, sich was Kluges überlegen können? Anstatt sich einfach zu vertippen? Lu ist wie versteinert, dann steht sie auf, stellt sich ans Fenster und ruft Brit an. „Ich hab ihm geantwortet.“

„Was soll das heißen?“, fragt Brit.

„Ich hab zurückgeschrieben.“

„Oh. Und was hast du geschrieben?“

Lu liest ihr das Mail vor.

41

„Oh", wiederholt Brit. „Naja, vielleicht ist er jetzt so erschrocken, weil du ihm so eine schwierige Frage stellst, dass
er sich nicht wieder meldet."

Lu überlegt. „Aber weißt du", beginnt sie zögernd, „irgendwie hoffe ich, dass er sich wieder meldet.

„Ja dann ist es doch wunderbar!", meint Brit und hustet.

„Du", flüstert sie, „ich muss aufhören. Wir hören uns später,
okay?"

„Ja. Bis dann."

Lu wartet, surft auf die ORF-Homepage, liest die Wetter-
prognose, das Fernsehprogramm – kein Ton, der das Signal
einer eingehenden Nachricht ankündigen würde. Nach zehn
weiteren Minuten geht sie die Seminartermine der Instituts-
homepage durch. Immer noch nichts.

Lu langweilt sich, will aber nicht abschalten. Sie schickt
Erich eine Nachricht, obwohl sie sich vorgenommen hat, diesmal nicht diejenige zu sein, die sich als Erste meldet.

Von: alleswirdbesser@gmx.at an erich.kroetz@kanzlei-vienna.at
29. März 2009 11:22:32
hi, ich nehme an, du bist in der arbeit. ich gehe jetzt raus, spazieren. ätsch!

Sie seufzt. Wartet eine weitere viertel Stunde. Vielleicht kommt
ja doch ein Mail. Doch wieder: nichts. Genug. Sie zieht sich
an, verlässt die Wohnung, steht vor der Haustür und hat keine Ahnung, was sie tun soll. Warum kann sie nicht endlich
ihre Diplomarbeit weiter schreiben? Vor zwei Monaten hat sie
dafür ihren Job aufgegeben. Gut, es war nichts Besonderes,
sie arbeitete in einem Callcenter, aber immerhin verdiente
sie Geld. Seither arbeitet sie nicht mehr, die Diplomarbeit ist
kaum länger geworden, nur auf ihrem Konto ist kaum noch

Geld. Doch an wenig Geld ist Lu gewöhnt. Geld gab es in der Familie nie viel, auch als sie noch mit dem Vater unter einem Dach lebten, sparten sie. Keine Extras, keine Ausgaben, die nicht sein müssen.

Mit einem Krächzen öffnet sich hinter ihr die Tür. Lu grüßt die kleine alte Frau, die heraustritt. „Guten Tag", sagt Lu und schaut ihr nach. In winzigen Schritten trippelt die Frau weiter, sie trägt einen langen roten Mantel und eine Pelzhaube. Obwohl sie im selben Haus wohnen, hat Lu sie noch nie gesehen. Sie wartet, bis die Frau hinter der Straßenecke verschwindet. Dann hebt sie die Schultern, atmet die frische Luft ein und geht los.

Schönbrunn, beschließt sie. Es ist 11 Uhr Vormittag, als sie ankommt und den steilen Weg zur Gloriette hinaufwandert. Nach wenigen Metern geht ihr der Atem aus. Das ist nicht gut, denkt sich Lu und schnauft. Ein langer Atem ist wichtig, sonst hat man keine Chance im Leben, schon gar nicht in der Arbeitswelt.

Sie setzt sich auf eine Steinbank an der Rückseite der Gloriette. Lehnt sich zurück, schließt die Augen, lässt ihr Gesicht von der Sonne wärmen. So – und jetzt? Lu öffnet die Augen wieder, zieht das Handy heraus, wählt „Erich" am Display aus.

„Guten Tag, Erich Krötz, ich bin im Moment nicht zu erreichen, Sie können mir aber eine Nachricht auf Band hinterlassen."

Sie legt auf. Lehnt sich wieder zurück, streckt ihren Hals und hebt das Gesicht der Sonne entgegen. Einige Minuten bleibt sie bewegungslos, nimmt schließlich doch wieder das Handy heraus. Ruft Erich an. Wartet. Es läutet. Einmal, zweimal, dreimal, viermal. Sie legt auf. Vielleicht hat er eine Besprechung.

Vielleicht steht seine Exfrau hinter ihm und er kann nicht reden. Oder sie hat ihn angerufen, *Schatz, komm zurück, es ist so einsam ohne dich, unser Kind fragt nach dir.* Oder er hebt nicht ab, weil er einfach nicht mit ihr reden will. Weil er keine Lust hat, von ihr zu hören. Arsch.

Noch ein Versuch. Einmal, zweimal, dreimal, viermal, „*Guten …*"

Genug. Lu wählt „Sonja" am Display aus.

„Hey Lu!" Sonjas Stimme ist so laut, dass Lu das Handy kurz vom Ohr weg hält.

„Was für eine lautstarke Begrüßung! Ich wollt fragen, wie es euch geht."

„Ich bin grad, 'ntschuldige mal – Lana, ich sehe es mir gleich an, ich telefoniere nur ganz kurz, ja! Hallo? Ach, ja, mir geht's – sehr schön, mein Schatz! – ich bin dabei einen Kuchen für ein Kinderfest zu backen. Lana malt grad ein Bild und Clemens verteilt die Zeitung auf dem Boden. Und eigentlich sollten wir seit einer halben Stunde geschniegelt und gestriegelt bei meiner Mama zum allgemeinen Fototermin Habt-Acht stehen. Aber ja, sonst geht's mir gut."

„Klingt fast so aufregend wie bei mir."

„Clemens, sammelst du es auch wieder ein?", im Hintergrund ruft eine Kinderstimme „*Neeeeeeiiiiin!*" Sonja seufzt. „Wo bist du?", fragt sie.

„Spazieren. Rundherum nur Pensionisten und Pudel."

„Ha, am Wochenende bist du eingeladen, glaub mir, du brauchst ein bisschen mehr Aufregung im Leben und zwei kleine Kinder sind dafür genau richtig. Setz dich in den Zug und nach ein paar Stunden hast du mehr Trubel als dir lieb ist."

„Nein, so viel Trubel brauch ich gar nicht. Du, ich wollte dich fragen, ob du mal bei Mama warst." Lu putzt in der vertrockneten Wiese ihre Schuhe.

„Ja war ich."

„Und, wie geht's ihr so?"

„Naja, zurzeit glaub ich wieder schlechter. Sie faselt wieder viel Unsinn und war auch krank. Sie hatte Angina und es war nicht einfach, sie dazu zu kriegen, regelmäßig ihre Tabletten zu nehmen."

„Immer dasselbe", seufzt Lu. „Danke, dass du bei ihr warst."

„Ist doch kein Problem, ich ..."

Im Hintergrund hört Lu plötzlich laut: *„Mama, schau!"* „Wunderschön!", ruft Sonja.

„Jetzt bin ich taub", lacht Lu und Sonja fährt fort.

„Tut mir leid. Was haben wir gerade – ach ja, keine Ahnung, jedenfalls ist das ja echt kein Problem, ich wohne ja ums Eck, also mach dir keine Sorgen."

Lu schaut nach oben. Am Himmel tauchen immer mehr Wolken auf, es ist windig, sie zieht ihre Jacke fester zu. „Und wie geht's Opa und Oma?"

„Ich glaube, die beiden sind selbst nicht besonders gesund. Vielleicht gar nicht das Schlechteste – ja Lana! Ich komm schon – so bekommen sie weniger mit und ärgern sich nicht ständig. Lu, sei mir nicht böse, aber ich muss dann langsam, ich meld mich, okay?"

„Klar, bis dann. Ciao!"

Lu steht auf und geht an der Gloriette vorbei wieder Richtung Schloss Schönbrunn zurück. Sie stellt sich vor, wie Sonja in ihrer Wohnung steht. Ein weinendes Kind auf der einen, ein weinendes Kind auf der anderen Seite und in der Mitte steht Sonja, ganz ruhig und entspannt.

Sonja ist gleich alt wie ihre Cousine Lu, doch im Aussehen sind sie völlig unterschiedlich. Sonja war schon als Kind ungewöhnlich groß und hatte dickes rotes Haar. Während Lu immer mit einem Jungen verwechselt wurde, bezeichneten die Leute Sonja entweder als Elfe oder als Hexe.

Als Kinder waren Lu, Sonja und Marion unzertrennlich. Das änderte sich, als der Vater auszog. Seine Schwester, also Sonjas Mutter, verbot ihrer Tochter den Umgang mit den Mädchen. Sie wollte nicht, dass sie mit der Verrückten Kontakt hatte und auch von den Töchtern sollte sich Sonja lieber fernhalten. Wer weiß, vielleicht hatten sie etwas geerbt.

Jahrelang gab es zwischen den Mädchen keinen Kontakt. Bis Sonja Lu plötzlich anrief. Sie telefonierten nicht lang, sondern vereinbarten ein Treffen.

Beide waren inzwischen knapp zwanzig Jahre alt. Sonja lebte auf dem Land, in der Nähe der Kleinstadt, in der sie aufgewachsen waren. Sie arbeitete als Masseurin in einem Viersternehotel, hatte schon seit Ewigkeiten einen Freund, wollte heiraten und Kinder. Lu studierte bereits. Sie trafen sich in Wien, weil Sonja an einem Seminar in der Stadt teilnahm.

Es war Sommer und Lu schlug als Treffpunkt das Flex-Café vor. Damals gab es im Flex noch keine Türsteher, abgegrenzte Bereiche oder Alkoholkontrollen. Es wurde gekifft, getrunken und gedealt. Sie hätte es nicht zugegeben, aber damit wollte Lu Sonja beeindrucken. Dem Landei zeigen, wie cool ihre Cousine war. Eine späte Rache vielleicht. Denn obwohl Lu wusste, dass es nicht Sonjas Schuld war, dass der Kontakt abgebrochen war, nahm sie es ihr übel. Sie hätte sich bemühen können. Sonja aber war vom Lokal und den Leuten unbeeindruckt und ließ sich nicht aus der Ruhe bringen. Dafür war Lu von ihrer Gelassenheit beeindruckt. Sie redeten bis in den Morgen. Über Mütter, die immer nur das Beste wollten. Über Lebensziele und Möglichkeiten, über Ängste, Wut, Enttäuschung und Reue.

Lu wurde zur Hochzeit und zu Lanas Taufe eingeladen. Sie telefonierten immer öfter, trafen sich regelmäßig. Obwohl Marion und Lu sie nie darum gebeten hatten, schaute Sonja auch hin und wieder bei deren Mutter vorbei. Manchmal erkannte diese Sonja wieder, manchmal nicht.

Dass Sonja Lus Mutter damals rechtzeitig entdeckte, war Zufall. Denn eigentlich wollte sie erst drei Tage später nach ihr sehen. Aber Clemens hatte beim letzten Besuch seinen Stoffteddybären vergessen und war traurig darüber, deshalb ging Sonja doch schon früher hin.

Dass die Tante nach dem Klingeln nicht öffnete, war nicht weiter beunruhigend. Oft lag sie oben im Zimmer und schlief oder hörte laut Musik. Also schloss Sonja die Tür mit Lus Zweitschlüssel auf. Während Clemens ins Wohnzimmer stürmte, um die Puppe zu suchen, lief Sonja in den oberen Stock. „Hallo, ich bin's, Sonja!", rief sie und klopfte an die Schlafzimmertür. Als sie keine Antwort bekam, trat sie ein. Doch das Bett war leer.

Sonja durchsuchte alle oberen Räume und lief dann wieder nach unten. Im Wohnzimmer hockte Clemens und ließ die Puppe über das Zick-Zack-Muster des Teppichs schreiten. Auf der Couch lag die Tante und regte sich nicht. „Irmgard!", rief Sonja. Die Tante redete wirr vor sich hin. Ihre Stimme war rau, die Lippen aufgesprungen. Auf dem Kinn hatte sie einen blauen Fleck.

Sonja rief die Rettung. Die Erklärung im Krankenhaus war einfach: Die Frau hatte einige Tage nicht getrunken. Daher die ausgetrockneten Lippen. „Und das blaue Kinn?", fragte Sonja. Die Ärztin zuckte die Schultern. „Wahrscheinlich gestolpert."

Die Erklärung der Ex-Tante war ebenfalls einfach: Das Wasser wäre vergiftet worden, weil die Leute sie umbringen wollten. Also konnte sie es nicht trinken.

Sonja rief Lu vom Krankenhaus aus an. Am Wochenende fuhren Marion und Lu dann zur Mutter. Das Krankenhausbett schien ihren Körper zu verschlingen, ihr blasses Gesicht hob sich kaum von der weißen Bettdecke ab, nur ihre Augen stachen daraus hervor. Schöne Augen, dachte Lu und wunderte sich, dass es ihr vorher noch nie aufgefallen war.

Am liebsten hätte Lu das Krankenhaus verklagt, weil sie die Mutter nach wenigen Tagen wieder nachhause schickten. Sie erinnert sich an den Streit mit einem Arzt, während sie den Namen der Mutter am Handy auswählt. Viermal lässt sie es läuten, dann legt sie auf, traut sich nicht, auf die Mailbox zu sprechen – was soll sie auch sagen? Hallo, bitte nimm deine Tabletten und wenn's geht, bitte bring dich nicht noch einmal um?

Sie ist wieder vor dem Schloss angekommen, hält das Telefon immer noch in der Hand. Lu setzt sich auf die Parkbank. Plötzlich vibriert ihr Handy und spielt eine Melodie. *Teilnehmer unbekannt.*

„Guten Tag, hier spricht Pinz!", sagt eine Männerstimme.

„Ah, guten Tag!" Pinz, Pinz, der Name sagt ihr doch was, wer war das schnell, Lu denkt nach, geht in ihrem Kopf alle Gesichter durch.

„Liebe Frau Lietschnig, ich habe eine gute Nachricht für Sie. Sie sind in die nächste Runde mit drei Endbewerbern, oder besser gesagt drei Endbewerberinnen, aufgestiegen."

Lu öffnet erschrocken den Mund, sie sagt nichts.

Das Bewerbungsgespräch! Pinz, der Firmenchef der Agentur, natürlich, jetzt muss sie begeistert reagieren, doch Lu bleibt noch immer still. „Oh, toll, das freut mich aber!", quetscht sie schließlich heraus.

Pinz räuspert sich. „Ja, uns auch. Um herauszufinden, wer geeignet ist, müssten sie eine Aufgabe für uns erledigen. Haben Sie was zu schreiben zur Hand?"

„Klar", lügt Lu. Er gibt ihr die Anweisungen, Lu schließt die Augen, um sich besser konzentrieren zu können.

„Schicken Sie mir die Arbeit per Mail, okay?"

„Okay, vielen Dank, danke."

„Gut, bis dann." Pinz legt auf. Lu lehnt sich zurück. Das gibt's doch nicht, denkt Lu. Dass sie nach diesem Vorstellungsgespräch noch eine Chance hat, wer hätte das gedacht?

Von: noone@hotmail.com an alleswirdbesser@gmx.at
30. März 2009 00:03:24

Ich weiß nur, dass es viel Mut erfordert, einen Zustand zu ändern, aber die Änderung ist erst möglich, wenn die Entschlossenheit dazu nicht nur von Gedanken, sondern auch von Gefühlen getragen wird Ich habe es gewagt, Ihnen zu schreiben. Doch die Entscheidung, es wirklich zu tun, hat mehrere Monate gedauert. Vielleicht gilt es einen Endpunkt zu erreichen, vielleicht ist es irgendwann „soweit". Fähig zu handeln, fähig zu ändern. Darin liegt wohl auch ein Fluch unserer Zeit, meinen Sie nicht auch? Bevor wir Dinge überhaupt akzeptieren, wollen wir sie schon wieder ändern, weil es uns langweilig wird.

Vielleicht freut es Sie, wenn ich Ihnen die Gewissheit gebe, dass es für mich ein wunderschöner Moment war, als ich Ihr Mail entdeckt, geöffnet und gelesen habe. Ich danke Ihnen.

Einen schönen Tag,

K.

K. Konrad. Konrad, ihr verstorbener Onkel. K. Kontoauszug, Karriere, Krankheit, Kuss. Karl, ein Junge, auf den sie in der Schule abfuhr. Katrin, eine frühere Arbeitskollegin, die sie einmal im Monat trifft. Karolin, ein Mädchen aus der WG. Kurt, ihr Zahnarzt. Knut, Berlins weißer Bär. Kennedy.

Wahrscheinlich heißt K nicht K und er könnte genauso ein S. sein, ein A., ein L. Keiner kennt K. Lu reibt sich die Augen.

Was treibt ihn dazu, dass er ihr schreibt? Die Einsamkeit, die Langeweile, die langen Nächte, Schlaflosigkeit? 00 Uhr 03. Muss er arbeiten, muss er am nächsten Tag aufstehen, liegt jemand neben ihm, wenn er aufwacht? Ist er in Pension? Arbeitslos? Beides passt zu dem Mann mit Bart, der in dem kleinen Zimmer sitzt und mit zwei Fingern in die Tastatur klopft und neben dem niemand liegt, davon ist Lu überzeugt.

Sie möchte ihn sehen, sie will wissen, warum er diese Nachrichten schickt. WER SIND SIE? schreibt sie in ein Antwortmail. Sie überlegt. Schickt es doch nicht ab, speichert es aber unter Entwürfen.

Aufhören, sie sollte sich keine Gedanken machen über einen Verrückten, sondern weiterarbeiten und ihren Auftrag für die Agentur erledigen, damit sie wieder einen Job hat und Geld verdient.

Sie räuspert sich, setzt sich aufrecht an den Computer. Also dann. Mit einem „Ping" kündigen die Lautsprecher eine neue Nachricht an. Lu kontrolliert sofort den Posteingang und liest ein E-Mail von Marion. Lu sinkt in eine bequeme Haltung zurück und ihre Mundwinkel wandern nach oben. Endlich.

Von: crazybrain@gmx.at an alleswirdbesser@gmx.at
30. März 2009 17:49:34

Haha, das ist super, dass ein vorstelungsgesprach in einer PR-Agentur hattest. Dann darf ich offiziell PR-Tussi zu dir sagen. Daiese tastaturen hier … Ein Graus.

Ich bin grad auf einer Insel weiter im Sueden. Hab mich mit zwei Franzosen zusammengetan, Yves, ein 35-jaehriger Guru und Jaques, ein zehn Jahre juengerer Typ. Ein witziges Paerchen, haben sich auf einer anderen Insel kenen gelernt und die Franzosen sind eben doch Patrioten, also haben sie sich glich zusammengetan. Dass sie mich „aufgenommen" haben, duerfte daran leigen dass die Thai-MAaedels nicht besonders an ihnben interessiert sind und dass sie wahrscheinlcih dohc irgendwie hoffen, wenigstens mit einer langweiligen Osterreicherin eine Affaere anzufnagen. Wird wohl nix werden, aber wir haben es recht lustig. Gestern sind wir den ganzuen Tag in Haengematten am Strand gelegen. Die Insel heisst Ko irgendwas (tut mir leid, ich vergesse es echt jedes Mal) und ist ein Naturschutzgebiet. Also kaumj Leute und extrem wenig Tourismus. Das einzige Lokal hat ausser Reis mit Schrimps und Schrimps mit Reis wenig zu bieten. Leider bekomme ich heir nicht mal meine geliebetn Ananas, nach denen ich mittlerweile schon suechtig bin.

Jedenfalls sind wir mit dem Bus vom Norden herutnergefahren. Naja, nicht so ganz wirklcih, denn am Ende haben wir gecheckt, dass wir in der falschen Stadt gelandet sind. Wie du siehst, biin ich auch hier oft hirn- und vor allem orientierungslos unterwegs.

Seit gestern liege ich in der Haengematte und es war echt arg, als die Jungs grad schnorcheln waren. Ich habe die Augen aufgemacht und ploetzlich ist ein Schwarm Kinder neben mir gestanden, die micfh angergriffen, gelacht und auf micfh eingeredet haben. Natuerlich konnte ich nichts verstehen. Ich habe ihnen Traubenzucker gegeben, aber von dem waren sie nicht begeistert. Nachdem sie daran gelutscht haben, haben sie alle den Mund verzogen und ihn ausgespuckt. Da merkt man wieder mal die verdorbenen Geschmacksnerven derEuropaeer …

Wahnsinn, kann mri gar nicht vorstellen, dsas ich nicht mal mehr ein Monat unterwegs bin. Und schon gar nicht, dass ich bald wieder „im Westen" lande und dort arbeiten und Geld verdienen soll. Ausserdem weiss ich nicht mehr, wie man eine Winterjacke anziehen kann. Ueber einen Pullover. Hilfe! Hier bin ifch nur im Traegerleiberl unterwegs.

Was ist mit Mama wieder los? Lasws dich nicht unterkriegen, sie wird's schon schaffen. Es ist seltsam, aber seit ich weg bin, habe ich auch einen anderen Bezug zu ihr und ihrer Krankheit bekommen und sehe vieles anders. Ich glabue nicht, dass man Menschen einen Willen „aufzwingen" kann, das funktioneirt nur bedingt und am Ende setzt sich doch das Selbst durch. Und vielleicht ist Mamas „Selbst" ein ganz anderes, unangepasst und eigen. Sag ihr liebe Gruesse, obwhol sie wahrscheinlich vergessen hat, dsas ich weg bin.

Wegen. dem Mail das du von dem anonymen Schreiber bekommen hast: Das sehe ich natuerlich ganz klar (jaja, so ein Leben in den Tropen macht einen ganz weise und erfahern ☺☺). Wenn er traurig und verzweifelt ist, was soll schon passieren? Welche bosen Gedanken kann er schon haben? Er klingt doch sehr nett. Vielleicht bin ich zu blauaeugig, aber ich will nicht immer sofort das Schlimmste hinter allem und jedem vermuten.

Uebermorgen fahren wir wieder Richtugn Norden. Yves ist noch drei Monate unterwegs. Er war schon in Indien und moechte noch weiter nach Burma. Jauques muss in in zwei Wochen nachhause und jedes Mal, wenn er sich dran erinnert, wird ihm richtig uebel. Er hat irgendeinen langweiligen BUeuerojob, ich glaube Controling oder so was, falls ich ihn richtig verstanden habe. Man gewohnt sich an deises Travellerleben und kann sich nicht vorstellen, jemals wieder hinter einem Schreibtisch zu sitzen.

Aber liebes Schwesterlein, eine aus dem Hause muss ja Karriere machen, oder? Auf in die PR! Keine Panik, ich habe dich auch trotz viel Geld nhoch sehr lieb und werde weiterhin mit dir reden.

Eine ganz feste Umarmung, dicker Kuss, alles Liebe und Grpsse an alle, die ich mag (also nicht an den boesen boesen Ehebrecher-Erich ...)

Marion

Ehebrecher-Erich. Lu schmunzelt. Obwohl Erich mittlerweile seit einem Jahr geschieden ist, behält Marion den Namen noch immer bei.

Seit dreieinhalb Monaten ist Lus kleine Schwester jetzt schon weg. Nur mit einem Ticket in der Hand flog sie nach Asien, landete in Laos, besuchte Kambodscha und Thailand. Lu hat jedes Mail von ihr gespeichert und ist jedes Mal aufs Neue erstaunt, wie unbekümmert ihre Schwester der Welt gegen-übertritt.

Dabei dachten die Leute früher, Marion wäre stumm. Fehlte sie in der WG beim Abendessen, fiel es nur Lu auf. Sie war weder beliebt noch unbeliebt. Ihr schien das egal zu sein. Ge-nauso war es ihr egal, was die Burschen von ihr hielten. Als die Mädchen älter wurden, nahm Lu die Schwester mit zu Partys, ins Kino oder in das einzige Lokal der Stadt. Marion unterhielt sich, lachte mit den anderen, aber kümmerte sich nicht weiter darum. Sie rief niemanden an und traf keinen.

Zwei Jahre lebte Marion allein in der WG. Lu zog nach der Matura nach Wien und begann ihr Studium. Beinah jedes Wo-chenende besuchte die kleine ihre große Schwester und hatte trotz der beträchtlichen Anzahl an Fehlstunden ein erstaunlich gutes Zeugnis. Marion war mit siebzehn Jahren auf Studen-tenpartys, in Clubs oder Konzerten dabei. Sie schlief im Stu-dentenheim im Bett von Lus Zimmergenossin, die fast jedes Wochenende nachhause fuhr. Lus Freundinnen und Freunde mochten sie, eigene Freundschaften schloss Marion aber noch immer nicht. Marion begann in Wien zu studieren. Erst hier lernte sie selbst Leute kennen, ging aus, verabredete sich.

Lu blickt auf den Couchtisch: Die Karte mit dem strahlend blauen Himmel. Marion hat sich selbst mit Kuli eingezeichnet.

53

Auf der Karte liegt ein Strichmännchen am Strand. „Ich", hat Marion mit einem Pfeil dazugeschrieben.

Draußen beginnt es zu dämmern. Gegenüber werden Lichter aufgedreht, Jalousien herunter gelassen und Vorhänge geschlossen. Lu erinnert sich an Abende, an denen Marion auf der Couch lag und über einem Buch einschlief. Sie erinnert sich, wie sie es hasste, wenn Marion ihre Finger knacken ließ. Sie erinnert sich, dass Marion und sie oft überlegten, ob sie nicht weggehen sollten und dann doch gemeinsam vor dem Fernseher landeten.

Lu wischt sich eine Träne aus den Augen. Sie fühlt sich einsam und allein gelassen. Es ist 18 Uhr. Nein, denkt sie, heute kein Selbstmitleid. Sie springt auf, zieht ihre Schuhe an, hinaus, hinaus, auf die Straße, sie fährt mit der Straßenbahn, steigt aus und eilt Richtung Ring, sie geht schnell, an Geschäften vorbei, an Leuten und weiter, die Josefstädter Straße, dann geradeaus, beim Rathaus vorbei, Fiaker, Autos, Menschen und weiter, bis zur Kärntner Straße. Biegt in eine kleine Seitenstraße, bleibt stehen.

Sie sieht auf das Schild an der Tür. Dr. Erich Krötz, Rechtsanwalt. Die Eingangstür ist offen. Das Büro ist im dritten Stock. Sie überlegt, geht die Stiegen hinauf, hält inne. Mezzanin. Die nächsten Stiegen. Sie geht langsamer. Eine Tür wird geöffnet, Lu hält den Atem an, horcht. Es sind klingende Absätze, kein Scheuern wie bei ihren Turnschuhen. Im zweiten Stock geht eine Frau an ihr vorbei, sie lächeln sich zu, eine hübsche Frau, sie trägt einen Anzug und hat das Haar hochgesteckt.

Lu wartet, bis die Frau die Haustür unten zuschlägt. Sie sieht ihre Turnschuhe an, die alten Jeans, die Windjacke. Was tut sie hier? Sie dreht wieder um, geht nach unten.

Draußen spaziert sie die Straße hinauf, dann wieder zurück. Sie setzt sich in ein Café gegenüber dem Büro, durch das Fenster ist das Haus zu sehen, aus der Kanzlei scheint Licht. Lu bestellt einen Kaffee und starrt hinaus, sie stützt das Kinn auf ihre Fäuste.

„Ist hier frei?", fragt ein Mann, Lu schaut kurz auf, nickt und schaut wieder aus dem Fenster. „Worauf warten Sie?", will der Mann wissen, Lu erschrickt.

„Ich … ich warte nicht. Nicht so richtig." Der Mann schmunzelt, Lu runzelt die Stirn, sie fühlt sich ertappt und gibt zu viel Zucker in den Kaffee. Innerlich verpasst sie dem Mann einen Fußtritt. Dann schreckt sie hoch. Vielleicht ist das der E-Mail-Schreiber! Sie sieht ihn möglichst unauffällig an. Der Mann blättert in der Zeitung und hat sich von ihr abgewandt, er sieht harmlos aus. „Ich warte nur auf einen Bekannten", fügt sie hinzu.

Er blickt sie erstaunt an. „In Ordnung", sagt er. Er trägt einen Bart und Lu erkennt, dass er gut angezogen ist, zu gut für eine kleine Wohnung, zu gut für eine Cordhose, einen alten Schreibtisch und Mails, in denen man nach Hilfe sucht. Aber wer weiß das schon.

Lu überlegt, zögert. „Und Sie, was machen Sie?"

Der Mann lächelt sie an. „Was ich mache?"

„Ja, ich meine hier, jetzt."

„Nun, ich würde sagen, ich lese Zeitung."

Lu nickt. „Verstehe, aber das habe ich nicht gemeint, ich meine, warum Sie hier sind."

Der Mann lächelt immer noch, er hat schöne weiße Zähne. „Sie meinen, warum ich hier im Café sitze und Zeitung lese? Vielleicht will ich mir einfach die Zeit vertreiben."

„Aha", meint Lu und nickt. Sie blickt kurz nach draußen, Erich erscheint im Haus gegenüber in der Tür. „Ich muss los. Einen schönen Tag noch."

„Na Ihnen auch."

Erich geht die Straße hinunter. Er telefoniert. Was er sagt, kann Lu nicht hören, sie ist etwa fünf Meter hinter ihm. Sein Mantel ist schwarz. In der rechten Hand hält er seinen Aktenkoffer. Er geht zum Auto und öffnet den Kofferraum, legt den Aktenkoffer hinein und sperrt das Auto wieder ab. Lu steht einige Meter entfernt, schaut in eine Auslage und schielt zum Auto. Wenn er sich jetzt umdreht, denkt sie und mich entdeckt, was mach ich dann?

Er dreht sich nicht um. Verfolgt stur seinen Weg. Lu will schon vorlaufen und ihn an der Schulter antippen, als wäre sie zufällig vorbeigekommen, ganz nebenbei.

Erich läuft weiter und Lu hat Mühe, mit ihm Schritt zu halten. Plötzlich bleibt er stehen und blickt in ein Schaufenster, in dem ein Sakko abgebildet ist, er streicht mit der linken Hand über sein Haar, mit der rechten hält er noch immer das Handy ans Ohr.

Durch den ersten Bezirk zu gehen ist wie ein Ausflug in eine andere Welt. Lu kommt sich immer vor wie eine Touristin. Erich biegt ums Eck in eine kleine Gasse und verschwindet plötzlich in einem Lokal. Und jetzt?

Langsam nähert sich Lu dem Lokal. Vor der Eingangstür bleibt sie stehen, lugt durch das erste Fenster. Sie erkennt dahinter Erich. Er sitzt sich mit dem Rücken zu Lu an einem Tisch, allein.

Eine sehr hübsche Kellnerin stellt sich vor ihn. Geht wieder weg. Bringt ihm kurze Zeit später ein Glas Bier.

Lu fasst nach dem Griff der Tür. Jetzt geh ich einfach rein, denkt sie.

Von: noone@hotmail.com an alleswirdbesser@gmx.at
1. April 2009 01:34:44
Ich starre aus dem Fenster und so viele Menschen gehen vorbei, vorbei, alle immer nur vorbei. Sie sind jemand, der nicht vorbei geht, das haben Sie mir mit Ihrer Antwort bewiesen. Ich habe eine Bitte an Sie, ich werde sie einmal stellen, es liegt an Ihnen. Lassen Sie mich nicht allein, bitte lassen Sie mich nicht allein.
Falls Sie nun die Entscheidung treffen, mir nicht mehr zu antworten, bedanke ich mich für Ihre Geduld.
Alles Liebe, viel Kraft.
K.

Genau wie sie vermutet hat. Einsamkeit. Der Mann ist allein und braucht jemanden. Lu fühlt sich betrogen, sein Interesse gilt nicht ihr, sie ist nur eine, die er zufällig herausgepickt hat, um dem Alleinsein zu entfliehen. Sein Betteln ärgert sie. Memme. Sie überlegt, ihm als Rache die Nummer einer Telefonseelsorge weiterzuleiten.

Sie sitzt noch immer vor seiner Nachricht, als ihr Handy leuchtet und „Opa" auf dem Display erscheint. Lu verdreht die Augen, holt tief Luft, um für den drohenden Redeschwall gerüstet zu sein und hebt ab. „Hallo Opa."

„Luise. Nachdem du dich nie meldest, habe ich mir gedacht …"

„Du hast Recht, weißt du, ich bin in letzter Zeit sehr viel unterwegs gewesen, ich habe nämlich bald einen neuen Job."

57

„Ach so, ja schön. Und wann kommst du uns wieder einmal besuchen? Du weißt ja, deine Mutter …"

„Ja, hab ich gehört, ich wollte eigentlich dieses Wochenende zu euch fahren, aber ich habe noch etwas vorbereiten müssen für die neue Arbeit."

„Aber so wichtig kann dir die Arbeit …"

„Ja leider, man kann es sich nicht mehr aussuchen. Man muss halt froh sein, wenn man was gefunden hat."

„Jaja, da hast Recht, aber weißt, ich hab halt immer gesagt …"

„Genau, Opa, wie geht's denn der Oma?"

„Ach, wie es eben so ist, wenn man alt ist und dann noch mit so einem Kind, da hat man es halt im Alter nicht leicht. Die Oma hat immer so Kreuzweh und …"

„Sie darf nicht so schwer heben, das hat ihr der Arzt das letzte Mal schon gesagt?"

„Du weißt ja, wie stur die Oma ist. Ich sage immer …"

„Oja, das weiß ich. Und wie geht's Mama?" Sie hält den Hörer weg, gewöhnlich folgt ein empörtes Schnaufen, das der Opa schon automatisch von sich gibt, wenn Lu seine Tochter erwähnt.

„Wie soll es ihr schon gehen? Sie liegt den ganzen Tag im Bett und …"

„Du, Opa, ich muss jetzt dann weg, ich habe noch einen Termin."

„Einen Termin, zu Mittag? Mit wem?"

„Bei meiner Ärztin, die hat auch mittags offen, in der Stadt ist das nicht so wie bei euch."

„Ach so, na ja, also wann …"

„Gut, also bis dann und liebe Grüße an die Oma!"

Dass sie zu einem Termin muss hat sie schon beim letzten Mal behauptet. Für das nächste Telefonat muss sie sich etwas Neues einfallen lassen. Auch wenn der Opa ständig behauptet, er würde immer vergesslicher: Wenn er will, vergisst er gar nichts.

Doch der Opa ist ein Meister des Verdrängens. Was er nicht hören will, hört er nicht. Was er nicht sehen will, sieht er nicht. Als Lus Mutter begann, wirre Dinge zu reden, nahm er es einfach nicht wahr. Er mischte sich auch nicht ein in die ständigen Streitigkeiten zwischen seiner Frau und der Tochter. Auch als die Mädchen in die Wohngemeinschaft übersiedeln mussten, überließ er seiner Frau das Reden.

Und das tat sie auch. Trotz aller Konflikte, die sie tagtäglich mit ihrer Tochter austrug, war sie dagegen, dass ihr das Sorgerecht entzogen werden sollte und die Kinder in die WG ziehen mussten. „Die Kinder dürfen nicht ins Heim", schimpfte sie. Genau so ausgeschlossen war für sie aber auch, dass die beiden Mädchen in die Obhut der Großeltern kommen könnten. Sie wären zu alt, um zwei Mädchen aufzuziehen und Lu war froh darüber. Denn die Wochenenden, die Marion und sie bei ihnen verbringen mussten, waren anstrengend genug.

Die Oma regte sich immer nur auf. Vergaßen die Mädchen, etwas wegzuräumen, klagte sie, dass sie völlig verzogen wären. Räumten sie es weg, landete es sicher auf dem falschen Platz. Nach den Wochenenden kamen Marion und Lu meist erschöpft und grantig in die WG zurück. Der Opa sagte wenig und sprach er doch einmal, ging es immer nur um Krankheiten, die er haben könnte.

Dass Lu die Großeltern nicht mochte, stimmte nicht. Sie hatte mit der Zeit nur gelernt, sich von ihnen zu distanzieren. Sich nicht mehr von jedem Wort der Großmutter provozieren zu lassen und das Phlegma des Großvaters hinzunehmen. Meist gelang es ihr nicht, die Wutausbrüche hinunter zu schlucken. Doch sie entwickelte Strategien: Während sie den Opa mitten im Satz stoppte, um den Monolog seiner ständigen Wehwehchen hören zu müssen, ignorierte sie das Gezeter der Großmutter.

Schon bei dem Gedanken daran, die Großeltern wieder einmal zu besuchen, ermüdet sie. Sie fährt bestimmt nicht allein zu ihnen, sondern besucht sie erst, wenn auch Marion wieder zurück ist. Sie öffnet eine *Neue Nachricht*.

Von: alleswirdbesser@gmx.at an crazybrain@gmx.at

1. April 2009 13:38:49

meine liebe lieblingsschwester! während du mit irgendwelchen schweden oder was weiß ich wem in der hängematte sonnenstrahlen einfängst, sitze ich hier im saukalten (april!!!!!!) wien. aber nicht mehr lang, hahahahaaaa! bald sitzt du auch wieder da und deine goldgebräunte haut wird schnell wieder blass sein. außerdem steht als erstes highlight ein treffen mit unseren lustigen großeltern am programm, die es gar nicht erwarten können, ihre missratenen enkelinnen zu bekriteln. auf fröhliches heimkommen! kuss
deine beste schwester lu.

Dass Lu Gunther kennen lernte, verdankte sie ihrer Großmutter. Während Lu ihr letztes Jahr in der WG verbrachte, war Gunther bei Oma und Opa Zivildiener. Die Oma beschloss damals plötzlich und ohne Vorwarnung, nicht mehr zu kochen. „Ich mag nicht mehr", bestimmte sie. „Wir bestellen uns Essen auf Rädern." Ihr Mann saß im Fernsehsessel und las die Krone. „Natürlich, Oma", murmelte er ohne aufzusehen.

60

Die Woche drauf kam Gunther und brachte Leberknödelsuppe, Rindsbraten und Vanillepudding. Eine Woche später bestellte die Großmutter das Essen ab und kochte wieder selber. „Das ist keine Suppe, das ist heißes Wasser mit Schnittlauch drin", beschwerte sie sich. In der Zwischenzeit hatte Lu Gunther schon kennen gelernt. Am ersten Wochenende, an dem er das Essen lieferte, war auch Lu zu Besuch.

Sie schämte sich, als die Großmutter eine Schimpftirade über Lus Dreads und Gunthers Bart losließ. Er fand es lustig. „Aber schauen Sie mal wie weich der ist", sagte er, fuhr mit seinen Fingern über seinen Bart. Die Großmutter zuckte zurück und kreischte auf. „Um Gottes willen."

Zwei Jahre waren Gunther und Lu zusammen. In der Zeit schnitt Lu ihre Dreads ab. Nachdem sie jahrelang nur in schwarzgrauen, sackartigen Kleidungsstücken herumgelaufen war, stieg sie auf ausschließlich knallbunte Garderobe um. Sie nahm zuerst zu, dann ab. Gunther aber blieb immer derselbe: Schwarze Kleidung, Pferdeschwanz, Spitzbart und eine dünne, schlaksige Gestalt.

„Endlich!", sagt Gunther als Lu eintritt und will ihr einen Kuss auf die Wange drücken, doch stößt stattdessen gegen das Schild ihrer Kappe. „Na bitte, inklusive aufgesetztem Mundschutz."

„Scheißwetter." Sie legt die Kappe ab, drückt ihm einen Kuss auf den Mund.

„Ich hab gelesen, dass auf diesen Winter ein eiskalter Sommer folgt", sagt Gunther. Lus Haar ist von der Mütze völlig platt gedrückt.

„Sehr aufbauend." Sie zieht die Jacke aus. Neidisch schaut sie auf Gunthers Teller und das riesige Stück Wiener Schnitzel darauf. Gunther schneidet ein Stück ab.

„Muss ich dich aufbauen? Ist der böse Ehemann gemein zu dir? Ich sag ja schon seit zweieinhalb Jahren, dass du am besten seine Frau anrufst, ihr alles sagst und sie fordert eine riesige Wiedergutmachung von dem Arschloch und ihr teilt euch das Geld."

„Er ist Anwalt. Und sie ist seine Exfrau, nicht Frau. Kein guter Plan."

„Mit mir wäre dir das nicht passiert", grinst Gunther und Lu lächelt. War die Großmutter am Anfang enttäuscht über Lus neuen Freund, war sie es dann über das Beziehungsende.

„Mit dem Gunther wäre dir das nicht passiert" sagte sie später immer wieder, ob passend oder nicht. Für die Oma stimmte es, auch nach zehn Jahren. Aus und fertig.

Lu setzt sich. „Außerdem habe ich dir schon dreimal gesagt, dass er geschieden ist."

„Na und? Ich kann anrufen. Und sagen, ich bin ein guter Freund. Und beende die Affäre für dich. Und was gibt es sonst Neues?", fragt er und schaut Lu an.

„Du siehst müde aus", sagt sie.

„Danke. Ich schaue immer müde aus."

„Stimmt", gibt Lu zu. „Also ich möchte aber gar nicht über Erich reden, sondern über jemanden, der mir seit einiger Zeit E-Mails schickt." Sie erzählt vom E-Mail-Schreiber, während Gunther weiterisst.

„Interessant", meint er am Ende.

„Verrückt, oder?", sagt Lu.

„Verrückt?", Gunther zuckt mit den Schultern. „Ich weiß nicht, klingt spannend." Er nimmt sein Bier, trinkt es aus.

„Verrückt und interessant liegen nah nebeneinander", sagt Lu.

„Stimmt. Ich würde zurückschreiben."

62

„Ich habe ihm schon einmal geantwortet. Aber wozu? Um zu helfen? Was soll ich denn auf solche Mails antworten?"

„Weil du vielleicht selbst etwas davon hast. Und sei es nur, dass sich jemand über deine Nachricht freut. Ich mein, das ist doch schon was, oder?"

„Ich hoffe, dass sich mehr Leute über meine Mails freuen. Aber wenn das irgendein Psychopath ist, der ..."

„Blödsinn. Also ich finde, das klingt alles harmlos und nett. Aber keine Ahnung, ich kann nur sagen, was ich tun würde. Und ich fände es interessant. Falls nichts dabei herauskommt, ist es ein besserer Zeitvertreib als Fernsehen."

„Mag sein. Und was gibt's bei dir Neues?"

„Nichts, mein Stipendium läuft bald aus. Dann – keine Ahnung."

„Dann hab ich wenigstens jemanden, der mich aufs Arbeitsamt begleitet." Lu nippt am Wasserglas.

„Wie geht's deiner Mutter?"

„Ich weiß nicht, wenn sie nicht grad wieder dabei ist, sich unter die Erde zu bringen, dann vielleicht ganz gut."

Gunther erinnert sich daran, als er die Mutter zum ersten Mal gesehen hat. Er besuchte Lu zuhause und plötzlich stand sie da. Blass, dünn, in einem schlabbrigen Pyjama. Lu erschrak, sie hatte nicht damit gerechnet, dass sie ihr Zimmer verließe. Sie errötete und sah Gunther ängstlich an. Er streckte ihr die Hand entgegen. „Guten Tag", sagte er. Die Mutter betrachtete ihn und erwiderte seine Begrüßung nicht. Lu erzählte ihm am nächsten Tag, dass die Mutter sie vor Gunther gewarnt habe. „Sie betrachtet dich als Verbündeten des Bösen."

Gunther lächelt und zupft an den wenigen Haaren an seinem Kinn. „Wann kommt Marion wieder?", fragt er ablenkend.

„Ende April. Hast du nicht Lust, sie mit mir vom Flughafen abzuholen?"

„Gib mal Bescheid, wenn es sich ausgeht, gern. Klingelt da nicht dein Handy?" Gunther deutet auf Lus Tasche.

„Ja, tatsächlich. Ach ... wo denn wieder ... Ja Hallo?"

„Frau Lietschnig? Hier spricht Pinz, Firma ConnectED."

„Pinz", formt sie lautlos mit den Lippen.

„Wer ist das?", flüstert Gunther.

„Guten Tag", spricht Lu ins Telefon.

„Störe ich Sie gerade?", fragt Pinz. Sie kann ihn kaum hören, rundherum reden Leute und klappern mit Geschirr.

„Nein, überhaupt nicht", lügt Lu. Sie hält kurz den Atem an, als würde sie ihn dadurch besser verstehen können.

„Nun, ich wollte Ihnen nur sagen, dass uns Ihr Konzept ganz gut gefallen hat. Es waren zwar einige Fehler dabei, aber", sie presst den Hörer ganz fest ans Ohr und legt die Hand über das andere Ohr. „es war inter − und würden − mit − wenn Sie —"

„Hallo? Herr Pinz, ich verstehe Sie leider nicht, hallo, hallo? Herr Pinz, hören Sie mich? Hallo?" Sie drückt das Handy noch fester ans Ohr. „Ich kann sie leider nicht hören. Können Sie mir? Hallo?" Sie legt auf. „Blödes Ding. Weg", sagt sie und drückt noch einmal die „Auflegen"-Taste, obwohl der Anruf bereits beendet ist. „Na super, das war der ConnectED-Mensch. Von der Firma, bei der ich in engerer Auswahl bin."

„Dann ruf ihn zurück."

„Ich hab die Nummer nicht, er hat sie unterdrückt. Wird schon noch mal anrufen." Ihr ist schlecht. Lu holt sich ein Zuckerl aus der Tasche, wickelt es aus und lutscht.

Gunther fasst sie kurz an der Hand. „Das heißt, du hast den Job?"

„Keine Ahnung. Vielleicht", nuschelt sie. „Scheiße."

Zwei Stunden später ruft Pinz noch einmal an. „Es würde uns freuen, wenn Sie bereits ab kommender Woche bei uns anfangen könnten."

Anstatt sich zu freuen bleibt Lu auf der Couch sitzen und starrt geradeaus. Was, wenn sie die Arbeit nicht schafft? Was, wenn die Kolleginnen und Kollegen sie nicht leiden können? Was, wenn die Kundinnen und Kunden sie nicht leiden können? Was, wenn sie keinen leiden kann? Was, wenn ihr die Arbeit keinen Spaß macht? Lu hat Angst.

Eine Angst, die immer dann auftaucht, wenn neue Dinge passieren, plötzlich und unerwartet. Wie die Mutter, die plötzlich verrückt wurde. Oder der Umzug in die WG, wo sie plötzlich mit wildfremden Menschen zusammen wohnen musste.

Lu hätte damals fast ihren Vorsatz gebrochen und zu weinen begonnen. Sie hatte sich selbst hoch und heilig versprochen, das nie wieder vor anderen zu tun. Dafür weinte Marion für sie beide – und die Mädchen und Burschen lachten darüber. Aber Lu blieb hart und unnahbar, verzog keine Miene und legte den Arm um Marion. Lu dachte ganz fest an Sunny Crockett von Miami Vice, imitierte seinen Blick und eine steinerne Miene. Tatsächlich hörten die anderen nach einiger Zeit auf, Marion zu verarschen. Ob es ihnen einfach langweilig wurde oder sie von Lus Blick tatsächlich beeindruckt waren – wen kümmerte es?

Vielleicht sollte sie vor ihrem ersten Arbeitstag einen Auftritt vorm Spiegel üben. Zur Sicherheit.

Von jetzt an noch knapp zwei Wochen in Freiheit. Noch knapp zwei Wochen Zeit, jeden Tag ganz besonders zu ge-

nießen. So lang schlafen, wie es geht. Noch einmal so richtig
faulenzen. Oder vielleicht ist es doch besser, sich gleich umzu-
gewöhnen. Früh aufstehen, bald ins Bett. Vorbereiten. Daten
über ihren neuen Arbeitgeber einholen.

Am nächsten Morgen steht sie um 9 Uhr auf, setzt sich an
den Computer, startet das Internet und liest die neue Nachricht.

*Von: noone@hotmail.com an alleswirdbesser@gmx.at_*
2. April 2009 00:18:10
Ich weiß, ich wollte Ihnen keine Fragen stellen, aber nun tu ich es doch.
Mögen Sie Palatschinken? Ich finde, Palatschinkenzubereitung ist einer der
spannendsten Kochvorgänge. Rühren, eingießen, anbraten, wenden, befüllen.
Ich koche selten, meist ernähre ich mich von Brot, Käse, Suppe aus dem
Packerl. Eigenartig, nicht? Pulver zu essen, das man in Wasser aufkocht.
Pulver essen, Staub einatmen, auf zwei Schienen einen Hang hinunterfahren,
mit einem silbernen Vogel die Welt umrunden, wieder und wieder und am
Ende drauf kommen, dass es spannend ist, eine Palatschinke zu wenden.
K.

Palatschinken kochen und die Welt umrunden? Lu schüttelt
den Kopf. Tsss. Komische Überlegungen. Wie kommt man
von Palatschinken zum Fliegen? Lu kocht keine Palatschinken.
Ihr fällt nur die Oma ein, die Palatschinken kocht. Die Oma
hat die Welt nicht umrundet. Was meint er damit? Lu erinnert
sich an ihre erste große Reise. Statt nach der Matura auf die
Insel Ios zu fliegen, war sie zwei Wochen in New York.

Damals hatte sie das Gefühl, sie müsste etwas Außerge-
wöhnliches tun, anders sein, ihre Coolness beweisen. Sie buch-
te ein Hotel, kaufte sich einen Reiseführer und flog. Allein.

Die ersten beiden Tage waren schrecklich, die restlichen noch schlimmer. Lu hatte extreme Panik, sich zu verirren, sie fürchtete sich vor den Menschen, vor der Größe, vor dem Gestank, der U-Bahn. Die Stadt erschien ihr wie ein riesiges Monstrum. Doch als sie zurückkam und die anderen fragten, wie es denn gewesen sei, lächelte sie arrogant. „Geil, allein wegfliegen ist das Beste. Und New York ist Wahnsinn."

Mit einem Flugzeug die Welt umrunden. Vielleicht bezog er es nicht auf sich oder meinte es metaphorisch.

Er isst Packerlsuppe, Brot und Käse. Der Mann in der Schnürlsamthose und dem ausgewaschenen Pullover; eine winzige Küche, es gibt nur einen kleinen Topf, wenige Teller, er hat nie Besuch.

Lu seufzt. Die Großmutter hat ihr die halbe Küchenausstattung vermacht, es stapeln sich Teller, Schüsseln, Töpfe, Pfannen. Ein Meer an Möglichkeiten, neue Formen von Palatschinken auszuprobieren.

Lu kontrolliert die Sendezeit des Mails. Es ist wieder kurz nach Mitternacht. Aber es ist das erste Mail, dessen Inhalt unbeschwerter erscheint, keine traurigen Gedanken hat. Lu kratzt sich am Kopf. Sie legt die Hände auf die Tastatur.

Von: alleswirdbesser@gmx.at an noone@hotmail.com
2. April 2009 09:56:38
ich mag palatschinken nicht.

Sie schickt das Mail ab, steht auf, stellt sich zum Fenster, schiebt den Vorhang zur Seite. Zwei Kinder fahren mit ihren Rädern am Gehsteig. Gegenüber ist das Fenster geöffnet, der Wind bläst den Vorhang hoch, dahinter sitzt ein Mann und liest Zeitung, er sieht nicht alt aus. Von unten tönt Kinderlachen bis in den zweiten Stock. Ein plötzliches, durchdringendes Geräusch von einer Nachbarwohnung: ein Bohrer.

Ob Pinz Palatschinken mag? Pinz und Palatschinken. Wie das wohl ist, wieder jeden Tag zu einer Arbeit zu gehen. Und das Müssen, das Leistung erbringen.

Lu lässt den Vorhang zurückfallen, geht ins Schlafzimmer und legt sich auf das Bett. Seit einigen Wochen schaltet sie die Heizung nicht mehr ein und jetzt friert sie. Aber im März, da muss man nicht mehr heizen, das hat ihr Vater immer gesagt. Unnötige Geldverschwendung. Lu hat kein Geld, sie muss sparen. Und der Vater hat gesagt, wenn dir kalt ist, zieh dir einen Pullover an.

Der E-Mail-Schreiber heizt sicher auch nicht mehr. Lu gähnt.

Das letzte Wochenende genießen und wegfahren. Ausspannen. Mit Erich. Das wäre schön. Mit ihm gemeinsam aufwachen. Aneinander gekuschelt fernsehen. Nur hat er sicher keine Zeit, am Wochenende hat er nie Zeit. Nicht anrufen. Einfach einmal nicht anrufen. Warten, warten, warten, warten. Mit Brit fahren. In ein Wellnesshotel. Mit einer Gesichtsmaske eine Frauenzeitschrift durchblättern. Lästern über die dünnen Models und selbst unbedingt so aussehen wollen. Schimpfen über die Männer und selbst die ärgsten Idioten nicht loslassen können. Sich ärgern über schlechte Arbeitsbedingungen und in einem Ausbeuterbetrieb tätig sein. Böses, ungerechtes Leben, tragische Welt. Mutter hatte doch Recht.

Es läutet an der Tür und Lu schreckt zusammen. Die GIS! Wohin mit dem Fernseher? Oder nicht zur Tür gehen. Aber vielleicht ist es doch was Wichtiges? Eine eingeschriebene

Nachricht von ConnnectED. Ein Packerl von Sonja. Nein, unmöglich. Der E-Mail-Schreiber? Es läutet noch einmal, diesmal nicht an der Haus-, sondern direkt an der Wohnungstür. Lu zieht die Patschen aus, tapst vorsichtig den Vorraum entlang, von oben dröhnt wieder das laute Bohrergeräusch. Vorsichtig schiebt sie den Türgucker beiseite. Erich! Sie rennt ins Bad, ruft: „Ich komme gleich, ich stehe unter der Dusche!" Ihre Haare stehen in alle Richtungen ab, ihr Gesicht ist verschlafen. Kopf unter die Dusche, Handtuch herumschlagen, Make-up auftupfen, Wimperntusche, noch einmal „Ich komm gleich!" brüllen.

Als sie die Tür öffnet, grinst er. „Warst am Klo, oder?"

„Nein." Sie schaut ihn nicht an, küsst ihn nicht, es ist ihr unangenehm, nicht einmal die Zähne hat sie geputzt. „Was machst du denn da?", fragt Lu. Erich zieht sich die Schuhe aus, sie verschwindet in die Küche, stellt Kaffee auf.

„Ich treffe später hier in der Nähe einen Klienten und hab mir gedacht, ich schau vorher bei dir vorbei."

Sie hält den Kopf gesenkt. „Ach so. Ich mach uns einen Kaffee. Wenn du was zu trinken willst, bedien dich selbst, ich föhne mir schnell die Haare und putz die Zähne."

Als sie aus dem Bad zurückkommt, hängt Erich am Telefon, hat einen Akt vor sich liegen. „Aha, mhm", sagt er und sieht sie nicht an. Sie klappert mit dem Geschirr, stellt ihm Kaffee hin, er schlürft, das Schminken hätte sie sich sparen können, er sieht sie ja gar nicht. Sie setzt sich neben ihn, trinkt den Kaffee, er redet weiter, mhm, aha, aha, mhm.

Irgendwann legt er auf. Er schaut sie an, er lächelt. Er schiebt die Tasse weg. Er legt die Hand auf ihre Wange. Er zieht ihr Gesicht zu sich, er küsst sie und sie ihn. Er holt sie noch näher zu sich, er legt die Arme um ihre Schultern, er rückt näher.

Sie öffnet die Augen kurz.

„Komm", flüstert er in ihr Ohr und sie steht auf, lässt sich von ihm führen. Er vor ihr und sie hinter ihm her. Die unangenehmen Augenblicke des Ausziehens, er im Bett und bereit, sein Schwanz steif wartend auf den Einsatz. Sie gewährt, weil er will und sie sein Verlangen scharf macht. Die Vorhänge sind nicht ganz geschlossen, sie setzt sich auf ihn, er greift nach ihren Hüften und das Gefühl, er in ihr. Sie bewegt sich langsam und er berührt sie ganz sanft. Kurz bevor sie kommt, hält sie inne, küsst ihn. Er drückt sie fester an sich, dann dreht er sie auf den Rücken, ihre Beine an seinen Schultern vorbei nach oben.

Er stöhnt und in dem Moment setzt der Bohrer wieder ein. Erich atmet immer noch schnell, bleibt auf ihrem Bauch liegen, ihre Beine verkrampfen sich. „Entschuldigung, aber meine Beine …"

„Oh, tut mir leid." Er springt auf, geht ins Bad, stellt sich unter die Dusche. Lu bleibt liegen. Ob er wiederkommt? Ob er gleich geht?

Er taucht wieder auf, ein Handtuch um die Hüften. „Rück ein bisschen", sagt er und kuschelt sich zu ihr.

„Nächsten Montag fang ich an", flüstert Lu. Sie liegt mit dem Rücken zu ihm, er hält sie mit seinen Armen umschlossen, sagt nichts.

Von: noone@hotmail.com an alleswirdbesser@gmx.at
3. April 2009 03:39:23
Keine Pclatschinken! Schokoladekuchen? Sachertorte? Pariser Crème? Üppig und viel zu fett.
K.

Von: alleswirdbesser@gmx.at an noone@hotmail.com
3. April 2009 09:31:39
ich mag nichts süßes.

Von: noone@hotmail.com an alleswirdbesser@gmx.at
4. April 2009 01:56:49
Nichts Süßes? Nicht einmal eine winzige Tasse schwarzer starker Kaffee, in der
ebenso viel Zucker ist, den Sie absichtlich nicht verrührt haben und der nach
einem üppigen Essen ein wohltuendes Aroma im Körper verbreitet?
K.

Von: alleswirdbesser@gmx.at an noone@hotmail.com
4. April 2009 08:01:48
ich mag sauerkraut und semmelknödel.

Von: noone@hotmail.com an alleswirdbesser@gmx.at
5. April 2009 00:46:38
Dazu Bratensaft, der die Knödel aufweicht und dem Sauerkraut einen salzigen
Beigeschmack hinzufügt.

Von: alleswirdbesser@gmx.at an noone@hotmail.com
5. April 2009 07:47:20
ganz genau.

Von: alleswirdbesser@gmx.at an noone@hotmail.com
5. April 2009 07:52:36
und ich mag erdäpfelsalat mit viel zwiebel, obwohl man am nächsten tag niemanden anreden kann. ich mag vogelgezwitscher, die ersten sommertage, wenn
es bis fast 22 uhr hell ist und ich mag es, wenn mir die sonne auf den rücken
scheint.

Von: noone@hotmail.com an alleswirdbesser@gmx.at

6. April 2009 00:55:40

Die ersten Frühlingsstrahlen der Sonne scheinen mir auf den Rücken. Ich wohnte mit meinen Eltern in einem sehr großen Haus. Ich habe es gehasst. So viele Räume, so viel Kälte und so viel Platz, dass man sich einen ganzen Tag aus dem Weg gehen konnte. Also haben wir uns selten gesehen. Dafür liebte ich unseren kleinen Garten umso mehr. Hier fand ich meine Mutter nach dem Winter wieder, wie sie auf einer Sonnenliege ein Buch las, und meinen Vater, der im Garten die Blumenzwiebel einsetzte und die Erde lockerte. Ich half meinem Vater oder setzte mich zu meiner Mutter und wenn ich daran denke, kann ich Sonnenstrahlen spüren, wie sie mir den Rücken wärmen. Oder war es mehr, das mich wärmte? Ich wünsche Ihnen einen sonnigen Tag voller Wärme. K.

Montag. Lu schrubbt die Böden, wirft alte Uni-Unterlagen weg, trennt sich von ausgewaschenem und kaputtem Gewand, am Abend schaut sie die Nachrichten und geht um 22 Uhr 30 ins Bett.

Von: noone@hotmail.com an alleswirdbesser@gmx.at

7. April 2009 01:20:11

In letzter Zeit träume ich oft von Wasser, wie es steigt und steigt und ich bin Wasser und Mensch, gehe unter und schwimme mit. Im Traum ist es ganz klar und logisch. Ich vermisse das Wasser; obwohl ich nie in der Nähe davon gelebt habe, ist eine große Sehnsucht in mir. Ins Wasser springen und im dreidimensionalen Raum dahin gleiten und sich schwerelos fühlen, die Welt vergessen. Schöne Träume,

K.

Am Dienstag wacht Lu um 8 Uhr auf, überlegt, aufzustehen, dreht sich um und schläft bis halb zehn.

Von: alleswirdbesser@gmx.at an noone@hotmail.com
7. April 2009 10:40:31
also ich träum auch oft von wasser, aber meistens geh ich dann unter und das war's, das ist weniger toll. ich finde das wasser auch schön, aber nicht so ganz geheuer, ich bin auch keine besonders gute schwimmerin, aber wahrscheinlich liegt das daran, dass mir das nie jemand so richtig beigebracht hat.
und jetzt dümple ich so dahin. die welt vergesse ich, wenn ich mit bloßen füßen in einer wiese lieg und über mir ziehen die wolken vorbei. aber ich weiß nicht, viell. ist es gar nicht so und ich bilde mir das nur ein, wenn ich echt in der wiese liege, gehen mir die ameisen schon nach fünf minuten auf den wecker.
die welt vergessen, ich glaub, das kann ich gar nicht, außer wenn ich schlafe, aber dann bin ich sowieso woanders. und ich weiß auch nicht, ob das so toll ist, wenn man die welt um sich vergisst und den bezug zur realität verliert. oder so. weiß nicht, davor hab ich oft angst. so hängenzubleiben und nicht mehr rauszukommen.

Bis Mittag läuft sie ständig zum Kühlschrank, holt sich ein Butterbrot, ein Joghurt, Marmelade auf einer Toastscheibe, dann kocht sie ein hartes Ei. Am Nachmittag ruft sie Gunther an, dann Brit, dann Sonja. Sie denkt an Marion. Am Abend läutet das Handy, am Display erscheint „Mama", Lu nimmt nicht ab. Sie schaut einen Rosamund Pilcher Film, danach einen Krimi. Irgendwann schläft sie vor dem Fernseher ein, als sie aufwacht, ist es halb drei.

Der Mittwoch ist eisig, sie checkt die Mails, im Posteingang ist keine einzige Nachricht, sie hebt die Augenbrauen. Sie schreibt lange, nichts sagende Mails an Gunther, eine an Brit, eine an Sonja, eine kurze an Erich, die sie schließlich doch nicht abschickt. Am Nachmittag legt sie sich hin. Sie fühlt sich krank, hat Bauchweh und Kopfweh, ihr ist schwindlig, etwas

ist nicht in Ordnung. Am Abend sieht sie nur den Wetterbericht, legt sich mit einem Buch ins Bett, nach zwanzig Seiten
liest sie das Ende.

Von: noone@hotmail.com an alleswirdbesser@gmx.at
9. April 2009 03:41:52
Ich hoffe, Sie wachen auch wieder auf. alleswirdbesser, Sie dürfen nicht unter-
gehen. Das wäre schade. Aber nein: Ich weiß, dass Sie nicht untergehen, weil
Sie strampeln können, bis Sie wieder oben sind. Denn Sie haben Kraft in sich.
Ich weiß es. K.

Donnerstag um neun läutet der Postler, er bringt eine eingeschriebene Mahnung. Danach liest Lu Ks neue Nachricht. Sie
ruft Brit an und erzählt ihr davon. Brit krächzt, sie liegt mit
Angina im Bett. Lu bietet an, vorbeizukommen. „Bloß nicht",
antwortet Brit, „ich würde dich nur anstecken." Sie telefonieren zwei Stunden. Am Abend ruft Brit noch einmal an, diesmal
telefonieren sie eine Stunde, in dem Gespräch kommen oft die
Wörter „Erich" sowie „Scheißmann" vor. Kurz vor dem Ein-
schlafen spürt Lu ein bedrohliches Stechen im Hals, sie hat das
Gefühl zu fiebern. Sie schreibt Erich ein SMS „Was is'n mit dir
los? Bist verschollen?"
   Der nächste Tag beginnt so, wie der letzte endete – mit
Halsweh und Gliederschmerzen. Lu verbringt den Tag im Bett,
trinkt Tee, nimmt alle möglichen Grippemittel, die sie zuhause hat, und sieht am Abend ein, dass es wohl doch nur Phan-
tomschmerzen waren.

Von: noone@hotmail.com an alleswirdbesser@gmx.at
11. April 2009 01:22:12
Morgen ist Samstag. Was tun Sie am Wochenende? Ich stelle mir vor, dass Sie
mit lieben Menschen zusammen sind, vielleicht ist es Ihre Familie. Sie sehen
glücklich aus. K.

Ein strahlender Sonnenschein stiehlt sich am Samstag durch
einen Vorhangspalt. Lu steht auf, um nachzusehen, ob Erich
endlich auf das SMS geantwortet hat. Nichts. Nur im Posteingang findet sie eine neue Nachricht allerdings nicht von Erich,
sondern von Noone, der ihr wieder in der Nacht geschrieben
hat. Dennoch ist sie enttäuscht. Nur zwei Zeilen. Nachdem sie
es gelesen hat, beschließt Lu laufen zu gehen, um die Sonne
und die frische Luft zu genießen. Vor der Tür bleibt sie stehen
und dreht wieder um. Doch zu faul. Am Nachmittag besucht
sie Brit, sie sehen sich den ganzen Nachmittag Serien an, die
Sonne verzieht sich, als wäre sie beleidigt.

Von: noone@hotmail.com an alleswirdbesser@gmx.at
12. April 2009 02:10:13
Heute ging ich zwei Stunden spazieren. Am Weg traf ich eine Familie mit
einem kleinen Buben. Während sich seine Eltern mit Freunden unterhielten,
lief er zu mir. Er schenkte mir eine Blume. Ich lächelte ihn an und bedankte
mich, pflückte auch eine Blume und gab sie ihm. Der Bub nahm sie und lief
wieder zu seinen Eltern. Er sah zu mir zurück und ich winkte ihm, bis er
verschwunden war, mit seiner Blume in meiner Hand. Vielleicht haben Sie
ebenfalls ein Kind. Oder wer weiß, vielleicht sind Sie selbst noch eines — wieso
auch nicht? K.

Dann ist Sonntag. Lu wacht mühsam aus einem verwirrenden
Traum auf, sie erinnert sich nur an das Gesicht von Pinz, den

sie fragt, *Schreiben Sie mir ständig Mails?* Es ist 8 Uhr, der Himmel ist trüb.

Von: alleswirdbesser@gmx.at an noone@hotmail.com
12. April 2009 08:20:17
ein bisschen kind sind wir alle. hoff ich.

Lu öffnet das Fenster, atmet staubige, aber immerhin kühle Luft ein. Gegenüber sind die Jalousien heruntergelassen. Sie friert.

Noch ein Tag, dann beginnt etwas Neues. Sie würde gern mit jemandem reden. Aber mit wem? Sonntags um acht schläft ihre Welt.

Trotzdem, nach der Reihe ruft sie die Nummern durch. Brit, Sonja, Gunther, niemand hebt ab. Sie kann sich nicht entscheiden, zwischen Aufbleiben und wieder Schlafengehen, zwischen Kaffee und Tee, zwischen Anziehen und Pyjama. Also bleibt sie sitzen. Sie sitzt im Wohnzimmer und schaut aus dem Fenster.

Dann steht sie auf, langsam, geht zum Schrank, zieht sich an, wäscht sich nicht, putzt sich nicht die Zähne und geht hinaus, überquert die Straße und geht in das Café gegenüber, nimmt eine Zeitung, blättert sie durch, ohne zu lesen. Erich, denkt sie, und K., denkt sie, und Pinz, denkt sie. „Café latte", bestellt sie bei der Kellnerin und schaut ihr nach. Undankbar, das ist es. Undankbar und unzufrieden, dabei hätte sie es auch schlechter erwischen können, mit einem Mann verheiratet sein, den sie nicht liebt, einer Arbeit nachgehen, die sie hasst, keine Freunde haben.

Ihr Blick trifft einen Mann, er schlürft den Kaffee, ganz langsam, seine Haut schimmert leicht gelb. Ihr graust vor seinem geräuschvollen Schlucken, der gelblichen Haut, dem Körpergeruch. Der Mann spürt ihren Blick und wendet sich ihr zu, sie sieht schnell wieder in die Zeitung, bei jedem Schluck, den er tut, zuckt sie zusammen. Sie steht auf, zahlt an der Kasse und geht hinaus. Der Wind treibt ihr Tränen in die Augen. Zurück in der Wohnung schaltet sie das Licht ein und setzt sich. Zehn Minuten starrt sie an die Wand und spürt ein Stechen im Bauch. Sie kaut an ihrem Fingernagel. Aufhören, ich muss aufhören, denkt sie sich, was sollen die morgen von mir denken, wenn ich Nägel kaue?

Von: crazybrain@gmx.at an alleswirdbesser@gmx.at
12. April 2009 15:51:41
das ist amien leitztes mail, das ich dir aus asien schicke. Ich aknn mir nicht vorstellen zurzckzckommen. Echt komisch. Freu mich auf dich
Marion

Von: alleswirdbesser@gmx.at an crazybrain@gmx.at
12. April 2009 20:41:12
alles wird besser ☺
Lu

Erst am Dienstag findet der Systemadministrator Zeit, Lus Computer einzurichten. Ihre Kollegin Maria tippt eifrig, in einer viertel Stunde muss Maria zu einem Termin, dann sitzt Lu hier ganz allein. Vielleicht E-Mails schreiben, überlegt sie, aber Pinz könnte jeden Moment hereinplatzen.

Morgen ist Lus erster Termin mit einem Kunden, mit ihrem Kunden. Bereiten Sie sich vor, hat Pinz gesagt. Aber wie denn? Sie hat sich die Homepage des Kunden angesehen. Und jetzt? Am liebsten möchte sie nachhause gehen.

Sie starrt weitere quälende fünfzehn Minuten auf den Computer, gibt nicht einmal mehr vor, etwas zu tun zu haben. Es ist der zweite Tag und auch dieser zieht sich wie ein Kaugummi. Sie fragt Maria nicht mehr, ob sie ihre Hilfe braucht. „Richten Sie sich ein, schauen Sie sich ein wenig um, Maria sagt Ihnen alles, was Sie wissen wollen", hat Pinz erklärt, als sie ihr neues Büro besichtigten. Maria lächelte und tippt seitdem in die Tasten. Dazwischen schlürft sie ihren Tee. „Tut mir leid", entschuldigt sie sich, „diese blöde Sache muss ich noch fertig machen, dann hab ich wieder mehr Zeit". Jetzt hat Lu alle Seiten durch, ORF, Standard, News, sogar den Spiegel. Scheiß drauf, denkt sie und öffnet ihr neues E-Mail-Programm.

Von: l.lietschnig@connected.at an brit.siczek@univie.ac.at
14. April 2009 10:52:14
hey!
bitte, meine neue e-mail adresse. da ist alles total komisch, kenn mich nix aus u alle haben viel zu tun, nur ich nicht, bist du daheim? bin nervös, vielleicht darf ich keine privaten e-mails verschicken und werde überwacht? oioioi ...
bu lu

„So, ich bin weg." Maria steht auf und lächelt ihr kurz zu. „Viel Spaß."

„Bis dann." Alle fünf Minuten schaut Lu auf die Uhr, alle fünf Sekunden drückt sie im Posteingang die „Empfangen"-Taste, dreimal geht sie aufs Klo, um ihr Gesicht im Spiegel anzuschauen und sich zu vergewissern, dass ihre Wimperntusche nicht verwischt ist.

Von: brit.siczek@univie.ac.at an l.lietschnig@connected.at
14. April 2009 12:55:22
Hallo meine Süße! Bin auf der Uni u hab Seminar, also nur kurz: ich glaub,
dass das am Anfang normal ist, dass man sich überflüssig vorkommt und ko-
misch u falsch am Platz u überhaupt. Aber wart's nur ab, der Stress kommt
schon früh genug ☺ *Und schau mal, ich schick mein Mail auch von Arbeits-*
adresse ab, gemeinsam sind wir stark ☺
brit

Nichts ist schlimmer als Stress, denkt Lu und trägt auf dem Standkalender ihren und Marions Geburtstag ein, Brits hat sie vergessen, auch von anderen weiß sie das Datum nicht. Sie zählt die Feiertage. Mai: 1. Mai, Christi Himmelfahrt, ein gutes Monat. Herbst: Grau und trostlos reiht sich eine Woche der anderen, ohne Feiertag, nur das trübe Allerheiligen winkt als trauriger Anlass zum Gedenken an die Toten.

Lu streicht Allerheiligen durch, um den Feiertag zumindest auf dem Kalender zu eliminieren. Die endlosen Streitereien zwischen ihrer Mutter und den Großeltern erreichte an diesem Feiertag den Höhepunkt.

Vor Jahren standen unerwartet die Großeltern zu Allerheiligen vor der Tür und wollten Marion und Lu zur Kirche mitnehmen. Doch die Mutter ließ die Mädchen nicht gehen. Sie warf der Großmutter vor, auch eine Verräterin und Schwätzerin zu sein und sie zu sabotieren, schlimmer noch, sie manipulieren zu wollen. Die Mutter erhob ihre Stimme, sie lebe ihr eigenes Leben und das lasse sie sich von niemandem nehmen. Die Großmutter wurde damals blass und Lu fürchtete, sie könnte jeden Moment tot vom Stuhl fallen, doch sie fiel nicht, im Gegenteil, sie sprang plötzlich auf. „Hör sofort auf, so mit mir zu reden", fauchte sie. Lus Mutter ballte ihre Fäuste und kreischte: „Ich rede, wie ich will, ich lasse mich von euch nicht fertig machen! Ihr wollt mich umbringen, das wollt ihr!" Sie schrie wie am Spieß. Marion hielt sich die Ohren zu, Lu weinte, die Großmutter wurde noch blasser. Ungeachtet der Schreierei zeigte sie auf ihre Tochter und flüsterte „Du bist verrückt." Danach wusste die Großmutter nicht mehr, was sie noch sagen sollte. Es war immer dasselbe, bevor die Großeltern in Fahrt kamen, war die Luft auch schon wieder draußen. Der Großvater und sie zogen es vor, sich wegen der Tochter selbst zu bemitleiden, anstatt mit ihr zu streiten.

Ein Lachen am Gang holt Lu vor den Computer und in die Langeweile zurück. Schließlich öffnet sie ihre gmx-Adresse. Im Posteingang entdeckt sie eine Nachricht von K. Seit Sonntag hat er ihr nicht mehr geschrieben. Sie lächelt. Sie hat seine Mails vermisst.

Von: noone@hotmail.com an alleswirdbesser@gmx.at
14. April 2009 02:12:15
Ich erinnere mich an Sommertage, als ich klein war. Ich verbrachte die Ferien immer bei meiner Großmutter, sie war sehr reich, eine schöne Frau, edel und vollkommen. Ich mochte sie nicht besonders und ich glaube, ihr ging es mit mir genauso. Doch meine Eltern gaben mich jeden Sommer dort ab, sie waren viel auf Reisen in der Zeit. Auch wenn ich die alte Frau nicht mochte, so liebte ich die Sommer in ihrem riesigen Garten und das wunderschöne alte Haus. Obwohl es genauso riesig war wie unseres hatte es etwas Wärmendes. Geborgenes. Besonders liebte ich mein Zimmer. Man gelangte von dort direkt auf eine kleine Veranda. Eines Morgens wachte ich auf, draußen begann es gerade zu dämmern, die Vögel zwitscherten. Ich ging hinaus. Meine Großmutter schlief zwei Zimmer weiter, auch ihr Zimmer ging auf die Veranda. Ich schlich mich hinüber, ich weiß nicht, warum. Sie lag nicht in ihrem Bett. Ich erschrak zuerst, fasste mich

aber wieder und wartete eine Weile. Vielleicht ist sie auf der Toilette, dachte ich, oder holt sich ein Glas Wasser aus der Küche. Doch sie kam nicht zurück. Ich dachte daran, die Polizei zu rufen, ließ es aber bleiben. Ich suchte im Esszimmer, im Wohnzimmer, in der Küche, ich fand sie nirgends. Es wurde heller. Ich ging zurück in mein Zimmer, legte mich hin und überlegte, was ich tun sollte, doch ich schlief ein. Als ich aufwachte, machte ich dieselbe Runde noch einmal — ich ging in ihr Zimmer, fand sie nicht, suchte im restlichen Haus, fand sie nicht. Doch als ich erneut über die Veranda in ihr Zimmer spähte, da lag sie plötzlich im Bett. Sie atmete ruhig, schlief, als wäre nichts gewesen. Am Morgen fragte ich sie, ob sie die Nacht über weg gewesen wäre. Sie schüttelte den Kopf und meinte, ich solle nicht so viele Krimis lesen.

Die nächste Nacht blieb ich wach, ließ die Veranda- und Zimmertür offen, um zu hören, wann sie ging. Nichts geschah, ebenso die Nacht darauf. Hatte ich geträumt?

Drei Wochen später blieb ich wieder wach. Und hörte sie aufstehen, über die Veranda schleichen. Ich folgte ihr.

Sie ging zu einem Mann, einem einfachen Arbeiter, der in einem hässlichen Haus auf der anderen Straßenseite lebte. Er war viel jünger als meine Großmutter, lebte allein, seine Frau hatte ihn verlassen, er hatte keine Kinder.

Mich wunderte, dass sie zu ihm ging, sein Haus war so groß wie ihr Wohnzimmer. Ich ging an der abbröckelnden Außenmauer entlang und sah durch ein Fenster eine kleine, abgewohnte und ungemütliche Küche. Die beiden konnte ich nirgends entdecken.

Ich ging nachhause. Am nächsten Tag veranstaltete meine Großmutter ein kleines Fest. Sie lud alte Bekannte ein, alle erschienen in Tracht, auch ich. Großmutter sah sehr schön aus, sie trug ihr weißes Haar zu einem festen Knoten. Sie lachte mit den Gästen. Ich fragte mich, ob sie in der Nacht wieder zu ihm gehen würde.

Ich habe sie nicht darauf angesprochen, ich habe sie nicht mehr verfolgt. Wozu auch. Dennoch fühlte ich mich ihr gegenüber mächtig und im Vorteil.

Jahre später erkrankte sie an Krebs.

Wenn ich am Morgen aufwache und die Vögel höre, muss ich immer an die Veranda denken, an das leere Bett. Ich weiß nicht, was ich damals wirklich fühlte, aber in meiner Erinnerung, wie sie jetzt ist, war es schön und friedlich. Ich weiß nicht, warum.

Er muss reich gewesen sein. Zumindest seine Großmutter. Und völlig abgedreht. Eine Veranda? Wer redet bitte heute noch von einer Veranda? Oder hat er sich alles nur zusammen gesponnen? Lu loggt sich aus. Spielt das eine Rolle?

Eine Großmutter mit einer Affäre. Wenn sich Lu ihre eigenen Großmütter so vorstellt – nein, unmöglich. Keinerlei Spur von Romantik neben Hausschürze und Besenstiel. Nichts, was an Reizvollem übrig bleibt. Lu schüttelt den Kopf. Richtig ekelig, daran zu denken.

Was seine Großmutter getan hat? Und was tut er? Sitzt er in seinem Zimmer? Arbeitet er?

Lu steht auf, lehnt sich über den Tisch und betrachtet die Fotos, Karten und Poster, die hinter Marias Schreibtisch an der Wand hängen. Hinter Lu ist noch eine leere, strahlend weiße Fläche. Sie wandert um die Tische herum und sieht sich Marias Wand genauer an. Folder, Briefe, drei Fotos, auf denen sie mit irgendwelchen Leuten zu sehen ist, zweimal ist Pinz dabei. Sie sind schön angezogen, Pinz zeigt sein Zahnpastalächeln, während Maria auf jedem Foto furchtbar aussieht. Das macht sie sympathisch.

***

Erich

Sofort nach dem Aufstehen muss Erich spucken. Das war schon immer so. Er geht ins Bad, die Augen noch nicht ganz geöffnet, beugt sich über das Waschbecken, zieht auf und spuckt. Einmal. An ein Aufstehen ohne Spucken kann er sich gar nicht erinnern. Das ist wie Zähne putzen und Gesicht waschen. Seine Frau hat es am Anfang skurril gefunden und ihn am Schluss dafür gehasst. „Mach doch endlich die Tür zu", rief sie aus dem Schlafzimmer, „das ist echt ekelhaft."

Na und? Er fand es ekelhaft, wie sie ihre Nägel feilte, dieses schabende Geräusch. Erich ist kein ekelhafter Mensch, im Gegenteil, er gibt Acht auf sein Äußeres, seine Wäsche ist immer frisch gewaschen, gebügelt und nie hat er Schweißflecken in der Achselhöhle seines Hemds.

Er macht Kaffee, trinkt ihn im Stehen, blättert daneben die Zeitung durch, schüttelt den Kopf, denkt an den Klienten, den er heute trifft, an Fragen, die er stellen wird, an Antworten, die er erwartet und wieder an Fragen. Erich spielt in Gedanken Gerichtsverhandlungen durch, überlegt, wie sein Gegenüber agieren könnte.

Im Auto hört er die Nachrichten. Sein Klient heißt Meingold, beschuldigt, fahrlässig gehandelt und eine Firma betrogen zu haben. Herr Meingold ist schlank und groß, hat eine sanfte Stimme und ein gepflegtes Äußeres. Ein angenehmer Mensch, Erich glaubt trotzdem, dass er schuldig ist. Unabsichtliches Handeln befreit nicht von Schuld. Herr Meingold hat die Kontrolle verloren und am Ende muss er dafür bezahlen. Erich singt. „Hitradio Ö3." Meingold ist sympathisch, geständig und voller Reue, man schenkt ihm Mitleid und das ist der große Trumpf, auf den Erich baut. Neben den Fakten geht's bei jedem Prozess um die Gefühle, um das Gespür, sagt er immer und er hat Recht.

Was Erich den Tag verdirbt.

Staus in der Früh, schlechte Musik und wässriger Kaffee.

Was Erich nervt.

Unehrliche Klienten, Handyklingeln im Restaurant.

Erich kennt nichts Aufregenderes, als einen Prozess zu gewinnen. Das Geld auf dem Konto ist dabei eine nette Nebenerscheinung. Genauso wie der Neid der Kollegen, die Dankbarkeit der Klienten, die Bewunderung der Gegner. Eine Aufwertung fürs Selbstbewusstsein. Das gibt Erich Macht. Eine nicht zu unterschätzende Möglichkeit. Er liebt Macht.

Erich lebt mit dieser Liebe seit dreiundvierzig Jahren. Hin und wieder lässt ihn seine Liebe im Stich. Dann kann er in der Nacht nicht schlafen, denkt dauernd nach, wie er sie zurückgewinnen kann, wieder und wieder.

Sie kommt immer zurück. Wenn auch nicht gleich. Kein Fehler bleibt ihr unbemerkt, er büßt für alles, für jedes falsche Wort.

Erich hat mit den Jahren gelernt. Er befriedigt seine Liebe mit perfekter Vorbereitung, mit Präzision und Kontrolle. Sie ist es ihm wert, er kann sie nicht loslassen, er will gar nicht, wo bleibt er, wenn sie nicht mehr ist? Macht und Erfolg.

„Entschuldigung", Erich schüttelt Meingold, der schon im Büro auf ihn wartet, die Hand. Er schaltet das Handy aus, sein Klient winkt milde ab.

„Kein Problem." Man sieht ihm die Verzweiflung an.

„Wir schaffen das, keine Angst, Sie können mir vertrauen."
Erich nickt ihm zu.

Herr Meingold ist ein austauschbares Gesicht. Jeder ist austauschbar, das weiß niemand besser als Erich selbst. Durchbeißen, kämpfen, wieder durchbeißen.

„Kaffee?" Er nimmt den Hörer des Telefons ab, ruft die Sekretärin an. „Frau Rausch, können Sie uns bitte Kaffee bringen?" Erich lächelt, er geht mit Herrn Meingold die Möglichkeiten durch „Wir haben die Chance zu verdeutlichen, dass Sie von der ganzen Sache zu spät informiert wurden."

Zu Mittag geht Erich mit seinem Kollegen essen, er bestellt sich ein Club Sandwich, sie reden über Urlaube, Fernseher, Versicherungsunternehmen, Handys, Makler. „Liebe Grüße an deine Frau", sagt der Kollege, als sie zahlen, Erich lächelt, noch immer wissen es nicht alle. „Jaja, werde ich ausrichten."

Der Tag ist nie lang genug. Während er einen Akt bearbeitet, läutet sein Handy, er hebt nicht ab, er ist konzentriert. Das Handy läutet nach einer viertel Stunde wieder, Elisabeth fragt ihn, ob er heute Johannes abholen könne, er seufzt, natürlich.

Als er auf die Uhr schaut, ist es bereits Viertel vor sieben. Er packt seine Unterlagen zusammen, hastet nach unten. Er muss vom Ersten in den Achtzehnten, ohne Stau schafft er es in fünfzehn Minuten, er steigt aufs Gas, schaltet das Radio ein.

Johannes steht mit der Tagesmutter vor der Tür und hüpft auf und ab, er trägt Jeans und eine Kappe. Erich freut sich, springt aus dem Wagen, Johannes freut sich noch mehr und fällt ihm in die Arme. Der Junge setzt sich nach hinten, Erich schnallt den Kindergurt fest.

„Schönen Tag gehabt?" Johannes nickt. „He, die Kappe kenn ich noch nicht."

„Hat die Mama gekauft."

Erich fährt los, lächelt in den Frontspiegel. „Was hältst du davon, wenn ich uns jetzt was Feines koche und dann spielen wir was zusammen, wie wäre das?" Johannes nickt, steckt einen Finger in den Mund.

„Gut", sagt Erich.

Erich ist ein liebevoller Vater. Er trägt Johannes huckepack in die Wohnung, hilft ihm beim Schuhe-Ausziehen. „Packst du schon einmal das Memory aus, ich komm gleich." Er starrt einige Sekunden auf das Handy, tippt den Namen „Lu" ein.

„Hallo!"

„Hallo. Ich, es tut mir leid, aber ich muss heute absagen."

„Tja, schade." Ihre Stimme klingt enttäuscht.

„Bumm", macht Johannes. „Bumm, bumm, bumm!" Die Miniautos fliegen durch die Wohnung. „Johannes, aufpassen!" Er seufzt. „Ich muss aufhören."

„Klar. Also bis dann."

„Alles in Ordnung?"

„Jaja."

„Ich ruf dich an, okay? Bis dann."

„Jaja, schon gut."

Sie klingt enttäuscht, aber er hat weder Lust noch Zeit, mit ihr zu diskutieren. Es geht doch einfach um eine schöne, gemeinsame Zeit geht, mehr nicht. Wieso soll sie Johannes kennen lernen? Wozu den Jungen verwirren mit einer neuen Frau? Den Stress braucht er nicht. Stress gibt's in der Arbeit, mehr als genug und als Papa, da kann ihm keiner einen Vorwurf machen, als Papa ist er liebevoll und zärtlich und geduldig. Erich geht ins Wohnzimmer, hebt Johannes hoch. „Flieger fahren!", schreit der Kleine und die beiden drehen eine Runde, zwei, drei, Johannes quietscht, Erich lacht, lässt sich auf den Stuhl fallen, Johannes ist so einfach zu lieben.

86

***

Von: noone@hotmail.com an alleswirdbesser@gmx.at

16. April 2009 03:35:12

Haben Sie schon einmal versucht, wie es ist, mittendrin stehen zu bleiben? Ich habe es heute getan. Am Westbahnhof um 8 Uhr 30. Ich hatte es gar nicht vor, es geschah rein zufällig, mir war ein wenig schwindelig, vielleicht das Wetter oder der Blutdruck, wie auch immer. Ich bin stehen geblieben, weil ich musste. Am Ende der Rolltreppe, oben angekommen. Ich hielt mich fest, die Leute drängten mich weg und schoben mich weiter. Zwei haben geschimpft, manche die Augen verdreht.

Ich war aus dem Rhythmus, aus der Reihe, ich habe es durcheinander gebracht und mich dabei unwohl gefühlt. Erstaunlich, wie wir funktionieren und wie schnell wir dennoch durcheinander geraten können, wie sehr wir davon abhängen, dass alles gezielt erfolgt.

Vor einigen Jahren war ich in Miami, ich spazierte auf einer Straße in Miami Beach, der Touristenzone, am Straßenrand waren Geschäfte, teure, billige und dazwischen einige Snackbuden. Ein Mann lag auf dem Gehsteig. Plötzlich. Es war nicht zu erkennen, ob er ein Obdachloser war oder drogensüchtig, er war jung und hatte asiatische Gesichtszüge. Die Leute sind an ihm vorbeigegangen, haben ihn bemerkt und gingen schnell weiter. Ich auch. Er hat mich aus dem Rhythmus gebracht, aus dem Funktionieren. Und ich bin weitergegangen. K.

Lu trinkt einen Schluck aus ihrer riesigen Kaffeetasse, die sie extra von zuhause ins Büro mitgenommen hat. Sie verkleinert die gmx-Seite und öffnet das Protokoll der gestrigen Sitzung, sieht die Seiten durch, ist aber mit den Gedanken bei K.

Er war in Miami Beach. Er, in seiner braunen Schnürlsamthose und dem ungepflegten Bart. Was tut er im Sonnenschein Floridas? Lu schreckt auf, als Pinz die Tür öffnet. „Guten Morgen. Na, schon fleißig?" Lu lächelt über ihrer Kaffeetasse und nickt. „Maria nicht da?", fragt er und wartet keine Antwort ab, sondern verschwindet wieder.

Na wo soll sie sein, unterm Tisch?, ätzt Lu innerlich. Sie hört seine festen Schritte auf dem Gang. Sind seine Schuhe genagelt? Lu sieht ihre Schuhe an, die sie extra für die neue Arbeit gekauft hat und die schon zwei Blasen verursacht haben. Der Absatz ist ungewohnt hoch und vorn läuft der Schuh spitz zusammen. „Zeitlos und immer modern", hat die Verkäuferin gesagt und Lu schlug zu. Sie findet die Schuhe schön, genauso wie ihren neuen Pullover. Ungewohnt, aber schön.

Dabei wäre es gar nicht nötig gewesen. Maria kommt in Jeans und Turnschuhen, nur wenn sie Termine hat, zieht sie sich schöner an und hat dafür immer ein paar Extraschuhe im Büro. Nur Pinz erscheint immer in Anzug und Hemd und geht bestimmt dreimal die Woche ins Solarium. Mindestens.

Pinz, ja Pinz passt nach Florida, in einem weißen Hemd, dunkel gebräunt, eine schwarze Brille, in einem Cabrio. Vielleicht lügt Noone, vielleicht hat er von Miami nur geträumt, aber was macht es für einen Unterschied? Sie wechselt wieder zur gmx-Seite.

Von: alleswirdbesser@gmx.at an. noone@hotmail.com
16. April 2009 08:14:16
ich war noch nie in miami, ich kenne nur nip/tuck. das ist so eine ärzteserie, zwei schönheitschirurgen schnippeln reichen frauen hier und dort was weg und woanders dazu. dazwischen vögeln sie herum und alle sind reich. reich und schön.
l.

Lu zögert einige Sekunden, aber sie will ihm zeigen, dass sie sich nicht fürchtet und sich nicht verunsichern lässt und kein Blatt vor den Mund nimmt. Sie will, dass er erkennt, mit wem er es zu tun hat.

Am nächsten Tag verzichtet sie auf den Kaffee und kontrolliert den Posteingang. Keine neue Nachricht.

Sie zwingt sich, sich auf die Arbeit zu konzentrieren und kein weiteres Mail an Noone zu schicken, obwohl sie es gern würde. Am Nachmittag hat sie zwei Kundentermine, am Abend lobt sie Pinz für die tolle Zusammenarbeit und den guten Einstieg. Sie freut sich, versucht es aber zu verbergen.

Zuhause checkt sie sofort die Mails, obwohl sie weiß, dass er nur nachts schreibt. Wie erwartet findet sie auch diesmal keine Nachricht.

Auch am Tag darauf kontrolliert sie den Posteingang. Nichts.

Vielleicht ist er krank. Liegt in dem kleinen Raum auf dem Bett, er hat sich zugedeckt, er hustet, er schläft viel, wenn er wach ist, legt er die Hand auf seinen Kopf, es fällt ihm schwer, aufzustehen.

Oder. Es läutet und seine Tochter steht vor der Tür, sie ist fast vierzig, zehn Jahre haben sie sich nicht gesehen, den Grund dafür haben beide vergessen, sie nimmt ihn mit, er sitzt in der Sonne in einem Garten, er spielt mit seinem Enkel, er hat seine Wohnung vergessen, seine Nachrichten, er macht keine Palatschinken mehr, er bekommt welche, alleswirdbesser braucht er nicht mehr, alles ist gut.

Oder. Er hat seine Studie abgeschlossen. In der nächsten Ausgabe von „Psychologie heute" erscheint ein Artikel über die Bereitschaft, mit Unbekannten über das Netz zu kommunizieren.

Oder. Er hat das Interesse verloren, er hat eine Frau kennen gelernt, eine echte, eine, die man sehen, riechen, hören und anfassen kann.

Aber.

Schlimmer. Vielleicht ist er tot. Liegt in seiner Wohnung, in der braunen Schnürlsamthose, langsam verwesend, der Computer auf Sparmodus. Nach Wochen bemerken die Nachbarn einen seltsamen Geruch, die Tür wird aufgebrochen und Lu denkt gar nicht mehr an ihn, hat ihn vergessen, bis sie es in der Zeitung liest – Mann gefunden, auf seinem Computer ein Mail geöffnet, das er an ihre Adresse senden wollte.

Warum nicht?

Oder es ist harmloser und dennoch traurig, er kann sich den Internetanschluss nicht mehr leisten. Er hat schon keinen Fernseher mehr, kein Telefon, sogar das Radio hat er verkauft und all die Bücher, am Flohmarkt, nur um ihr schreiben zu können. Doch jetzt ist das letzte Geld aufgebraucht und man hat ihm den Strom abgedreht. Einfach so. Zack – und aus.

Zu romantisch. Er ist gelangweilt, hat jemand mit einer noch besseren Adresse gefunden, und dieser jemand schreibt sofort zurück, keine provokanten, sinnentleerten Mails. Voll Arroganz und Dummheit.

Von: alleswirdbesser@gmx.at an noone@hotmail.com
19. April 2009 16:13:42

wenn meine schwester kommt, wird alles viel besser. und die tage werden wärmer und das leben wird dann immer einfacher. ich habe jetzt schon länger kein mail von ihnen bekommen und frage mich, ob es ihnen gut geht. aber falls ihnen tatsächlich etwas passiert sein sollte, kann ich ja doch nichts machen. ja gut, also vielleicht melden sie sich mal wieder.

lg

„Meine absolute Horrorvorstellung", sagt Brit und rührt die Suppe um.

„Der Untergang", bestätigt Gunther und tötet seine Zigarette aus.

„Nun ja", gibt Lu zu, „komisch war es schon."

„Ich hätte wahrscheinlich kein Wort heraus gebracht."

„Ach was. Ein ‚Wie bitte?' bringst du auch noch heraus." Lu schmunzelt.

Doch leicht fiel es ihr nicht. Die feste Stimme von Erichs Exfrau nahm ihr den Atem und sie war zu erschrocken und aufgeregt, um mit klarer Stimme zu antworten.

Erichs Exfrau ließ ihr nicht lange Zeit zum Nachdenken. „Hören Sie", setzte sie nach einem „Hallo, hier spricht Elisabeth Marlic, ich bin die Exfrau von Erich Krötz" gleich fort, „ich will Sie nicht lange aufhalten oder so, Sie brauchen sich auch keine Sorgen zu machen, ich werde Sie auch nicht anbrüllen, dass Sie mit meinem Mann ein Verhältnis hatten. Ich kann zwar nicht behaupten, dass ich Ihnen das Beste wünsche, aber egal. Es geht um unser Kind, Johannes."

„Ja?", sagte Lu, noch immer schwach, sie stand auf, weil sie das Gefühl hatte, aufstehen und aus dem Zimmer gehen zu müssen. „Worum geht es?", fragte sie auf dem Weg in die Küche, wieder versagte ihr beinah die Stimme.

„Um Vorbildwirkung. Mein Sohn soll aufwachsen in einer halbwegs geregelten Umgebung. Und wenn es die nicht gibt, könnte man wenigstens in der Zeit, in der Johannes bei Erich ist, so tun als ob."

„Ich verstehe nicht." Fast wäre Lu mit Pinz zusammengestoßen.

„Das Verhältnis zwischen meinem Exmann und Ihnen ist Ihre Sache, ob Sie es als sexuelles Abenteuer ansehen oder was auch immer. Aber ich bitte Sie, einfach nicht da zu sein, wenn Johannes bei Erich ist. Und auch nicht anzurufen. Falls Sie doch mehr wollen oder planen oder was auch immer, bitte ich Sie, sich dem Jungen vorzustellen, als neue Freundin seines Vaters. Das finde ich, ist das Mindeste."

Lu trat in die Küche, zwei Kolleginnen, die Lu schon ein paar Mal gesehen hatte, rauchten und unterhielten sich über Billigfluglinien. „Natürlich, das ist doch selbstverständlich", keuchte Lu. Sie drehte sich von den Frauen weg, war verwirrt. Wieso kam Erichs Exfrau auf diese absurde Idee, schließlich lag es doch nicht an ihr, sondern an Erich, woher hatte sie außerdem ihren Namen, ihre Nummer und –

„Hören Sie, ich hoffe, Sie nehmen das wirklich ernst", setzte Erichs Exfrau nach.

„Ich würde Ihren Sohn gern kennen lernen, aber ..." Aber was? Ihr Exmann hat kein Vertrauen zu mir? Ich hätte gern mehr, aber er möchte eben doch nur mit mir vögeln? Zu spät erkannte Lu die ausweglose Lage, in die sie sich manövriert hatte.

„Ach ja? Das wundert mich, Erich meinte, Sie haben kein Interesse an Kindern."

„Was?", rief sie ins Telefon, so dass die Frauen neben ihr das Gespräch unterbrachen und sie erstaunt anschauten. „Das ist doch wohl ein Scherz!"

„Nein, ist es nicht. Hören Sie, wie auch immer, Ihre Probleme mit Erich gehen mich nichts an, mich interessiert nur mein Kind. Und ich will, dass es in klaren Verhältnissen aufwächst. Sonst gar nichts."

„Aber ..."

„Auf Wiederhören."

Lu lehnte sich gegen die Küchenarbeitsfläche, drückte protestierend auf „Namen", suchte „Erich" und schrieb ein SMS: „DU BIST ECHT DAS LETZTE".

Die Frauen neben ihr unterhielten sich weiter. „Es ist sowieso egal, das Service ist ja nirgends mehr zu gebrauchen", sagte eine der beiden.

Zu nichts mehr zu gebrauchen, dachte Lu, ganz richtig, nur Wut und Enttäuschung und die „Senden"-Taste, „Senden" zwischen ihr und der Wahrheit, ihrer Wahrheit.

„Das stimmt schon, aber ehrlich gesagt, flieg ich trotzdem lieber sicher", antwortete die andere.

Sicher fliegen, ein Widerspruch in sich, nichts ist unsicherer, nichts wagemutiger, treuloser der Standhaftigkeit gegenüber als sich dem Fliegen hinzugeben, dem Loslassen, der Schwerelosigkeit.

„Also mir ist jedes Mal mulmig, wenn ich abhebe."

Nein, diesmal nicht, jedes Mal dasselbe und doch wieder, doch wieder er, die Angst und gleichzeitig das Kribbeln, die Freude des Abhebens, des Aufsteigens, des Loslassens der Vernunft und das Erreichen des Höhepunkts.

„Du hast schon Recht, auch eine Boeing stürzt ab."

Und jeder Flug birgt die Gefahr, jedes Abheben auch gleichzeitig die Möglichkeit des Absturzes, je mehr sie sich einer Sicherheit wähnt, desto grausamer und unverständlicher der Fall. Warum nicht einfach ...? Warum nicht einfach sagen, dass es genug ist?

Die beiden Frauen verließen die Küche, sie sah ihnen hinterher.

„Du hättest ihm ganz was anderes als so ein SMS schicken sollen. Was ist mit dem Arschloch? So ein Scheißkerl! Also wenn es dir jetzt nicht reicht, Lu, dann wirklich." Brit wirft ihren Kopf nach hinten und bindet das Haar energisch zusammen.

„Brit hat Recht", meint Gunther. „Er ist ein Arschloch. Aber das weißt du ja."

Lu nickt. „Ja, weiß ich." Sie steckt ihre Hände in die Jackentasche. Sie stehen am Schottentor.

„Okay, ich geh dann", sagt Gunther, küsst Brit und Lu auf die Wange und verschwindet Richtung U2.

„Armer Gunther", sagt Lu. „Trotz Feminismus und Emanzipation stehen die Frauen noch immer auf Arschlöcher."

Brit zuckt die Schultern. „Tja, so ist das. Sag mal, hast du dir überlegt, ob vielleicht Erichs Exfrau hinter den E-Mails steckt?"

„Dachte ich auch schon", sagt Lu und fährt mit Brit die Rolltreppe nach unten. „Aber wozu soll sie mir so was schreiben?"

„Stimmt wahrscheinlich", sagt Brit.

Zuhause setzt sich Lu vor den Computer und schickt ein Mail an Erich.

Von: alleswirdbesser@gmx.at an erich.kroetz@kanzlei-vienna.at
22. April 2009 21:12:15

hi. überraschenderweise hat mich deine exfrau kontaktiert und mich gefragt, warum ich deinen sohn nicht kennenlernen will. sie hat gemeint du hast ihr erzählt, dass ich das nicht möchte. das ist mir aber ganz neu. war nicht grad angenehm, die ganze angelegenheit. vor allem würde ich gern wissen, wo sie meinen namen und meine nummer herhatte. und wär nett, wenn ich vielleicht auch erfahren dürfte, was da läuft. lu

94

Von: erich.kroetz@kanzlei-vienna.at an alleswirdbesser@gmx.at
22. April 2009 21:30:12
Was bitte? Keine Ahnung, wieso sie dich angerufen hat und was sie da mit
Johannes meint, weiß ich auch nicht. Du warst bis jetzt nie ein Thema. Deinen
Namen hat sie sicher nicht von mir und die Nummer auch nicht, vielleicht hat
sie mein Handy durchsucht. Ich kläre das ab. LG Erich.

Von: alleswirdbesser@gmx.at an erich.kroetz@kanzlei-vienna.at
22. April 2009 21:36:46
na immerhin gut zu wissen, dass ich bis jetzt nie ein thema war.

Von: erich.kroetz@kanzlei-vienna.at an alleswirdbesser@gmx.at
22. April 2009 21:41:14
Würde es dir besser gefallen, wenn ich mit Elisabeth andauernd über dich reden
würde?

„Idiot", zischt Lu. Sie schickt ein SMS an Brit: „Du hast Recht,
jetzt reicht es wirklich". Sie legt sich auf die Couch. Tief ein-
und ausatmen.

Es hat alles ganz locker begonnen und genauso locker wird
es wieder aufhören. Kein Problem, vor allem, wenn Marion
wieder da ist. Lu entspannt sich. Wenn sie erst wieder da ist,
wird alles wieder einfacher. Sie können gemeinsam ausgehen,
neue Leute kennen lernen. Spaß haben.

Und was, wenn Erichs Exfrau die Mails verschickt hat? Lu
streckt den Bauch aus, macht ein Hohlkreuz, hält den Atem
an. Aber ist eine Frau, die am Telefon so hart ist, zu so sanf-
ten Mails fähig? Lu lässt sich wieder fallen, atmet weiter. Und
wozu sollte sie solche Mails verschicken? Um ihren Mann zu-
rückzuerobern? Die neue Frau kennen zu lernen? Sollte das der

Fall sein, wendet Erichs Exfrau allerdings eine wirklich sehr undurchschaubare Strategie an. Und warum sollte sie dann plötzlich anrufen und über ihren Sohn reden?

Lu streckt sich noch einmal. Die können sie alle mal, Noone und Erich und seine Exfrau und überhaupt, alles Idioten.

Von: noone@hotmail.com an alleswirdbesser@gmx.at

23. April 2009 02:33:13

Ich liebe den Wald. Den weichen Waldboden. Ich habe früher auch in der Nähe eines Waldes gelebt. Es war so ruhig. Diese Ruhe vermisse ich.

Mein Leben hat Gedanken, so viele Gedanken, dass ich manchmal Angst habe, sie könnten mich aufsaugen und einnehmen, und ich höre sie, ich höre so viel, in der Nacht herrscht keine Stille, in der Nacht ist es lauter, viel lauter als sonst, jeder Schritt, der vorbeigeht und jedes Auto, sie machen einen Höllenlärm und oft reden die Leute miteinander, ganz knapp unter meinem Fenster, ich will sie nicht hören, ich will sie nicht hören, sie sollen mich nicht stören in meiner stillen Einsamkeit.

Denn so sehr ich sie hasse, ich will sie nicht loslassen. K.

Jetzt ist er also wieder da, denkt Lu. Und schreibt ein schmalziges Mail. Kein Wort davon, dass er sich so lang nicht gemeldet hat. Ein Mann, es muss ein Mann sein, es ist zu typisch.

Lu liest das Mail noch einmal. Wie pathetisch. Sie schüttelt den Kopf. „Tssss." Das Mail wurde um 2 Uhr 33 verschickt. Wieder mitten in der Nacht, wahrscheinlich hat er sich von einer Seite auf die andere gewälzt, ist aufgestanden, obwohl er noch keine Sekunde geschlafen hat. Sie stellt sich vor, wie er das Mail schreibt, das Fenster ist geöffnet, er hat Kopfschmerzen.

Die Mutter hatte auch oft Kopfschmerzen, die Mutter schlief auch schlecht. Wenn Lu aufwachte und aufs Klo musste, hörte sie die Mutter unten im Wohnzimmer, es war kein Licht eingeschaltet, kein Radio, kein Fernseher, nur die Schritte der Mutter. Lu traute sich nicht, nach unten zu gehen, sie hatte Angst, ihr zu begegnen und sie wollte sie nicht sehen, das graue, traurige Gesicht. Sie kannte die Frau nicht mehr, sie hatte Angst vor ihr und der Traurigkeit, die sich über alles und jeden stülpte, der um die Mutter war.

Auch Noones Mails klingen traurig und schwer, aber da ist noch etwas anderes, das sie festhält. Vielleicht ist sie selbst pathetisch.

Er hat früher in der Nähe eines Waldes gewohnt, wie Lu selbst. Wann früher? Vor zehn Jahren? Vor zwanzig, vor sechzig? Mit seiner Frau? Seine Frau bringt den Kaffee, sie leben in einem kleinen Haus, einem Hexenhäuschen mit winzigen Fenstern, nur wenige Sonnenstrahlen verirren sich in die niedrigen Räume, doch das Haus ist warm, gemütlich und geborgen. Jetzt ist seine Frau tot. Er lebt in der Stadt. Oder ganz anders?

Vielleicht lügt er. Träumt davon und glaubt, es ist Teil seiner Vergangenheit. Senil, dement. Lu beschließt, ihm nicht zu antworten. Sie möchte wissen, wo der Wald ist, ob er eine Frau hatte. Aber Fragen gelten nicht.

Und wenn er sie sehen würde? Wie sieht er sie? Sieht er sie in der schwarzen Hose und dem grünen langen Pullover, den sie sich für den heutigen Kundentermin gekauft hat? Sieht er sie, wie sie über Kampagnen brütet, mit Kunden berät, ob das Model eine grüne oder eine rote Kette tragen sollte und wieso das neue Logo der CI entspricht? Lu geht den Gang entlang und zupft sich ihren Pullover zurecht. Wäre er enttäuscht? Was kümmert sie, ob er enttäuscht wäre und warum berührt sie ein Mail, das vor Kitsch nur so trieft?

Den Rest des Tages hat Lu keine Zeit, sich Gedanken über seine Nachricht zu machen. Sie begleitet Pinz von einem Termin zum nächsten, lernt Leute kennen, schüttelt Hände, liest Konzepte durch, alte Kampagnen, neue Ideen. Am frühen Nachmittag unterbricht ein Mail ihren Arbeitsfluss.

Von: erich.kroetz@kanzlei-vienna.at an alleswirdbesser@gmx.at
23. April 2009 14:19:13
Bitte um Versöhnungsabend am Dienstag, 20 Uhr, Coburg, ich lade ein.

Lu löscht Erichs Mail, diesmal nicht, sagt sie sich, diesmal nicht. Sie versucht sich wieder auf die Kampagne zu konzentrieren, es fällt ihr schwer, aber sie zwingt sich. Kurz darauf läutet das Telefon, Pinz ruft sie zu sich. Er geht mit ihr ein Konzept durch, gibt ihr Aufträge weiter, die sie notiert, sie nickt, er lächelt. Pinz trägt diesmal ein schwarzes Hemd, edel, sein Haar sitzt perfekt. Doch Lu fällt es nicht auf, sie ist konzentriert, sie will nichts falsch machen. Er erklärt ihr, was er von ihr erwartet, spricht sachlich, setzt kein einziges Mal sein schneeweißes Grinsen ein. Seine Stimme ist tief und angenehm und hat nichts von der aufgekratzten Wichtigtuerei.

Sie arbeitet am Nachmittag in ihrem Büro weiter, verlässt die Agentur erst nach Maria. In der U-Bahn fällt ihr Erichs Mail wieder ein. Zuhause fischt sie es aus dem Papierkorb.

Von: alleswirdbesser@gmx.at an erich.kroetz@kanzlei-vienna.at
23. April 2009 19:12:25
OK. ruf mich an.

Von: alleswirdbesser@gmx.at an noone@hotmail.com
23. *April 2009 19:17:29*
ja, wald ist gut. ich mag wald auch gern. wenn ich es mir aussuchen könnte,
würde ich lieber im wald als am meer leben.
ich glaube, ich habe angst vor so viel weite. hmmm. bis dann, l.

Sie treffen sich immer im Café Eiles. Meist einmal im Jahr, aber das ist genug, viel mehr gibt es nicht zu sagen. Lu erkennt den Kellner vom letzten Mal, er hat eine Glatze und trägt Brillen, ist groß und dünn. Er kann sich nicht an sie erinnern. Gastronomieschicksal. Zu viele Gesichter, um sich auch nur eines davon zu merken.

Sie nimmt eine Zeitung vom Nebentisch. Uninteressiert blättert sie die Seiten durch, nur beim Fernsehprogramm bleibt sie hängen. Die Welt ist mir egal, ganz egal, denkt sie sich.

„Hallo Luise, du bist schon da. Wie schön, wartest du schon lang?"

„Ich bin grad erst gekommen." Sie schütteln sich die Hand und es ist ein peinlicher kurzer Moment der Überlegung, wie sie sich begrüßen sollen, bis er sie auf die Wangen küsst, aber ohne Umarmung.

„Gut angekommen?", fragt sie. Ihr Vater bestellt eine Melange mit Topfenstrudel, wie jedes Mal. „Ja, war kein Problem. Und? Wie geht es dir so? Marion kommt doch auch bald wieder, nicht wahr?"

„Ja, am Montag."

„Hast du von ihr gehört?"

„Ja, es geht ihr gut."

Er wischt sich den Mund nach jedem Bissen mit der Serviette ab, Sauberkeitstick. „Lu, ich wollte ohnehin etwas mit euch beiden besprechen." Er lehnt sich zurück. „Ich überlege, für Marion und dich einen Fonds anzulegen. Oder euch etwas auf das Konto zu überweisen. Dann habt ihr gleich Zugriff."

„Oh", sagt sie unbeeindruckt, „das ist aber nicht nötig. Bei mir. Ich meine, ich habe ja jetzt den Job, das ist ganz okay bezahlt. Mit Marion müsstest du selber reden."

Der Vater winkt ab. „Das Geld gehört euch, das habe ich mit Magda schon besprochen. Wenn ihr es jetzt nicht braucht, dann sicher irgendwann. Es ist auch nicht so wenig."

Lu rutscht auf ihrem Stuhl hin und her. Wozu redet er über Marion und sie mit seiner neuen Frau? Was geht die das an? Sie sieht aus dem Fenster.

„Wie geht es eigentlich Oma", fragt sie übertrieben gut gelaunt.

„Oma?", fragt der Vater verwirrt. „Gut. Ich meine, soweit man das sagen kann. Du weißt ja, wie sie ist. Sie glaubt, dass sie jeden Tag sterben muss." Er lacht kurz auf. „Aber", sagt der Vater und räuspert sich, „sie ist noch immer ganz gut beisammen für ihr Alter, sie ist doch schon vierundneunzig."

„Immerhin haben wir gute Gene", sagt Lu und der Vater lacht gezwungen. Er hat aufgehört zu essen, sieht ernst geradeaus.

„Es sind für jede von euch fast dreißigtausend Euro. Allerdings in Fünfjahresrhythmen ausbezahlt. Jeweils fünftausend Euro alle fünf Jahre."

Lu hält den Atem an, sie schaut den Vater an und schnell wieder weg. Sie zieht die Augenbrauen zusammen. „Wieso bekommen wir plötzlich so viel Geld?"

Ihr Vater nimmt einen Bissen, kaut bedächtig. „Nun, Lu, ihr habt es nicht leicht gehabt." Er wischt sich mit der Serviette ab. Lu lächelt innerlich, natürlich, das schlechte Gewissen. „Ich habe nachgedacht. Über euch. Natürlich nicht das erste Mal. Ihr seid meine Töchter. Auch wenn ihr vielleicht glaubt, ich hätte das vergessen. Aber das habe ich nicht, nie."

„Wieso sollten wir das geglaubt haben?"

„Weil ihr nicht zu mir konntet, als das mit Mutter geschehen ist. Ich habe gerade eine neue Familie gegründet, eine kleine Tochter, dann hat Magdas Mutter noch bei uns gelebt und ich habe nicht gewusst, wie das gehen sollte ... es war ein Fehler, natürlich, aber es ging nicht anders. Ich hätte es nicht geschafft, verstehst du?" Lu rührt den Kaffee wieder und wieder um. „Jedenfalls bin ich, oder besser gesagt sind Magda und ich, zu dem Schluss gekommen, dass ihr zumindest in wirtschaftlicher Hinsicht keine Sorgen haben sollt. Soweit wie möglich eben. Und fürs Erste."

Lu hört auf zu rühren. Sie schaut ihren Vater an, er nimmt sich noch eine Gabel voll Strudel, als hätte er es sich verdient, als hätte er sein Soll erfüllt. „Entschuldigung, aber hast du dir schon mal überlegt, dass Marion und ich mittlerweile auf uns selber aufpassen können?"

„Natürlich haben wir das überlegt. Nun, die Entscheidung, das Geld anzunehmen, liegt natürlich bei euch."

„Also ehrlich, ich finde es eigenartig, dass wir plötzlich so viel Geld bekommen sollen."

Während ihr Vater sich zurücklehnt und die Tasse ansetzt, beginnt es in Lu zu brodeln. Im Bauch, wie ein Feuer und es breitet sich aus, in ihre Arme und sie möchte auf den Tisch schlagen und in ihren Beinen und sie möchte stampfen und treten und in ihrem Mund, der schreien will, schreien, laut. „Nur weil ihr euer schlechtes Gewissen beruhigen

101

wollt, braucht ihr euch nicht so einen Scheißdreck einfallen zu lassen, das ist doch kompletter Wahnsinn, ihr seid ja völlig verrückt." Es klingt mehr wie ein Zischen, dabei hätte es laut sein sollen, klar und bedrohlich. Dann ist es still, wieder eine peinliche Stille. Der Vater lässt die Tasse sinken, er sieht sich schnell im Lokal um, wie um sich zu vergewissern, dass es niemand gehört hat. Lu nimmt ihre Tasche. „Ich gehe."

„Lu", ruft der Vater und legt seine Hand auf ihren Unterarm. „Vielleicht denkst du darüber nach, sprichst mit Marion darüber und dann reden wir noch mal, in Ordnung?"

Lu steht auf. „Gut, alles klar, bis dann."

„Also ich melde mich, in Ordnung? Ich melde mich bei euch, ganz sicher."

„Schon gut", sagt sie. „Schon gut."

Der Kellner kommt ihr entgegen, als sie zur Tür geht. „Der Herr zahlt für mich mit", murmelt sie.

Von: noone@hotmail.com an alleswirdbesser@gmx.at
24. April 2009 00:15:53
Sie haben Recht, das Meer hat durch seine Unendlichkeit etwas Bedrohliches. Aber dadurch ist es auf der anderen Seite auch so einzigartig, meinen Sie nicht? Ich kann mich noch sehr gut an meinen ersten Besuch am Meer erinnern, es war an der englischen Küste. Wir standen auf einer Anhöhe, es ging steil nach unten, das Meer brauste an die Klippen. Ich war beeindruckt, mit welcher Kraft es den Felsen bestieg, ihn eroberte und umspielte, weißer Schaum vor Lust und Liebe, der Felsen feucht und mit jeder Welle williger, bewusst der Macht des Meeres und seiner Erotik.
Und dann im Jahr darauf an einem anderen Ort, an dessen Namen ich mich nicht mehr erinnern kann und der Blick auf die spiegelglatte Fläche des Meeres, darüber der Abendhimmel, mit bloßen Füßen wagte ich mich hinein, bis zu den

Knöcheln, dann bis zu den Knien und ich beugte mich über den Morast, suchte mein Spiegelbild und konnte es nicht finden in der Dunkelheit.

Und dann wieder irgendwann später, da empfängt es mich in türkisblauer Freundlichkeit und Liebe, unschuldig wie ein Kind. So weich und sanft, klar und rein, um mich vergessen zu machen, wer es wirklich ist, aber wer ist es wirklich?

Vielleicht vermisse ich das Meer gerade deshalb so sehr, weil es nie das ist, was es wirklich ist und alle Möglichkeiten offen lässt. Alles Schöne und Gute. K.

Also bitte, sagt Lu und dann sagt sie es noch einmal, also bitte. Feuchter Felsen und Erotik des Meeres? Kann es sein, dass er sich ein bisschen zu weit in seiner Fantasie verfangen hat? Der alte Mann in den Schnürlsamthosen vor seinem Computer und in seinem Kopf die Erinnerung an den Jungen, der er war, vielleicht trug er auch damals Schnürlsamthosen und sein Haar, damals voll, wie er auf der Felswand steht, die Augen starr auf den gewaltvollen Liebesakt unter ihm gerichtet. Er hört nicht, dass seine Mutter ihn ruft, sein Vater, sie wollen weiter gehen, aber ein Kind verliert sich im Augenblick, wie oft hat Lu selbst sich weggeträumt. In der Schule träumte sie regelmäßig von Bühnenauftritten als Sängerin, bewundert und frenetisch umjubelt von gut aussehenden Fans. Natürlich waren auch die Jungen unter den Fans, die ihr jeden Tag in der Pause begegneten und die hübschen, zarten Mädchen, die vor Neid platzten. Sie erinnert sich an eines der Mädchen, Susi Aibler oder so ähnlich. Lu gibt den Namen bei Google ein. Drei Treffer. Keine der Personen passt. Sie öffnet ihre Facebook-Seite, gibt den Namen ein. Eine Reihe von Briefmarkenfotos wird aufgelistet. Sie erkennt niemanden. Sie loggt sich wieder aus und klickt auf die Mail-Seite zurück.

Von: alleswirdbesser@gmx.at an noone@hotmail.com

25. April 2009 09:49:34

sie haben mir ja ein sehr aufregendes mail geschrieben, so dramatisch habe ich das noch nie gesehen mit dem meer und den felsen, aber gut. wissen sie, ich bin nicht besonders poetisch, vielleicht liegt das daran, dass ich aus einer stockkonservativen familie komme, in der am sonntag nicht klassik, sondern der regionalsender lief, und ich in wahrheit noch immer peinlich berührt bin, wenn im theater jemand nackt auftritt und kunstfilme verstehe ich auch nicht. ich glaub, ich kann einfach nicht so viel damit anfangen, wie sie vielleicht hoffen. übermorgen kommt meine schwester und ich freue mich schon so.

Von: noone@hotmail.com an alleswirdbesser@gmx.at

25. April 2009 23:48:51

Schön, dass Sie sich freuen! Woher wollen Sie wissen, dass ich nicht aus einer stockkonservativen Familie komme? Warum glauben Sie, dass bei uns Klassik gehört wurde?

Bei uns gab es keine Musik. Niemals, mein Vater hasste Musik, er meinte, sie täte ihm in den Ohren weh, er würde ohnehin immer so viel hören müssen und wäre froh, wenn er seine Ruhe hätte. Vielleicht habe ich diesen Wunsch nach Stille von ihm übernommen. Obwohl sie mir noch einiger Zeit doch wieder unheimlich wird.

Ich habe keine Geschwister. Obwohl ich es mir sehr schön vorstelle, Eltern miteinander zu teilen. Aber vielleicht mache ich mir falsche Vorstellungen davon. Doch bei Ihnen klingt es, als würden Sie Ihre Schwester sehr lieben und als wäre sie lang weg gewesen.

Ich habe Ihnen bereits erzählt, dass meine Eltern sehr oft weg waren. Den Sommer über sah ich sie meist gar nicht. Selbst wenn sie zuhause blieben, brachten sie mich zu meiner Großmutter. Heute sehe ich es anders als früher, als Kind fühlte ich mich ungeliebt und ausgestoßen. Dabei wollten sie mir damit nur ersparen, was sie negativ empfanden: Das große Haus, das sich auch im Sommer nicht erwärmte, und der kleine Garten, in dem nichts Platz hatte und man von Nachbarn beobachtet wurde.

Seltsam, ich habe es immer ganz anders gesehen und auf die Frage, warum sie mich immer wegschickten, lachten sie nur und meinten, bei Großmutter wäre es doch viel schöner.

Erst Jahre später habe ich meinen Vater noch einmal darauf angesprochen. Ihm gesagt, dass ich liebend gern in diesem kalten, großen Haus mit dem kleinen Garten geblieben wäre. Er hat gelächelt und gemeint, niemand würde wissen, was einem gut täte, nicht einmal man selbst.

Ich wünsche Ihnen alles Gute, bis bald,

K.

„Marion!"

„Lu!" Die Schwester bleibt so plötzlich stehen, dass ein Passagier in ihren Rucksack hineinrennt. „Jetzt passen Sie doch auf", grantelt er. „Oh, tut mir leid", entschuldigt sich Marion und fällt Lu in die Arme.

„Willkommen daheim!"

„Ich habe ja gar nicht mit dir gerechnet", sagt Marion.

„Na hallo, ich habe extra für dich frei genommen", sagt Lu.

Sie gehen aus der Flughafenhalle Richtung Parkhaus. „Saukalt ist es da", ruft Marion und zieht die Jacke an, die Lu extra mitgebracht hat.

„Ach, findest du? Dabei ist heut der wärmste Tag seit langem."

Zuhause angekommen verschwindet Marion sofort unter der Dusche, während Lu die Kleidung der Schwester in die Waschmaschine stopft. „Da ist ja gar nichts im Rucksack", ruft Lu erstaunt.

„Ich habe viel dort gelassen, verschenkt oder weggeworfen", antwortet Marion prustend. Sie stellt das Wasser ab, seift sich ein. „In Wahrheit braucht man nicht viel – ein Kleidchen, einen Bikini, Sandalen und Sonnencreme. Und irgendwann brauchst du nicht einmal mehr Sonnencreme." Sie dreht das Wasser wieder auf, Lu holt Waschpulver und füllt es ein.

„Ich bin froh, dass du wieder da bist", sagt Lu, nachdem Marion die Dusche abgedreht hat.

„Ich auch, aber auch nicht. Ich weiß es nicht so genau. Gibst du mir das Handtuch?" Sie rubbelt sich in der Dusche ab, genauso wie immer, denkt Lu, als wäre sie nie weg gewesen. Ist Sich-Abtrocknen eine Eigenschaft? Ein Wesenszug? „So, jetzt musst du hinaus. Für uns beide ist kein Platz hier herinnen", sagt Marion.

Lu lächelt. „Ich geh schon."

Es dämmert bereits, als sie einander auf der Couch gegenüber liegen und Marion erzählt. Von Moskitos, einsamen Stränden und verdreckten Gegenden, von der Weite der Landschaft und engen Betten, von billigem Essen auf der Straße und der letzten Woche, die sie in einem Fünfsterne-Hotel verbrachte.

„Und jetzt? Was mach ich jetzt?" Sie gähnt. „Ich hab kein Geld, keinen Job und irgendwann sollte ich vielleicht doch etwas machen. Aber ich kann es mir gar nicht vorstellen. Ich will es mir nicht vorstellen."

„Irgendetwas wird sich schon finden." Marion gähnt noch einmal, laut und mit offenem Mund, sie kuschelt sich noch tiefer in den Polster. Die Gesprächspausen werden immer länger. Irgendwann ist es draußen dunkel und Marion atmet gleichmäßig. Lu überlegt. Sie hat Marion noch nichts vom Geld des Vaters erzählt und wahrscheinlich, glaubt sie, wird sie es auch ablehnen. Vorsichtig windet sie sich los und setzt

sich zum Computer. Sie hat auf eine Nachricht von Erich gehofft – nichts.

Von: alleswirdbesser@gmx.at an noone@hotmail.com
27. April 2009 20:16:46

*jetzt ist sie da und ich fühle schon, alles ist gut. dabei kommt es mir vor, als
wäre sie nie weg gewesen. meine schwester und ich, wir sind ganz was besonderes. zusammen. und ich glaube, dass es schon das ist, von dem sie reden. uns
verbindet so viel von früher. wir haben dieselbe verrückte mutter und mussten sie
auch gemeinsam aushalten. das war nicht immer einfach und ich glaube, wenn
es marion nicht gegeben hätte, wäre es nicht so „gut" ausgegangen.*

*und wenn ich davon rede, dass unsere mutter verrückt war, dann meine ich
verrückt. also eigentlich hatte sie einen echten dachschaden. ich kann mich
gar nicht erinnern, wann das passiert ist. und wenn ich daran zurück denke,
kommt es mir vor, als hätte sie schon immer einen dachschaden gehabt. aber
das stimmt nicht. je genauer ich nachdenke, desto mehr komme ich drauf, dass
sie uns ganz normal behandelte, meine schwester und mich. oder vielleicht auch
nicht. was weiß ich.*

*aber ich muss ihrem vater recht geben. ich glaube auch, dass es schwer heraus-
zufinden ist, was gut für einen ist, auch für einen selbst. ich glaube auch, dass
unsere mutter es immer gut mit uns gemeint hat. selbst als sie uns nicht mehr in
die schule gehen lassen wollte. das ließ sie uns nämlich irgendwann nicht mehr.
wir durften nicht mehr hin. bis irgendwer vom jugendamt gekommen ist und
uns abgeholt hat. von da an lebten wir woanders. naja.*

*sie war eben überzeugt davon, dass auch hinter der schule eine böse macht steht,
die uns auf ihre seite ziehen will. meine mama glaubt an eine verschwörung,
alles und jeder will ihr böses. und so gesehen hat sie uns ja wirklich einfach
beschützen wollen. bevor meine mutter plötzlich durchdrehte, haben wir ein
normales leben geführt. aber was ist schon normal?*

wie gesagt, sie hat echt einen dachschaden.

„Du kommst ja gar nicht mehr nachhause", sagt Marion. Lu zwängt sich mit Mappen und Sackerln beladen durch die Tür. „Ich habe etwas zu essen gemacht. Magst du?"

Lu lässt die Tür ins Schloss, dann die Mappen und Sackerln, dann sich selbst auf die Couch fallen. „Ich bin müde, ich hab Kopfweh, es war ein anstrengender Tag."

Marion setzt sich auf den Stuhl am Esstisch. „Was war los?"

Lu seufzt. „Ach, unwichtig. Es hat einfach nichts funktioniert wie es soll."

„Das kenn ich", sagt Marion. „Bei mir war es heute nicht anders." Sie steht auf und geht in die Küche.

„Was soll bei dir schon nicht funktionieren", murmelt Lu.

„Was?", brüllt Marion aus der Küche.

„Was soll bei dir schon nicht funktionieren!", ruft Lu.

„Naja, ich hab keinen Job, keine Wohnung."

„Du bist gerade erst zurückgekommen. Du hast ja noch Zeit, echt. Mach dir keinen Stress, wenn du keinen haben musst." Lu lehnt sich zurück und dreht den Fernseher auf. „Schon wieder Sport, verdammt."

„Da hat jemand ja sensationell gute Laune", sagt Marion und kommt aus der Küche, sie trägt eine Schüssel, aus der es dampft. „Iss ein gutes Süppchen, dann wird alles gleich besser."

„Nichts wird besser", schimpft Lu und nimmt dann doch den Löffel und beginnt zu essen.

„Was ist denn los?"

„Ich bin müde, das ist alles."

Marion hat die Hände in die Hüfte gestemmt und sieht Lu an. Sie zuckt mit den Schultern. „Dann solltest du ins Bett gehen."

„Ja klar, damit ich gar nichts mehr vom Tag habe." Lu sieht Marion nicht an, sie schaut in den Fernseher und zappt von einem Programm zum nächsten.

„Naja, dann musst du eben früher nachhause gehen."

„Das geht doch nicht so einfach, glaubst ich kann mittendrin aufstehen und sagen *Oh, Entschuldigung, aber ich kann das nicht fertig machen, ich möchte mehr vom Tag haben.*"

Marion zuckt die Schultern. „Du bist grantig."

„Ja, bin ich", keift Lu und rührt so kräftig in ihrer Schüssel, dass die Suppe fast überschwappt.

„Und warum? Ich dachte, du magst deine Arbeit?"

„Das tu ich auch. Aber manchmal, ach was weiß ich, manchmal frage ich mich echt, ob das alles ist." Sie lässt den Löffel fallen, schiebt die Schüssel weg. „Ich meine, ist das alles? Arbeit, fernsehen, schlafen gehen?"

Marion setzt sich an den Esstisch und wendet sich Lu zu. „Ich weiß nicht, es kommt drauf an, was man will."

Lu verdreht die Augen. „Aber ich will nichts wollen, ich will gar nichts."

„Wie jetzt? Ich dachte, du willst mehr haben vom Leben."

„Ja, aber ich bin nicht wie du. Ich kann nicht einfach weggehen. Ich fühle mich nicht überall auf der Welt zuhause. Manchmal kommt mir eher vor, ich bin nirgends zuhause." Lu lehnt sich wieder nach vorn und nimmt den Löffel.

„Glaubst du, mir geht es anders? Ich habe genauso oft das Gefühl, nirgends hinzugehören", versucht Marion sie zu beruhigen und legt die Arme auf den Tisch.

Plötzlich läutet Lus Handy. „Erich", sagt sie und Marion hebt die Augenbrauen.

„Ach nein."

Marion verlässt das Wohnzimmer, während Lu mit ihm telefoniert. Die kleine Schwester legt sich auf Lus Bett und blättert die Zeitung durch, die Lu aus der Arbeit mitgebracht hat. Kurze Zeit später kommt Lu. Sie bleibt an der Zimmertür stehen. „Ich werde ihn noch treffen", sagt sie. Marion grinst. Lu zuckt mit den Schultern, sie hat das Gefühl, sich rechtfertigen zu müssen. „Ich weiß, ich soll das nicht. Aber ach, Scheiße."

„Ich habe keine Ahnung, was du sollst, das musst du selber wissen."

„Das tu ich nicht. Anscheinend. Aber ich würde ihn gern sehen."

„Na dann geh und genieß den Abend. Und hab was vom Leben, versprich mir das, okay?"

„Ja, versprochen." Lu lächelt die Schwester an.

Später ruft Erich an und Lu rennt nach unten, wo er im Wagen auf sie wartet. Marion öffnet den Vorhang oben einen Spalt breit und Lu winkt hinauf. Sie kann nicht sehen, ob Marion zurückwinkt.

Erich und Lu gehen ins Kino und danach etwas trinken, sie trinken viel, sie reden von der Arbeit, sie küssen sich, sie küssen viel und trinken noch mehr. „Wir müssen mit dem Taxi zurück, glaub ich", sagt Erich.

„Schaut so aus, ja", antwortet Lu und küsst ihn. „Aber zu mir können wir nicht."

Erich hat seine Hand auf ihrem Knie und sieht sie an. „Ach ja? Wieso denn? Hast du vergessen aufzuräumen?"

Sie lächelt, versucht es unbeschwert klingen zu lassen: „Dann hättest du noch nie kommen können. Nein. Meine Schwester wohnt bei mir, seit sie wieder da ist."

„Tja", meint Erich und streicht mit seiner Hand den Oberschenkel entlang. „Dann werden wir das wohl aufs nächste Mal verschieben müssen."

„Schaut so aus, ja", antwortet Lu. Warum sagt er nicht einfach, dass sie zu ihm kommen soll?

Während der Fahrt legt sie ihre Hand in seine, ihre Lippen berühren sein Ohr, um ihn zu überzeugen, doch er bleibt unberührt, er bleibt im Taxi sitzen und lässt sie aussteigen, sagt nicht, dass sie mit ihm kommen soll.

Komm doch, mein Mädchen, komm mit mir. Und er lässt sie nicht gehen, er hält sie an der Hand fest und bittet sie, doch wieder einzusteigen. *Steig doch ein, mein Mädchen, steig doch ein und bleib bei mir.* Er berührt ihre Lippen und ihre Hände und ihren Körper, er berührt alles an ihr und er ist mit ihr und bei ihr.

Der Wagen fährt weiter und es ist wärmer, als sie dachte. Ihr ist schwindelig, aber das ist kein Wunder, nachdem sie so viel getrunken hat. Was hat sie erwartet, was hat sie denn schon wieder erwartet?

Von: noone@hotmail.com an alleswirdbesser@gmx.at
30. April 2009 03:55:31
Es ist schwer einen Menschen zu verurteilen, der doch nur mit besten Absichten gehandelt hat. Aber das macht diese gut gemeinten Taten meist nicht besser. Sogar viele Diktatoren dachten wohl wirklich, sie würden das Richtige tun.
Meine Großmutter fragte mich an einem Sonntag. Ich weiß es deshalb noch so genau, weil sie davor in der Kirche war. Ihr Haar war plötzlich grau geworden, es hatte nicht mehr dieses blanke Weiß, als wäre frischer Schnee auf ihr Haupt gefallen, sondern war eigenartig fahl und kraftlos. Es fiel mir zum ersten Mal auf, doch ich hätte mich nicht getraut, sie danach zu fragen. Nie hätte ich gewagt, ihr so nah zu kommen. Sie sah mich an und zuerst tat ich ihre Worte

als seniles Gerede ab. Ich meine es ernst, wiederholte sie. Dann holte sie Luft und setzte fort: Ich bin alt und ich bin krank. Den Ärzten zufolge lebe ich noch zwei Jahre. Allein werde ich es nicht mehr schaffen und ich weigere mich, in irgendeinem Krankenhaus zu sterben. Ich weigere mich, von einer fremden Person gepflegt zu werden. K., ich vererbe dir alles, was ich habe. Du bist der einzige Mensch, dem ich vertraue. Es wird dir an nichts fehlen und das weißt du. Ich werde Hilfe brauchen, sowohl um in Würde zu leben als auch sterben zu können.

Ich glaube, es war das erste Mal, dass ich in den Augen meiner Großmutter ein Gefühl sah. So viel Gefühl, dass ich ihrem Blick nicht standhielt. Keine Träne quoll aus ihren Augen, kein Mundwinkel verzog sich und keine Miene gab ihre Emotion preis. Doch ich kannte jeden Blick dieser Frau bis auf diesen einen. Wie hätte ich nein sagen können? Wie hätte ich sie allein lassen können? Ich hatte eine zerbrochene Beziehung, keine Arbeit, kein Geld, keine Idee, keine einzige Ausrede, mit der ich ihre Bitte hätte abweisen können. Nur ein Studium, das ich kurz zuvor fertig gestellt hatte.

Zwei Wochen später übersiedelte ich zu meiner Großmutter, bezog das Zimmer, in dem ich so viele verhasste Jahre meiner Kindheit verbracht hatte und sah zwei Jahre meines Erwachsenenlebens vor mir. Wer konnte wissen, dass mehr daraus wurden. Alles Liebe, K.

Am Freitag fahren sie zur Mutter, es ist warm. Am Bahnhof wartet Sonja mit den Kindern auf die Cousinen. Sie sitzen alle zusammen im Auto, keiner spricht, nur Clemens plappert. „Mama, ist die Tante verrückt?" Er spielt mit dem Fläschchen seiner Schwester.

„Nein, das ist sie nicht", zischt Sonja und schüttelt den Kopf.

„Aber Papa hat das zu dir gesagt", plärrt Clemens weiter. Sonja errötet, schaut verstohlen zu Lu und zuckt die Schultern.

Lu grinst. „Ja wenn der Papa das sagt", antwortet Marion und grinst ebenfalls.

„Ja wenn der das meint", wiederholt Lu. Sonja macht eine wegwerfende Handbewegung. „Ach was. Clemens, dein Papa redet leider oft ziemlichen Blödsinn. Tante Irmi ist krank. Und nicht verrückt", stellt Sonja klar.

Lu schaut aus dem Autofenster. Sie entdeckt ein neu gestrichenes Haus. „Schau mal, die haben das Haus blau angestrichen", ruft sie.

„Furchtbar", seufzt Sonja. „So viel zum idyllischen Landleben." Energisch dreht sie das Lenkrad herum und sie passieren die Einfahrt. Lu sieht das Haus, das mit jedem Jahr kleiner zu werden scheint. Als Marion und Lu noch Kinder waren, gab es darin genug Platz, das Haus war ihr geheimnisvolles Labyrinth, das sie jeden Tag neu entdeckten.

„So, da sind wir", sagt Sonja und folgt Clemens, der schon auf die Türe zustürmt, mit festem Schritt. An der Hand hält sie Lana und zieht sie hinter sich her. Lu und Marion traben gemächlich nach. „Ich will!", brüllt Clemens und hält mit seinem Zeigefinger die Türglocke schon gedrückt. Er läutet Sturm. „Genug", schimpft Sonja und zerrt seine Hand von der Klingel. Als die Mutter aufmacht, quietscht die Tür wie früher. „Kinder, das ist ja schön.". Das Haar hängt ihr wirr vors Gesicht, der Morgenmantel lässt einen Blick auf ihr Dekolleté zu. Ihre Gesichtshaut wirkt fahl und durchsichtig. Lu glaubt, ganz kurz Freude im Gesicht der Mutter zu sehen, aber es ist schwer, ihre Gefühle zu erkennen. Wie bei Noones Großmutter, fällt Lu ein.

„Hallo, Marion, auch wieder da!", flüstert die Mutter,

„Hallo Mama", sagt Marion und umarmt den knochigen Körper.

Sie gehen in die Küche, setzen sich, an der Wand hängen dieselben Bilder wie vor zwanzig Jahren und auf der Bauernkredenz stehen nach wie vor verzierte Teller.

„Das ist ja ein Wahnsinn, wie sauber es ist. Clemens, komm her zu mir", befiehlt Sonja.

„Die Putzfrau war da." Die Mutter lächelt verlegen.

Einige Sekunden vergehen und Lu beginnt zu überlegen, worüber sie reden könnten.

„Marion, erzähl ein bisschen, wie war es?", sagt die Mutter und jeder Buchstabe ist gedehnt. Träge wandert einer nach dem anderen aus dem Mund.

„Schön. Echt, sehr fein. Und spannend."

„Mhm", sagt die Mutter und Lu bezweifelt, dass sie zuhört.

„Und was gibt es bei dir? Wie geht es dir?", fragt Marion. Die Mutter scheint abwesend. „Mama?" Die Mutter schaut hoch und in Marions Gesicht. „Wie geht es dir?"

„Ach, ja ganz gut, ganz gut, schön war es also, schön, ja das ist gut, wo ist denn nur der Kaffee, der Kaffee, ja."

Lu springt auf. „Warte, ich mache Kaffee, in Ordnung? Gut? Setz dich hin."

Die Mutter rückt näher zu Sonja. Lana sitzt auf Sonjas Schoß und berührt die Mutter am Arm, doch diese reagiert nicht. „Ich war sogar in Kambodscha", beginnt Marion zaghaft.

„Habt ihr das Haus gesehen, das blaue Haus, ist das nicht hässlich?", sagt die Mutter mit hoher Stimme.

„Grauenvoll." Marion.

„Fürchterlich." Lu.

„Zum Kotzen." Sonja. Flüsternd. „Verstehe einer die Welt."

„Es passt überhaupt nicht zum grün." Marion.

„Seit wann ist das so? Wer ist auf die Schnapsidee gekommen?" Sonja.

Es entsteht wieder eine kleine Pause, die Mutter seufzt. „Versteh einer die Welt", wiederholt sie. Lu verdreht die Augen. Sie öffnet den Kühlschrank, ein Glas Essiggurken und ein angefangenes Glas Heringe, angeknabberter Käse, keine Milch. Lu durchsucht Schränke, Regale, Kästen – eine geöffnete Zuckerpackung. Immerhin.

„In Asien haben sie für den Hausgeist am Eingang ein winziges Schmuckhäuschen aufgestellt. Damit sie Glück haben", sagt Marion.

Die Mutter lächelt. „Wie lang warst du weg?"

„Vier Monate."

„So lang."

Lu serviert den Kaffee, stellt die Zuckerschale auf den Tisch. „Wollt ihr nicht das neue Lied vorsingen, das ihr vorige Woche im Kindergarten gelernt habt?", fragt Sonja. „Nein, keine Lust", antwortet Clemens. Er hüpft auf einem Bein, dann auf dem anderen. „Mir ist langweilig. Laaaangweiilig!", singt er und nach kurzer Zeit stimmt seine Schwester in das Lied ein. Sonja hält sich die Ohren zu. „Das ist ja fürchterlich!", ruft sie, lacht aber dabei. „Gott sei Dank reden die wenigstens", flüstert Marion Lu ins Ohr. „Langweilig", trällert Lana, doch nachdem Clemens bereits aufgehört hat, vergeht auch ihr die Lust. Kurze Zeit ist es still, bis die Mutter unvermittelt sagt: „Ich bin müde. Stört es euch, wenn ich mich kurz hinlege? Ich komm gleich wieder, ihr könnt doch derweil da bleiben, gut?"

Die Frauen nicken. Clemens läuft der Großtante hinterher. Wieder ist es still in der Küche. Die drei sehen sich an. „Sie sieht nicht gut aus", flüstert Marion.

„Das tut sie nie", sagt Lu und klingt verbittert.

„Es ist ihr nicht gut gegangen in letzter Zeit. Aber sie wird sich schon wieder fangen", beruhigt Sonja die beiden. Lu nimmt zwei Stück Zucker. „Na immerhin, jetzt kannst du endlich mehr von deiner Reise erzählen."

Über eine Stunde reden die drei, aus dem Garten ist Kindergeschrei zu hören. „Ob sie noch einmal kommt?", fragt Marion.

„Wahrscheinlich nicht", sagt Lu. „Am besten wir gehen einfach."

„Wir können doch nicht einfach still und heimlich abhauen", schimpft Marion.

„Wieso nicht?", fragt Lu.

„Weil wir das nicht machen können."

„Natürlich – schau – ich steh auf und gehe jetzt." Lu steht auf, stellt ihre Tasse ins Spülbecken und öffnet die Küchentür.

„Was ist denn los mit euch?" Sonja schüttelt den Kopf. „Jetzt komm schon, Lu, bleib da!"

„Ist doch wahr", schimpft sie, setzt sich aber gehorsam. Sie warten noch eine Stunde, dann taucht die Mutter auf. „Es tut mir leid, aber ich bin so müde", sagt sie. „Das Wetter, das macht mich so fertig."

Sie setzt sich wieder hin. „So, Marion, jetzt erzähl einmal, wie war deine Reise?"

Von: alleswirdbesser@gmx.at an noone@hotmail.com
01.Mai 2009 22:03:12
ihre geschichte ist aber ziemlich schräg. und ganz schön gruselig. ich war heute bei meiner mutter. es war furchtbar. aber sie hat mir auch leid getan. meine schwester und ich waren schon lang nicht mehr dort. es war eigenartig, das alles wieder zu sehen. und die erinnerung.

ich weiß noch, dass ich mal nachhause kam und es so eigenartig leise war. marion war noch in der schule, ich hatte früher aus und war müde. an der haustür hing noch immer die zeitung. jedenfalls war es das erste mal, dass meine mutter nicht da war und nichts hinterlassen hatte, sonst lagen zettel auf dem tisch, bin weg, komm später. vielleicht hatte die katze den zettel gefressen, einfach so, dachte ich.

marion und ich gingen sie irgendwann suchen. wir wussten ja nicht, wohin wir sollten, also sind wir durch den ort spaziert. dass sie nicht bei meiner oma war, war klar. wir fanden sie nirgends. also gingen wir wieder zurück. das letzte stück unseres weges führte durch einen kleinen park. ich kann mich noch gut erinnern: marion starrte zur seite und ich schaute ihr nach. die mutter saß auf einer parkbank, rund zwanzig meter entfernt. als wir bei ihr waren, schien sie uns nicht zu bemerken, sie schaute starr geradeaus, ihr gesicht kreidebleich.

ich weiß nicht, ob ich meine mama hassen darf, aber ich glaub, ich tu es.
es würde mich freuen, wenn sie mir mehr über ihr leben erzählen würden.

grüße, l.

Samstag um 11 Uhr sind sie mit dem Vater verabredet. „Der Marathon geht weiter" seufzt Lu und läutet an der Türglocke, im Haus beginnt ein Hund zu bellen. „Ein Hund? Seit wann denn das?", flüstert sie.

Magda öffnet die Tür, sie trägt eine transparente Bluse, ihre Lippen sind geschminkt. „Hallo! Na so was von pünktlich. Schön euch zu sehen, kommt rein." Ein semmelblonder langhaariger Hund quetscht sich an Magda vorbei ins Freie.

„Ist der putzig!" Lu streichelt das Tier.

„Naja, Ursi hat ewig gebettelt. Und ich wollte sowieso immer einen Hund. Am Ende musste Franz eben nachgeben. Nicht wahr, Schatz?" Im Hintergrund taucht der Vater auf, er begrüßt die Mädchen, die Umarmungen sind unsicher und zaghaft.

„Eh klar, ein Bilderbuchhund für die Bilderbuchfamilie", flüstert Lu Marion zu, als sie im Esszimmer sitzen und der Vater und seine Frau sich ums Essen kümmern. „Aber süß ist er trotzdem", flüstert Marion. „Wo ist Ursula?", fragt sie laut.

„Sie ist bei einer Freundin. Aber sie kommt zum Essen. Also Marion, erzähl mal. Wie war es? Hast du nie Heimweh gehabt?", ruft Magda aus der Küche, kurz darauf erscheint sie mit Besteck und deckt den Tisch.

„Nein, nie. Es war wunderschön." Der Vater bringt die Teller. „Erzähl doch", sagt er.

Wieder beginnt Marion mit der Geschichte, langsam wird es ihr schon selbst langweilig. Der Vater unterbricht sie nicht, seine Frau setzt sich zu den Schwestern.

Lu hört nicht zu. Sie streichelt den Hund, der auf dem Rücken liegt und denkt an die Arbeit und an Erich und an K.

„Und wo hat es dir am besten gefallen?", fragt Magda und sieht Marion interessiert an.

„Es war überall schön."

Magda lacht. „Na bitte. Und hast du bereits neue Reisepläne?" Lu nippt an ihrem Saft. „Ja. Sobald ich genug Geld verdient habe, möchte ich wieder weg."

„Auch eine Möglichkeit, sein Leben zu verbringen", murmelt der Vater wie zu sich selbst. Seine Frau tut so, als hätte sie nichts gehört. „Ist das Essen fertig?", fragt er.

„Zehn Minuten noch", antwortet Magda und steht auf. „Ach die Ursula, die wird sich freuen, euch zu sehen und deine Geschichte zu hören."

Ursula kommt. Sie freut sich nicht. Gleichgültig begrüßt sie die Halbschwestern, dem Papa drückt sie einen halbherzigen Kuss auf die Wange, der Mutter ebenso. „Ist's schon fertig?"

„Gleich."

„Ich geh derweil rauf."

„Ursi, bleib da, stell dir vor, Marion kommt grad aus Asien zurück." Ursula scheint Marion erst jetzt zu registrieren. „Cool. Warst du in Indien? Ein Freund von mir war dort. Er fand es total super."

„Nein, Kambodscha, Laos und Thailand."

„Ach so", meint sie gelangweilt. Magda lächelt Marion höflich und entschuldigend zu.

Der Vater bringt das Essen, es gibt Tafelspitz mit gerösteten Erdäpfeln.

„Schmeckt gut", sagt Marion. Lu sagt nichts, sie sieht die Halbschwester von der Seite an. Ursula ist nicht besonders hübsch. Sie hat die Nase des Vaters, ein großer Knollen im kleinen Gesicht. Lu hat die zarte Nase der Mutter, dafür auch ihre grauen, traurigen Augen, den schmalen Mund und die abstehenden Ohren. Ihr braunes Haar hat sie irgendwann trotzdem kurz geschnitten, einmal kommt der Punkt, da muss man zu seiner Optik stehen, hat sie damals behauptet und das schulterlange Haar auf sechs Millimeter kürzen lassen.

„Wie geht's dir in der Schule?", versucht Marion ein Gespräch anzufangen.

„Ganz gut", antwortet Ursi und schaut auf ihren Teller. „Muss ich das Fleisch essen? Ich mag das nicht."

„Nein, musst du nicht." Der Vater stellt seinen Teller neben ihren und schiebt das Fleisch darauf. „So."

„Und dein Lieblingsfach?", fragt Lu.

„Geschichte."

„Das hab ich auch gern gehabt. Wir hatten einen guten Lehrer, der hat uns das alles immer so gut erzählt. Irgendwie. War spannend."

„Ich mag Geschichte, weil der Professor immer eine viertel Stunde früher aufhört."

„Auch verständlich", meint Lu. Magda lächelt, der Vater isst weiter.

„Wie geht es dir eigentlich in deinem neuen Job, Lu?", fragt er.

„Ganz gut, ich meine, ich bin noch dabei, mich einzugewöhnen."

„Aber du bist doch schon fast einen Monat dabei, nicht wahr?" Der Vater wischt sich mit der Serviette den Mund ab.

„Naja, nicht ganz, noch ist alles ziemlich neu ... ich schau mal, was weiter passiert."

„Ich hab damals auch klein angefangen. Und mich mit der Zeit nach oben gearbeitet. Das kannst du auch schaffen."

„Ich weiß nicht, die Zeiten sind anders, man bleibt doch nicht mehr in einer Firma. Ich möchte es mir mal ansehen und herausfinden, ob es das ist, was ich will."

„Verstehe einer die Jugend von heute. Ihr wollt immer euch selbst verwirklichen Aber man verdient nichts mit Selbstverwirklichung." Der Vater schiebt eine Portion Fleisch in den Mund.

Lu lädt sich Erdäpfel auf die Gabel und isst schnell, um nicht loszubrüllen vor Wut, sie lehnt sich zurück. „Das ist schon klar, das meine ich damit nicht." Ich bin ja kein Trottel, möchte sie noch dazu sagen und tut es nicht.

„Das weiß ich doch, Luise und wenn du Geld brauchst, kann ich dir natürlich weiterhelfen." Lu schaut kurz zu Marion, die so tut, als würde sie das alles nichts angehen. Das ärgert Lu umso mehr.

Kapital, Kapital, das magische Wort, das alles wieder gut macht, die letzte Chance des Vaters, sich zu behaupten. „Danke, aber das ist nicht notwendig."

„Mama, gehen wir am Montag die Schuhe anschauen?", fragt Ursula, sie hat sich auch zurückgelehnt und ist zwischen Marion und Lu eingeklemmt.

„Ja, machen wir."

„Ihr geht shoppen? Da komm ich mit!" Die Stimme des Vaters klingt plötzlich fröhlich und aufmunternd. Ursula verdreht die Augen. „Papa, du magst das ja nicht, dann ärgerst du dich die ganze Zeit."

„Aber nein, ich ärgere mich nicht. Und wenn ich es doch tue, dann kannst du mich sofort nachhause schicken. Gut?" Er lächelt seiner jüngsten Tochter zu und Lu ist froh, dass er nicht ihr zulächelt, sie hält seine Nettigkeit nicht aus.

***

Der Vater

Der Vater ist müde. Er hat fast vierzig Jahre gearbeitet, er hat drei Töchter, er hat eine Exfrau, er hat eine neue Frau. Er hat ein anstrengendes Leben hinter sich.

Der Vater ist kein schlechter Mensch. Er spendet jedes Jahr für Licht ins Dunkel. Er hat keine Laster, keine Geliebte und keine Geheimnisse.

Der Vater ist gegangen, er konnte nicht mehr. Er wollte sein Leben zurück. Er hat seine erste Frau geliebt. Er liebt seine zweite Frau. Er liebt seine drei Mädchen. Er kennt keine von ihnen. Er fährt seine jüngste Tochter zur Schule. Er holt sie ab. Er bezahlt, er schimpft, er gibt nach, er ärgert sich, er beobachtet, er staunt.

Der Vater macht sich Sorgen. Über die Pension und ob das Geld reicht, für ihn und seine Familie. Er hat Angst vor der Zukunft und noch mehr vor der Vergangenheit.

Der Vater bereut. Er möchte das Rad der Zeit zurückdrehen. Das geht aber nicht.

Der Vater hat eine Digitaluhr.

***

Von: noone@hotmail.com an alleswirdbesser@gmx.at
02. Mai 2009 02:03:23

Hass und Liebe stehen sehr nah. Auch ich habe meine Großmutter gehasst, bemitleidet, geliebt. Als sie gestorben ist, wusste ich nicht genau, welches Gefühl überwog — die Erleichterung und Freude oder die Trauer. Ich war erleichtert. Ja, das auf alle Fälle.

Einerseits blieb ich in ihrem Haus in all den Jahren immer nur ein Gast — andererseits war ich ihr der einzige Mensch und damit ihr alles. Wir bildeten eine eigenartige Symbiose, aus Stärke und Schwäche, aus Brauchen und Gebraucht-Werden. Ich habe sie am Leben gehalten. Aber ich hätte nie gedacht, dass mir mein Leben nach ihrem Tod so schwer fallen würde.

Ich bin an einem ungewöhnlich warmen Herbsttag eingezogen, ich fuhr mit dem Taxi vom Bahnhof zu meiner Großmutter und schwitzte in meinem Wollmantel. Es war eigenartig, denn ich hatte sie nach unserem Gespräch einige Wochen nicht gesehen und war schockiert, als sie mir die Tür öffnete. Sie war schön, aber ihr Gesicht war eingefallen, sie sah mager aus und das Haar war noch viel schütterer als beim letzten Mal.

Ich weiß noch, dass wir Tee tranken, aber nicht auf der Veranda, sondern im Wohnzimmer. Wovon wir redeten? Über alles und über nichts. Großmutter ging früh zu Bett. Ich lag wach in meinem Zimmer und erinnerte mich an meine Kindheit. An die Nacht, als Großmutters Bett leer stand. An die vielen Sommer, während derer ich wartete, dass endlich wieder der Herbst begann.

In der ersten Woche lebte ich wie damals, als wäre ich auf Erholung. Ich ging spazieren, las viel, tat Kleinigkeiten für meine Großmutter. Holte ihr die Zeitung, kochte ihr Tee, erledigte ein paar Dinge im Haushalt. Mehr war nicht nötig, denn einmal die Woche kam eine Haushälterin, die sauber machte und putzte.

Wir sprachen kaum und sahen uns selten. Ich weiß nicht weshalb. Vielleicht weil wir beide mit uns selbst beschäftigt oder einfach nicht gewohnt waren, gemeinsam zu wohnen. Sogar beim Essen lasen wir Zeitung oder hörten Musik.

Nach einiger Zeit bat mich meine Großmutter zu einem Gespräch. Sie lächelte mich an, sah aber besorgt aus. Und dann sagte sie: Ich habe kein Geld mehr.

Sie müssen wissen, dass bei uns nie über Geld gesprochen wurde und daher war für mich selbstverständlich, dass es genug davon gab.

Ich wusste nicht, was das bedeuten soll. Und ich glaube, sie wusste es zu diesem Zeitpunkt selbst nicht.

L, ich bin erschöpft, die Erinnerung macht mich müde. Schlafen Sie gut und vielleicht tu ich es doch auch. K.

Lieber L. Falls der E-Mail-Schreiber sie nicht kennt, könnte er Lu für einen Mann halten. Während K. eine Frau sein könnte. Lu stellt sich eine Frau vor, in der dunklen winzigen Wohnung. Unmöglich.

Sie sucht ihr Handy, Marion ist nicht zuhause, doch sie möchte sofort mit jemandem sprechen und ruft Brit an. „Hi, wieder in der Stadt?", fragt Brit.

„Ja, wieder da."

123

„Wie war's?"

„Eh okay. Und bei dir?"

„Alles gut soweit. Gestern habe ich mir mit Raoul auf You-Tube Männer beim Wickeln angeschaut. Das war echt nicht schlecht. Allerdings war er heut total mies drauf wegen der Arbeit. Gibt's was Neues? Vielleicht von Mr. Noone?"

„Ja, er hat mir ein langes Mail geschickt. Ich möchte wissen, wer das ist." Lu geht in die Küche, nimmt den Putzfetzen und wischt energisch die Arbeitsfläche.

„Das kann ich verstehen, aber das wird in nächster Zeit wohl nichts. Irgendwie verstehe ich es ja noch immer nicht. Was hat er dir geschrieben?"

„Von seiner Großmutter. Viel und lang und natürlich hat er aufgehört, als es spannend wurde. Was weiß ich, vielleicht möchte er einen Roman an mir testen." Lu legt den Putzfetzen neben das Spülbecken. „Aber sehen möchte ich ihn trotzdem."

„Man findet sicher heraus, wer das ist."

„Aber so will ich das nicht, ich will das nicht so heimlich. Ich will ihn nicht nur sehen, ich will wissen, wer er ist."

„Vielleicht braucht er einfach länger, bis er sich traut. Stell dir vor, er ist hässlich oder hat sonst irgendetwas." Lu geht zurück ins Wohnzimmer und setzt sich wieder vor den Computer.

„Ja, natürlich. Alles ist möglich." Sie fährt mit dem Cursor zum Ende seiner Nachricht.

„Also wenn ich du wäre würde ich ihn irgendwann einfach fragen. Warum denn nicht? Mehr als nein sagen kann er nicht. Aber vielleicht solltest du damit noch ein bisschen warten, Frau Neugierig."

„Zum Glück habe ich ja sooo viel Geduld."

Brit lacht. „Na schau. Was für eine tolle Möglichkeit, es zu lernen."

Nach dem Telefonat schickt Lu ein Mail an Noone.

Von: alleswirdbesser@gmx.at an noone@hotmail.com
2. Mai 2009 16:32:40

das klingt ja wie in einem roman. ich weiß, ich soll keine fragen stellen, aber natürlich bin ich neugierig. wie sah ihre großmutter aus? und wie alt waren sie? und wie sehen sie aus? sind sie ein mann oder eine frau? es tut mir leid, aber ich bin so gespannt. was soll ich denn machen?

dafür erzähle ich ihnen auch etwas „geheimes" von mir. okay, ich gebe es zu. so extrem geheim ist es doch nicht, meine leute wissen bescheid. also ich werde heute meine affäre treffen. und eine affäre hat ja an sich schon etwas geheimnisvolles, finden sie nicht auch?

ich traf ihn zum ersten mal in einer sehr noblen kanzlei. er schaute mich nicht an, wenn ich über den gang ging, er registrierte mich gar nicht und ich dachte mir eigentlich nur: was für ein blöder schnösel. ich machte dort nur einen studentenjob, tippte von einem diktiergeräte schriftsätze ab. langweilig, eintönig und schlecht bezahlt.

und dann gab es ein weihnachtsfest, zu dem die kanzlei einlud und aus irgendeinem grund luden sie auch mich ein. eine andere schreibkraft, die ich gut leiden konnte, ging auch hin. und da sah mich dieser mann das erste mal an, vielleicht weil ich gut angezogen war oder weil die stimmung ausgelassen war oder weil alle viel getrunken hatten oder was weiß ich. jedenfalls landeten wir mit nur wenigen anderen an der bar.

am nächsten tag grüßten wir uns, lächelten und zwinkerten uns zu. eine woche später fragte er mich, ob wir was trinken gehen und nach drei nächten sagte er mir, dass er noch verheiratet ist und ein kind hat. manchmal — nein, nicht nur manchmal, sehr oft eigentlich — frage ich mich, warum ich es mir noch immer antue. denn ich glaube nicht, dass man den anderen so verletzt, wenn man wirklich und wahrhaftig liebt.

okay, wissen sie was? ich hab keinen bock mehr auf verstecken spielen. ich bin eine frau. so viel mal dazu. aber vielleicht kennen sie mich auch schon.

lg lu (abkürzung luise)

Erste Szene: Die Kamera schwenkt auf sein Gesicht hinter dem Steuer. Er steigt nicht aus dem Auto, um ihr die Tür aufzuhalten. Eindeutig ein Regiefehler, aber bitte. Sie steigt ein. „Hi", sagt er und seine tiefe, dunkle Stimme lässt die Zuseherinnen dahin schmelzen.

„Hallo", krächzt sie und allein das Wort verrät sie schon. Sie spielt die Böse, die hartherzige, gierige Geliebte, die nur aufs Geld aus ist.

Cut!

Zweite Szene: Das Licht im Restaurant ist schummrig, er sucht den Wein aus, sie legt die Karte weg. Ganz klar, das Publikum ist geschult, jetzt kommt's, gleich in der zweiten Szene bestätigt die Frau noch einmal, dass sie es ist, die man hassen muss, die Böse, die ihn ins Verderben stürzt, nach all seinen Qualen, außerdem hat er doch einen Sohn!

Er schaut sie an. „Wie war es zuhause, du bist doch aufs Land gefahren, oder?" Wie süß, sagen die Zuseherinnen, die Zuseher machen sich Notizen in ihrem Frauenverstehbuch. Die Zuseherinnen zeigen auf ihn, siehst du, sagen sie zum Zuseher neben sich, er kümmert sich, er ist interessiert, er will sogar wissen, wie es ihr geht.

„Schön", antwortet sie kurz. Buh. Laute Buhrufe des Publikums, der brünette Eisberg. Dann hebt sie das Glas, prostet ihm zu.

Cut.

Dritte Szene: Wieder im Auto. Er hält vor ihrem Haus. Der peinliche Moment, da ist er wieder, das Publikum weiß nichts davon und der Regisseur schaut weg, das läuft jetzt nicht nach Drehbuch. „Meine Schwester ist ja da." Er stellt den Motor ab. „Ich weiß." Dem Publikum ist es egal, dass sie ihm jetzt am liebsten eine runterhauen will, damit er endlich das Auto wieder startet und sie mit zu sich nachhause nimmt.

Denn das Publikum hat gerade Werbepause und man holt sich Chips, Dosenbier und geht aufs Klo, um für die nächste wichtige Szene vorbereitet zu sein. Warum hast du Platz bei mir, aber ich nicht bei dir, will sie fragen. Aber es geht sich nicht aus, die Werbepause ist gleich vorbei und er muss jetzt nachdenken. Er entscheidet, er sagt ja oder er sagt nein. „Fahren wir zu mir", murmelt er nach einigen Sekunden, startet den Wagen wieder und fährt los.

Komm her, mein Mädchen, und lass dich fallen, leg deine Kleider ab und dich selbst auch, lass alles von dir und gib dich mir hin.

Lu fällt über ihn her, sie zieht ihm das Sakko aus, knöpft hastig das Hemd auf, sie küsst seinen Mund, seinen Hals und streichelt seinen Schwanz. Er stöhnt leicht auf und sie macht weiter, öffnet mit der rechten Hand seinen Gürtel. Er stöhnt noch mehr. Sie versucht so schnell wie möglich ihre Kleider los zu werden, stolpert über die Hose. Erich fängt sie auf, sie lachen, „Gehen wir ins Bett", flüstert Erich und sie folgt ihm.

Haut und Zunge, Lippen, überall. Suchen und fragen und die Antwort finden auf seinem Körper und sie, schwer atmend und die Augen geschlossen – oder doch nicht? Mit den Händen den Rücken entlang und sich mit den Fingern festkrallen, die Beine öffnen, so weit, bis sie schmerzen, doch es tut nicht weh. Und immer wieder die Zunge zwischen ihren Beinen und auf der Haut.

Sie vögeln mitten in der Nacht noch einmal. Danach schläft Erich ein und schnarcht. Aber nicht beim Einatmen, sondern

beim Ausatmen: ein intensives Chhhrrrrrrrrrr. Lu schnalzt mit
der Zunge, flüstert ein leises „hey" und stupst ihn am Arm.
Er dreht sich um und schnarcht wieder, diesmal beim Einatmen. Lu legt sich den Polster über den Kopf, doch sein Schnarchen ist stärker. Kann man jemanden lieben, dem man für
sein Schnarchen am liebsten eine reinhauen würde? Sie schläft
gegen 3 Uhr ein und wacht früh wieder auf, rennt schnell aufs
Klo und ins Bad. Die Wimperntusche hat sich unter den Augen ausgebreitet, die Haare stehen in alle Richtungen ab. Mit
Klopapier und Handcreme versucht sie die Reste zu entfernen,
dann duscht sie sich ausgiebig. Wohlriechende Bodylotion,
ein wenig Zahnpasta mit dem Zeigefinger verteilen, gründlich
ausspülen, glatt kämmen. Voilà!

Frisch geduscht und duftend läuft sie ins Schlafzimmer zurück, kuschelt sich an Erich. „Gott sei Dank", flüstert sie in
sein Ohr, „endlich Sonntag." Sie stehen auf, frühstücken, gehen wieder ins Bett, vögeln noch einmal, dann schaut Erich
auf die Uhr. „Schon so spät, ich muss Johannes abholen." Lu
nickt. Sie springen beide aus dem Bett, ziehen sich an.

„Wo genau musst du hin?", fragt Lu. „In den Dritten", antwortet Erich. „Also dann." Er gibt ihr einen schnellen Kuss auf
den Mund und berührt zart ihre Nasenspitze. „War schön",
flüstert er ihr ins Ohr.

Kurz nach 11 Uhr kommt sie in ihrer Wohnung an. Das
Handy piepst, Marion hat ein SMS geschickt. „Bin mit einer
Freundin frühstücken. Kommst nach?" Lu schickt ein „Nein"
zurück. Sie möchte so schnell wie möglich zu ihrem Computer und sehen, was Noone geschrieben hat. Sie zieht weder
Schuhe noch Jacke aus, sondern lässt sofort den Computer
hochfahren und öffnet das Mail-Programm.

Von: noone@hotmail.com an alleswirdbesser@gmx.at

3. Mai 2009 04:23:20

Ich habe eine Katze, und das obwohl ich Katzen nicht ausstehen kann. Katzen und ich, wir misstrauen uns, das hat sich nicht geändert, doch meine Katze ist eine Ausnahme. Sie ist mir zugelaufen, das heißt, sie muss in einem Moment durch die Wohnungstür geschlüpft sein, in dem ich nicht aufpasste, es nicht sah. Ich weiß bis heute nicht, wie sie es gemacht hat.

Sie gehörte niemandem, ich habe im Haus nachgefragt, sie fotografiert, Zettel aufgehängt, am Ende brachte ich sie ins Tierheim. Nach zwei Wochen rief ich an, sie war noch immer dort. Ich bin hingefahren und habe sie abgeholt. Im Tierheim hat sie mich im Gegensatz zu den anderen Katzen angeschaut, ganz ohne Misstrauen, aber auch ohne Vertrauen, sondern mit purer Gleichgültigkeit. Sie war da, nicht mehr und nicht weniger.

Und das ist sie noch, gerade sitzt sie vor dem Fenster und putzt sich die Pfote. Es ist ein sehr schönes, edles Tier, auch wenn andere sie vielleicht nicht so sehen. Jetzt leben wir unter einem Dach und beobachten uns gegenseitig, nicht neugierig, nicht liebevoll, aber geduldig und gleichmütig. Es ist angenehm, sie zu streicheln und laut schnurren zu hören, es ist bewundernswert, wie sehr sie den Moment genießt. Diese Selbstverständlichkeit der Welt gegenüber. Und die Gelassenheit. Wir haben zueinander gefunden, dabei haben wir uns gar nicht gesucht. Die Dinge sind viel profaner als wir sie uns wünschen.

Ich freue mich, dass Sie mir das Vertrauen entgegenbringen und mir bereits Ihren Namen verraten haben. Luise klingt altmodisch. Das Bild, das ich mir von Ihnen machte, hat sich mit jeder Nachricht verändert und ist trotzdem immer dasselbe geblieben. Einmal älter, einmal jünger, manchmal sogar ein Kind. Sie waren einmal mehr Mann und einmal mehr Frau. Ich weiß, Sie hätten gern, dass auch ich meinen Namen verrate, um das „Versteckspiel" zu beenden. Doch ich muss Sie enttäuschen. Ich hoffe, Sie verzeihen mir, doch ich bleibe der Mensch, den Sie in mir sehen. Einstweilen zumindest.

Einen schönen Tag, liebe Luise.

K.

***

Marion und Lu

„Hast du auch manchmal Panik davor, verrückt zu werden?"

„Nein, eigentlich nicht. Ich habe Panik, irgendwann stehen zu bleiben. So wie Papa. Ich finde sein Leben oft schlimmer als das von Mama. Sie ist zwar verrückt, aber sie ist, wie sie ist. Papa ist so verbohrt und eingesperrt."

„Aber das merkt er doch nicht."

„Ich weiß nicht, wahrscheinlich nicht. Trotzdem. Wenn ich zwischen übel und noch übler wählen müsste, würde ich mich für das Erste entscheiden und lieber wie Mama leben."

„Sie hat es sich nicht aussuchen können. Er schon. Ihr Kopf ist krank und von irgendwelchen Synapsen-Fehlschaltungen geleitet."

„Ich weiß nicht. Wer kann schon sagen, was normal ist und was krank?"

„Das meine ich nicht. Es geht um den freien Willen. Die Freiheit, Dinge zu entscheiden. Deshalb wirst du nie leben wie Papa, aber so wie Mama, das ist möglich, das kannst du dir nicht aussuchen. Papa hat sich für dieses Leben entschieden, Mama nicht."

„Wer sagt das? Sie hat sich dazu entschieden, keine Tabletten mehr zu nehmen."

„Sie gibt sich der Krankheit hin."

„Vielleicht ist die Krankheit ihr Leben."

„Ja ja, Schicksal."

„Oder Zufall. Du wirst nicht wie Mama enden."

„Woher willst du das wissen?"

„Keine Ahnung, ich denke es mir eben."

„Manchmal kommt mir vor, ich habe ihre Krankheit auch in mir und sie breitet sich plötzlich aus. Und die Paranoia allein macht mich schon nervös."

„Aber du bist viel zu sicher im Leben. Du hast einen Job, du hast Freunde. Mama war allein, im Grunde war sie allein."

„Plötzlich ein großer Knall und paff, du bist draußen, auf einer völlig anderen Bahn unterwegs."

„So ein Knall ist bei dir gar nicht möglich. Du hast zu viele Leute, die dich auffangen. Und was soll schon passieren? Dass du deinen Job verlierst? Dass du vom Anwalt ein Kind bekommst und er dich sitzen lässt? Na und?"

„Ja, sicher. Manchmal werde ich nur so wütend. Noch immer. Da verliere ich die Kontrolle, ich bekomme es nicht auf die Reihe. Und noch so einen Kampfkurs oder irgendeinen Meditationsscheiß will ich nicht mehr machen."

„Ach komm, das ist doch nur eine Kleinigkeit. Jeder hat eine Macke, einen Wahn. Gunther zählt ständig sein Besteck nach. Einfach so."

„Besteck zählen tut keinem weh."

„Du musst sie nur zur rechten Zeit einsetzen, deine Wut. Glaub mir, wir haben alle schon gelernt, damit umzugehen. Wenn das nicht mehr wäre, würde es uns richtig abgehen."

***

Von: alleswirdbesser@gmx.at an noone@hotmail.com
3. Mai 2009 18:10:12
das hab ich mir sowieso gedacht, dass sie nichts rauslassen, aber ich finde, soviel
könnten sie mir schon vertrauen, schließlich war ich ja nie ungut zu ihnen und

was soll auch schon passieren, wenn ich ihren vornamen weiß. ich mein, sie haben ja angefangen und könnten mich ja sogar kennen. das ist schon irgendwie unfair. wo sie leben, könnten sie mir wenigstens sagen. aber gut, egal.

ich hatte nie ein haustier. eine katze würde ich auf keinen fall wollen, wenn schon, dann einen hund, einen großen, aber der wäre auch arm, wenn er nur so eine kleine wohnung hätte. und ich könnte ihn auch nicht in die arbeit mitnehmen und was mach ich, wenn ich mal auf urlaub bin oder so. aber es wäre natürlich schon schön, so ein tier, das da ist, einfach so.

früher hatten unsere nachbarn einen hund und ich habe so getan, als würde er mir gehören. den nachbarn war es egal, der hund hat mich oft besucht, weil ich ihn immer gefüttert habe. wahrscheinlich konnte er mich gar nicht leiden, sondern war nur scharf auf die hundekekse.

ich genieß jetzt mein abendessen. und stell mir vor, wer sie sein könnten.

bis dann

lu

„Ah, da sind sie" Erich winkt, Lu dreht sich um und zwei Männer und eine Frau kommen an ihren Tisch. „Hallo, schon lang nicht mehr gesehen", sagt der größere der beiden Männer, schüttelt Erich die Hand und stellt sich Lu vor. „Bernhard Ospa, freut mich."

„Luise Lietschnig, hallo."

Die Frau hat einen Pagenkopf. Ihre Stiefel passen zur Kleidung. Sie ist hübsch und größer als der Mann neben ihr, der seinen Arm um ihre Hüften gelegt hat. „Marlies Kraus, guten Abend."

„Und ich bin Markus, hi."

„Luise", sagt Lu und schüttelt die Hände. Markus ist klein, er trägt einen langweiligen grauen Pullover und hat eine Glatze am Hinterkopf.

„Tja, da sind wir wieder", sagt er. „Bitte Marlies, nun lernst du auch meine alten Studienkollegen kennen. Mit Bernhard und Erich war ich in einer sechzig Quadratmeter Wohnung. Und aufgeräumt haben wir nie." Marlies lächelt und Bernhard grinst Markus und Erich an.

„Das würde ich jetzt wieder brauchen", sagt Erich und streicht mit beiden Händen über den Bauch. „Für mich war das damals die optimale Diät. Ein Dreimännerhaushalt, in dem nichts im Kühlschrank war. Außer Bier." Alle lachen.

„Und Eier", sagt Bernhard und sie lachen wieder.

„Klar, für Erichs legendäre Eierspeis", erklärt Markus. „Aber ehrlich gesagt verging mir nach zwei Wochen täglicher Eierspeis doch irgendwann die Lust drauf."

„Ihr habt auch Jus studiert?", fragt Lu.

„Um Gottes willen, sehen wir so aus?", fragt Bernhard und tut, als wäre er erschrocken. „Nein, ich habe Betriebswirtschaft gemacht."

„Und ich Philosophie", sagt Markus und fängt zu kichern an. „Wie der große Intellektuelle schau ich nicht aus, oder?"

„Und was tust du jetzt?", fragt wieder Lu.

„Wie es das Schicksal so will, hat es mich in die Wirtschaft verschlagen. Ich bin nach jeder Menge Wifi- und Weiterbildungskursen in der Personalabteilung eines Elektrokonzerns gelandet." Markus nimmt die Weinkarte.

Sie bestellen. Lu fühlt sich wie ein Kind zwischen Erwachsenen. Die Männer reden über Erinnerungen, über berufliche Ziele und was aus wem geworden ist. Lu wendet sich an Marlies: „Wo arbeitest du?"

„Controlling." Sie lächelt. Tolles Gespräch, denkt Lu und versucht es noch einmal

„Aha. Und gefällt es dir?"

„Was? Mein Job? Ja, natürlich. Ich habe zwar sehr viel zu tun, bin jeden Tag bis zu zwölf Stunden im Einsatz, aber spannend ... Und du?"

„PR-Agentur", erwidert Luise.

„Aha."

Zum Glück bringt der Kellner das Essen und die Frauen müssen das Gespräch nicht weiterführen. „Das sieht ja herrlich aus!" Markus' Augen werden groß. „Guten Appetit."

„Wo hast du Markus kennen gelernt?", fragt Erich Marlies, die ihm gegenüber sitzt.

„Bei einer Weinverkostung." Sie hat eine tiefe, schöne Stimme.

„Und was ist mit euch? Seit wann seid ihr zusammen?", fragt Marlies Erich. Lu schaut Erich an, dessen Gesicht eine ganz leichte Röte überzieht. Seine Freunde schweigen und stochern in ihrem Essen.

Lu räuspert sich. „Wir kennen uns jetzt seit eineinhalb, zwei Jahren."

„Und was ist mit dir, Bernhard? Ganz allein?", lenkt Erich ab.

Bernhard schüttelt den Kopf. „Mal mehr, mal weniger."

„Übrigens, habt ihr gehört, dass Karli einen Lotto-Sechser hatte?" Auch Markus bemüht sich, das Gespräch in andere Bahnen zu lenken.

„Was? Nein, das kann nicht sein! Der hat Lotto gespielt? Und woher weißt du das schon wieder?"

„War in der Bezirkszeitung." Markus kichert. „Mit Foto. Er hielt den Lottoschein in der Hand und strahlte in die Kamera." Er nimmt das Glas in die Hand. „Auf Karlis Millionen und die Villa in der Toscana, die er sich dafür gekauft hat."

„Eine Villa in der Toscana? Gar nicht in Meidling?", lacht Erich.

„Karli war unser Hausbesorger", erklärt Markus den Frauen. „Ein Prolet, aber ein Riesenherz." Sie trinken, sie reden, sie essen, eine zweite Flasche Wein wird bestellt, eine dritte, eine vierte.

Nach einer Weile kann Lu dem Gespräch nicht mehr folgen, sie hat zuviel getrunken. Weit nach zwölf verlangt Erich nach der Rechnung, Sie verabschieden sich und Lu setzt sich auf den Beifahrersitz in Erichs Auto.

„Sie sind nett", meint Lu.

„Sag ich doch."

„Wissen sie, dass du geschieden bist?"

„Ja, aber nichts Genaueres. So oft sehen wir uns ja nicht." Lu will fragen, was Genaueres ist, doch Erich dreht sein Autoradio auf. Sie fahren zu ihrer Wohnung und Lu wartet, bis er den Motor abstellt, sie küsst.

„Hat mich gefreut, dass du mich mitgenommen hast."

„Ja, war echt ein sehr netter Abend." Sie steigt aus und er winkt ihr. Im Stiegenhaus wird ihr schwindelig – zuviel getrunken. Schon jetzt verflucht sie den morgigen Tag.

Marion liegt auf der Couch. „Und? War es schön?"

„Mhm. Aber ich bin ziemlich betrunken." Lu lässt den Mantel fallen, setzt sich zu Marion auf die Couch.

„Na dann hab ich auch noch etwas zu lachen. Das war eigentlich das erste Mal, dass Erich dich Freunden vorgestellt hat, oder?"

Lu nickt und kichert. „Waren echt lustig. Nur die eine Freundin von dem Typen war langweilig. Und Erich war ziemlich baff, als sie gefragt hat, seit wann wir zusammen sind."

135

Marion lacht. „Gute Frage! Und, was hast du dann gesagt? Ob du das während der Ehe auch dazuzählen sollst?"

Lu kitzelt Marions Füße. „Genau. Und sie hat gemeint, das kann ich machen, wie ich will."

„Du hast eine ziemliche Fahne", Marion hält sich die Nase zu, nimmt ihr Buch wieder zur Hand und liest weiter.

„Na gut", sagt Lu lauter als nötig und steht auf. „Wenn du nicht mit mir reden magst, dann red ich halt mit dem großen Unbekannten über meinen Computer."

„Mach das", brummt Marion von der Couch aus. Lu dreht den Rechner auf.

Von: alleswirdbesser@gmx.at an noone@hotmail.com
4. Mai 2009 01:28:29

also ich finde es zwar saublöd, dass sie so geheimnisvoll tun, aber mir auch wurscht. war heut aus und bin ein bisschen betrunken. treff nicht jede taste … seien sie froh, sonst wär ich nicht so geduldig und würde ihnen nicht mehr schreiben. was soll's, wir haben ja alle unsere spinnereien.

ich denk mir auch oft, wir sind schon eine komische welt, einerseits wollen wir alle karriere machen und gengu freizeit haben, wir wollen unabhängig sein und träumen noch immer vom idealen partner, wir glauben nicht mehr an familei und träumen von einem haus im grünen, in dem wir statt mit kindern mit einem hund leben wollen, wir sammeln brav altpapier, aber kaufen erdbeeren aus spanien und das mitten im winter. wir wollen allein sein und halten die einsamkeit nicht aus, wir wollen geliebt werden, aber wenn es wer tut, laufen wir so schnell es geht davon. wir fragen uns ständig und haben keine anwtorten, nur immer neue fragen. und wir entscheiden uns immer falsch und haben bei allem, was wir tun, ein schlecjtes gewissen. weil wir im supermarkt einkaufen statt im bioladen oder einen hollywood-film statt einem indipendent-movie anschauen. überall sind nur noch rote schilder im kopf aufgestellt, die achtung blinken. wir haben depressionen, panikattacken, burnout und bulimie, damit wir dazu-

gehöre und mitreden können. und wir suchen uns selbst, in coachings, therapien, und seminaren, wir suchen und suchen und suchen und wundern uns am ende, dass wir uns noch immer nicht los sind …

und morgen muss ich um halb sieben aufstehen und arbeiten. und das echt ärgste an der sache ist, dass ich einen job mache, der wirklcih das beschertste auf der welt ist, aber aus irgendeinem grund gefällt er mir sogar. wahrscheinlich deshalb, weil ich lob vom chef bekommen hab und das reicht schon, um die mitarbeitrerin glücklich zu machen. und ich glaub, ich bin nicht mal so schlecht darin.

so, ich hau mich jetzt ins bettchen. und morgen würd ich gern wieder was von ihrer oma lesen. ist ja auch so eine irre sache.

gut nacht, lu

Von: noone@hotmail.com an alleswirdbesser@gmx.at

4. Mai 2009 03:34:21

Liebe Lu, auch wenn Sie die Welt satt haben sollten, so ist doch allein in Ihrem Mail mehr Energie als in so manchem Leben. Und wer die Welt satt hat, muss vorher doch irgendwann viel gegessen haben, um zu bemerken, dass er es ist oder zumindest um zu wissen, wie es sich anfühlt.

Ich finde es schön, wie Sie schreiben, so voller Wut und Enthusiasmus.

Sie wollten mehr von meiner Großmutter lesen und ich möchte Ihnen gern erzählen. Durch meine Mails habe ich wieder oft an diese Frau gedacht, alte Erinnerungen sind wieder aufgekommen. Momente.

Ich habe Ihnen erzählt, dass sie mir gestand, kein Geld mehr zu haben. Das war mir etwas völlig Unbekanntes, obwohl ich selbst keinen Groschen hatte. Meine Eltern finanzierten mir mein Studium und das wenige, das ich während den Semestern verdient hatte, war längst ausgegeben. Also bot ich meiner Großmutter an, meine Mutter – ihre Tochter also – um Geld zu bitten.

Doch Großmutter lehnte ab. Sie meinte, sie wolle nicht ihre eigene Tochter anbetteln und blieb stur, auch als ich vorschlug, an ihrer statt selbst Geldmangel anzumelden. Doch auch diese Option schien ihr unmöglich.

Tatsächlich hatte Mutter meinen Umzug zu Großmutter nicht begrüßt. Sie fand, ich sollte selbst Erfahrungen sammeln, arbeiten oder ein weiteres Studium beginnen. Leb erst dein Leben, bevor du die Verantwortung für ein anderes übernimmst, meinte sie theatralisch. Doch ich fand ihre Argumente herzlos. Vielleicht war es in Wahrheit ihre Art, mit der Enttäuschung fertig zu werden, dass ihre Mutter nicht die eigene Tochter, sondern deren Kind fragte, ob es sich um sie kümmern könnte. Und jetzt sollte sie dafür auch noch zahlen?

Also fingen Großmutter und ich an zu sparen. Das Wertvollste, das sie besaß, war natürlich das riesige Haus, doch es zu verkaufen war ausgeschlossen. Mit der Zeit aber wurde es in den vier Wänden immer ungemütlicher. Antiquitätenhändler kauften Bilder und Möbel auf, ein junger Bursche holte eines Tages Großmutters Auto ab und wir heizten nur noch die Räume, in denen wir uns oft aufhielten. Die Möbel, Bilder und Antiquitäten verkauften sich schneller als gedacht und auch Großmutters Schmuck warf genug ab, damit wir einige Zeit gut auskommen konnten. Doch das Haus verschlang Geld, immer wieder musste etwas gerichtet und die Versicherung bezahlt werden.

Dann wurde Großmutter krank. Es war Winter, im Haus war es viel zu kalt, es wäre ein Wunder gewesen, hätte sie sich nicht erkältet. Aus der Erkältung wurde eine Lungenentzündung. Sie kam ins Krankenhaus und danach war sie viel schwächer als zuvor. Ihre Haut wurde noch durchsichtiger. Ich müsste besser auf sie aufpassen, meinten die Ärzte. Sie dürfe sich nicht zu sehr anstrengen, sie müsse sich schonen.

Ich ließ sie den ganzen Winter über nicht mehr aus ihrem Zimmer, betrat sie die Küche, schimpfte ich sofort und zwang sie zurück ins Bett. Am Anfang nahm sie es noch hin, doch mit der Zeit begann sie, sich zu beklagen. Das kannte ich von meiner Großmutter nicht, sie war immer zurückhaltend und still. Doch nun schimpfte sie, laut und wild und sie steigerte sich immer mehr hinein. Die Wut ließ ihre blassen Wangen erröten. Sie warf mir vor, dass ich ihr nichts gönnen würde. Sie im Zimmer bleiben müsste, damit ich meine Ruhe hätte.

Am Anfang stritt ich noch mit ihr, versuchte es mit klaren Argumenten, Verständnis, Geduld. Nichts half. Irgendwann wurde es mir zu anstrengend, zu mühsam. Ich hörte nicht mehr hin.

Ich ging meinen Arbeiten im Haus nach, versteckte mich hinter einer Zeitung oder suchte nach Büchern in der Bibliothek, während sie wütete.

Ich trainierte meine Gedanken. Sie legte los und ich stellte mir Regenplätschern vor. Meeresrauschen. Versuchte es sogar zu riechen, zu schmecken. Dachte mich fort aus dem tristen Alltag. Und ich ließ sie einfach stehen, ließ sie gewähren, drängte sie nicht mehr zurück in ihr Zimmer. Wenn sie unbedingt wieder krank werden wollte – bitte.

Liebe Luise, sind Sie über meinem Mail schon eingeschlafen? Es tut mir leid, ich verliere mich in meiner Erinnerung, ein Bild folgt dem nächsten und wahrscheinlich ist es bereits langweilig für Sie. Ich werde mein Mail also beenden. Die Bilder in meinem Kopf ordnen. Manche Bilder länger und genauer betrachten und andere zu vergessen versuchen.

Bald erwacht unsere Welt wieder aus ihrem Winterschlaf, mit jedem Tag bleibt es ein wenig länger hell und auch die Uhren zeigen bereits die Sommerzeit. Ich freue mich auf den Frühling – aber wer tut das nicht. Wie geht es Ihnen, Luise? Sehen Sie von Ihrem Arbeitsplatz aus die Sonne? Scheint sie durch die Fensterscheiben wenigstens ein bisschen durch, um Sie zu wärmen?

Ich freue mich, wenn ich wieder von Ihnen hören darf.

Alles Liebe, Luise, K.

Die voll geräumte Wohnung, der alte Mann am Schreibtisch, auf dem sich noch immer Zeitungen und Bücher stapeln, daneben der Computer. Er steht auf und setzt sich auf das Bett, auf dem auch seine Katze liegt, die Augen fast geschlossen, sie lauscht, doch er sagt nichts. Sanft streichelt er ihr über den Kopf. In Gedanken ist er jung und sitzt auf einem riesigen kuscheligen Sofa in einer Bibliothek, hohe, kalte Regale. Vor ihm steht die Großmutter und schimpft.

Woher will sie eigentlich wissen, dass er in einer kleinen Wohnung in Wien lebt? Warum sollte er nicht in Graz sein, in Bregenz oder Knittelfeld?

Knittelfeld. Knittel Feld. Knittel Kittel. Kein Wort, in dem es eine Bibliothek gibt, eine Katze oder ein Sofa, und auch keine voll geräumte Wohnung und seine ausgeleierten Schnürlsamthosen. Er lebt in Wien und fertig. Wenn er ihr schon nichts erzählen will, dann soll er doch ihrer Vorstellung entsprechen.

In der Wohnung auf dem Schreibtisch der Computer und die Katze. Sie schaut den Mann an, er hockt auf dem Bett, dazwischen putzt sie sich die Pfoten. Er trägt eine braune Schnürlsamthose, der Bart, das Haar ist zu lang, er streichelt den Kopf der Katze, sie schließt die Augen. Der Mann steht irgendwann auf, setzt sich wieder an den Schreibtisch, er schaltet den Computer ein und wartet, wartet, bis Luise ihn wieder erlöst aus seiner Einsamkeit.

Und wenn sie sich in ihren Gedanken fallen lässt, dann sitzt er in einem kleinen schummrigen Café und wartet auf sie. Was fasziniert sie so an einem Unbekannten? Ist es Spannung? Seelenverwandtschaft? Eine zeitgemäße Form der Freundschaft?

Lu beobachtet über ihren Computer Maria gegenüber. Sie telefoniert. Seit einigen Wochen sitzen sie sich gegenüber und wissen nicht viel voneinander. Aber sie weiß, wie Maria aussieht, sie weiß, wie es klingt, wenn sie lacht, kennt ihren Geruch, ihre Bewegungen, ihr blondes Haar mit den vielen Locken. Plötzlich reißt Pinz die Tür auf. „Luise", sagt er. „Haben Sie dann Zeit?" Sie nickt. „Wunderbar, in fünfzehn Minuten in meinem Büro?"

„Gut."

Von: alleswirdbesser@gmx.at an noone@hotmail.com

4. Mai 2009 08:52:24

ich hab grad ihr mail bekommen, bin in der arbeit und muss gleich wieder weg.

bei ihnen klingt trotzdem alles so elitär und so nobel und so kosmopolitisch. sogar wenn ihre großmutter wütet, stelle ich sie mir imposant vor und sehe eine elegante frau vor mir.

meine familie ist eher peinlich und wir sind nie hinaus gekommen aus unserem kaff. meine gesamte verwandtschaft lebt noch dort, bis auf meine schwester und mich. wir sind nach wien gezogen.

oft kommt es mir trotzdem so vor, als hätte ich dieses spießige kleinbürgertum von meiner familie geerbt. vielleicht bin ich deshalb ungern unterwegs und fürchte mich vor allem neuen. obwohl ich das gar nicht zugeben will. früher hab ich immer so getan, als wäre ich eine große abenteurerin und auf der ganzen welt zuhause. dabei verkrieche ich mich am liebsten in meinen vier wänden. meine schwester ist da ganz anders. ich hab ihnen ja erzählt, dass sie vier monate weg war. das kann ich mir gar nicht vorstellen. ich hab mir schon schwer getan, nach wien zu gehen. obwohl ich nichts lieber wollte als weg. aber so geht es mir jetzt auch noch oft. nirgends richtig daheim irgendwie.

meine schwester hat gemeint, dass es ihr auch so geht. das fand ich komisch. ich habe immer gedacht, sie ist überall auf der welt zuhause. aber eben auch nirgends richtig. na ja.

das, was sie von ihrer großmutter geschrieben haben, dass sie sich ganz woanders hin gedacht haben, hat mich an mich erinnert. ich habe ihnen ja erzählt, dass meine schwester und ich in eine jugend-wg gekommen sind. also so eine art heim, aber eben nicht mit bösen heimschwestern, sondern betreuern, die im großén und ganzen ganz ok waren, so in der erinnerung. jedenfalls hat meine schwester meine mutter sehr vermisst. ich war aber froh, dass wir endlich von ihr weg waren u sie nicht noch einmal irgendwo halbtot auflesen mussten.

jedenfalls läutete irgendwann in der wg das telefon, keiner war da, also ging ich hin. war echt ein komischer zufall, denn meine mutter war dran. ich konnte sie aber nicht gleich erkennen, ihre stimme klang irgendwie fremd. sie flüsterte nur ins telefon, sie sagte irgendetwas in der art — wenn ihr nicht zurückkommt, hat mein leben keinen sinn mehr und ich bringe mich um.

sie wollte mich erpressen. sonst nichts. sie ruft mich immer wieder an, wenn es ihr schlecht geht. mittlerweile nehme ich es nicht mehr ernst, ich höre gar nicht mehr hin. genau wie sie habe ich gelernt, auszuschalten, mich von der person wegzuklinken.

ganz am anfang konnte ich es nicht, also kehrte ich es ins gegenteil, ich dachte, sie kann mich mal. also hab ich ihr gesagt: dann bring dich doch um. ich glaube, sie hat dann einfach aufgelegt.

ich freu mich, wenn ich von ihnen eine nachricht bekomme. und ich lese die geschichte von ihnen und ihrer großmutter, wenn sie auch traurig ist, sehr gern. auch wenn ich sonst sehr schnell einschlafe, bei ihren mails ist es mir nie passiert. lu

Sie loggt sich aus, taucht aus ihrer Nachricht auf. Wie kommt sie auch nur auf die Idee, solche Mails zu schreiben in der Arbeit, noch dazu, wenn sie einen Termin mit Pinz hat.

„Ich geh dann mal", sagt sie.

„Okay, viel Spaß", antwortet Maria.

Pinz telefoniert, als sie die Tür öffnet. Sein Handy ist winzig, es scheint, als wäre er damit verschmolzen. Das Gerät Teil seines Ohrs. „Luise", sagt er, nachdem er auflegt und das Handy griffbereit auf seinen Schreibtisch gelegt hat. „Ich wollte mit Ihnen darüber reden, wie es weitergeht. Ich kann Ihnen auf alle Fälle sagen, dass sie Ihre Arbeit bis jetzt sehr gut erledigt haben und eine Bereicherung für unser Team sind." Er lehnt sich zurück, streckt die Beine. „Die schlechte Wirtschaftslage zwingt uns allerdings zu Sparmaßnahmen." Lus Körper sinkt nach unten, ihre Schultern erschlaffen, sie sieht sich auf ihrer

Couch neben ihrer Schwester sitzen, beide halten Zeitungsausschnitte in der Hand: Stellenanzeigen.

„Aber", er räuspert sich. Diese elenden, furchtbaren Pausen, kann er nicht endlich weiterreden? „Aber ich möchte Ihnen etwas vorschlagen, das, glaube ich, für die Agentur und
für Sie eine gute Lösung ist." Lu runzelt die Stirn, hebt den
Körper. „Es ist so", er nimmt sein Handy, schaut auf das Display, legt es wieder zurück. „Ich kann ihnen derzeit keine fixe
Anstellung anbieten. Aber ich kann Ihnen ein faires Angebot
als freie Mitarbeiterin machen."

Bevor er das Angebot noch preisgibt, hat sie ihm bereits in-
nerlich zugesagt. Sie atmet erleichtert aus, nickt, sie hat einen
Job, sie darf ihn behalten, in diesen schwierigen Zeiten ist
Arbeiten ein Privileg. Dankbar, dankbar ist das richtige Wort.
„Gut, dann sind wir uns einig."

„Ja, das sind wir. Vielen Dank."

„Aber gern doch. Ach ja. Und nachdem das geklärt ist", er
streckt ihr freundlich die Hand entgegen, „Ich bin Markus."

Sie verlässt den Raum gut gelaunt. Sie bekommt zwar weniger, als sie erwartet hat, doch es ist immerhin etwas. „Na, gute
Nachrichten?", Maria schaut vom Computer auf.

„Ich darf bleiben."

„Gratuliere."

„Danke. Sag mal, kann ich dich was fragen?"

„Klar."

„Ist Pinz immer so? Ich meine, so ständig gut gelaunt?"
Maria lacht. „Warte ab, bis du seinen Grant mal zu spüren
bekommst. Dann kannst du dich gar nicht erinnern, dass er
jemals gut gelaunt war."

143

Von: noone@hotmail.com an alleswirdbesser@gmx.at

5. Mai 2009 01:36:14

Ich weiß nicht, wahrscheinlich war sie tatsächlich nobel und elegant. Aber was macht das schon für einen Unterschied? Ihre engsten Freundinnen lebten entweder weit weg oder waren bereits tot. Auch wenn ihr das Geld nicht ausgegangen wäre, wäre sie zu eitel und eigenwillig gewesen, neue Leute aufzusuchen, an einem Kartenspielabend oder einem Ausflug teilzunehmen.

So blieben wir zu zweit. Auch ich kannte niemanden, doch immer öfter versuchte ich zu entfliehen, schrieb mich für Kurse ein, besuchte die Nachbarn, machte mich mit Leuten bekannt. Beim Einkaufen brauchte ich länger als nötig und entschied mich immer für die längste Schlange. Jeden Tag machte ich einen ausgedehnten Spaziergang, manchmal kam ich erst zurück, als es bereits dunkel war. Eines Sonntags wurden meine Großmutter und ich von dem Pärchen im Haus gegenüber eingeladen. Meine Großmutter weigerte sich, sie wäre noch nie dort gewesen und würde es auch in Zukunft nicht wollen. Sie war wütend, doch ich ging trotzdem. Es war ein netter Nachmittag, soweit ich mich erinnere. Dann kam ich nachhause.

Sie saß auf ihrem Stuhl, das Gesicht kreidebleich, die Augen weit geöffnet und gerötet, die Lippen blau, ihre Hand auf dem Herzen. Ich rannte zum Telefon und rief sofort die Rettung, dann versuchte ich, sie zu beruhigen, sie reagierte nicht, schien geschockt.

Sie blieb eine Nacht — oder waren es zwei oder drei? — im Krankenhaus. Verdacht auf Herzinfarkt lautete die Diagnose. Als sie wieder nachhause kam, war sie sehr still. Wir sprachen nicht darüber, weder was passiert war noch warum.

Ich meldete mich von meinen Kursen ab, traf keine Verabredungen mehr. Beim Einkaufen wurde ich ungeduldig, nie waren die Kassiererinnen schnell genug. Sie erholte sich. Der Sommer nahte und sie sammelte neue Kräfte. Ich sehe das Bild vor mir, wir sitzen beide im Freien, sie in dicke Decken gehüllt, ich mit einem Buch. Eine seltsame Symbiose.

Bis bald, liebe Luise, K.

„Besser als nichts", sagt Brit und schneidet sich ein Pizzaeck ab.

„Also so schlecht finde ich es nicht", verteidigt sich Lu.

„Immerhin hast du Arbeit", pflichtet Marion bei, klappt ein Stück zusammen und schiebt es in den Mund. „Obwohl", nuschelt sie mit vollem Mund, „es natürlich Verarschung ist."

„Naja, was soll er denn machen? Ich kann das schon verstehen. Er hat halt auch nicht mehr Geld als er hat", sagt Lu.

„Und fährt einen fetten Wagen", schimpft Brit.

„Und arbeitet jeden Tag bis zehn und am Wochenende auch. Mir ist es egal, von mir aus soll er zehn Porsche haben." Sie ärgert sich. „Und Entschuldigung, Brit, du bekommst ja auch nicht grad ein Mörderhonorar."

„Du hast ja Recht", beruhigt Marion und wischt ihre Hände mit Küchenrolle ab. „Die Zeiten sind hart. Und ein Rezept dagegen haben wir genauso wenig. Also das ist schon okay."

Brit legt die Salami auf Marions Stück. „Ja, ist ja auch kein Vorwurf. Wir hätten alle gern mehr Geld." Sie seufzt. „Ich hoffe, dass wenigstens Raoul bald mehr verdient. Aber was soll's."

Sie beißt ein großes Stück Pizza ab. „Läutet da dein Handy?", fragt Marion Lu.

„Ja, egal, eh schon zu spät."

Kurz darauf klingelt Marions Handy. Sie steht auf, kramt das Gerät aus der Tasche, schaut auf das Display. „Mama", sagt sie und schaut Lu fragend an, die mit den Schultern zuckt. Sie hält den Hörer ans Ohr. „Hallo Mama! ... Was ist? ... Ich höre dich so schlecht, wo bist du?"

Sie setzt sich wieder zurück an ihren Platz. „Was ist mit Oma? Was hat sie verloren? Geh doch bitte woanders hin, ich höre nichts." Sie drückt das Handy noch fester an ihr Ohr. „Was?", wiederholt sie noch einmal. „Oh nein", sie sieht Lu mit großen Augen an und formt mit dem Mund ein „Oma." Dann stützt sie den linken Ellbogen auf dem Tisch ab, hält die Hand vor den Mund. Ihre Augen werden wässrig. „Ja, in Ordnung", ihre Stimme wird leiser. „Gut, bis dann." Sie legt auf. „Oma ist tot." Tränen kullern über Marions Wangen. Lu spürt, wie sich auch ihre Augen mit Tränen füllen. Die Oma, die es immer gegeben hat. Marion schnäuzt sich. Brit legt ihren Arm um Marions Schultern und nimmt Lus Hand.

„Wie nimmt Mama es auf?", fragt Lu.

„Ganz gut, anscheinend. Sie war sehr gefasst."

„So eine Scheiße", sagt Lu. In ihrem Kopf taucht ein Lied der Band Blumen am Arsch der Hölle auf, das sie früher oft mit Becko gehört hat – Oma ist tot.

„Wann ist das Begräbnis?"

„Freitag", antwortet Marion und legt ihren Kopf auf Brits Schulter.

„Scheiße", wiederholt Lu. „Das ist schon in drei Tagen." Lu löst sich aus Brits Hand.

„Es tut mir leid", sagt Brit.

„Ist nicht so schlimm." Lu schüttelt den Kopf. „Ich glaube, Oma hat ein langes, erfülltes Leben gehabt."

„Stimmt. Bis wir gekommen sind." Marion kichert und weint gleichzeitig, ein seltsames Geräusch. Lu lächelt ebenfalls. „Ich kann mich erinnern", sagt Marion, „als wir sie besucht haben und Becko am Abend davor deine Dreads gedreht hatte."

Lu grinst. „Ja, natürlich. Sie hat gesagt, ich soll diese furchtbaren Würste sofort von meinem Kopf entfernen. Die Nachbarn holen sonst die Polizei, weil sie uns für Vandalen halten."

„Hat sie sich daran gewöhnt?", fragt Brit.

„Nein, ich durfte nur noch mit Kopfbedeckung das Haus betreten. Einmal kam ich mit einem Palästinensertuch – danach durfte ich das Haus zwei Monate gar nicht betreten."

„Ihr habt wenig von eurer Großmutter erzählt. Habt ihr sie eigentlich gemocht?"

Lu zuckt die Schultern. „Keine Ahnung, sie war so streng und resolut. Irgendwie schon, aber ich habe mich auch vor ihr gefürchtet. Trotzdem ist es komisch. Dass jemand, der immer da war, von Geburt an, nicht mehr da ist. Und außerdem", sie lehnt sich nach vorn, „was wird mit Opa? Und wer passt jetzt auf Mama auf?"

„Ich weiß auch nicht", murmelt Marion.

Am Abend setzt sich Lu an den Computer.

Von: alleswirdbesser@gmx.at an noone@hotmail.com
5. Mai 2009 22:13:49
wenn ich es nicht besser wüsste, würde ich glauben, dass das ein schlechtes omen ist. nachdem sie mir mails über ihre oma schreiben, stirbt meine plötzlich. ist das nicht gruselig? oder zumindest eigenartig und skurril?
keine angst, ich hatte mit meiner oma kein besonders intensives verhältnis. sie war so ... alt, in allem und schon immer. altklug, altbacken, altmodisch. altruistisch war sie allerdings nicht, eher im gegenteil. sie ist die mutter meiner mama und das verhältnis zwischen den beiden war nie besonders. ich konnte sie auch nie so wirklich leiden, ich meine, so richtig. irgendwie mochte ich sie schon, aber als kind hätte ich lieber eine oma gehabt, die mir geschichten vorliest und so was. meine oma las aber nicht vor, sie kommandierte ihre tochter

und uns andauernd herum. mach dies, mach das, sei hier, sei dort, jetzt, sofort, putzen, waschen, aufräumen — selbst in einer blitzsauberen wohnung hätte oma garantiert irgendetwas gefunden. vielleicht ist sie schuld, dass mama spinnt. ich glaube, irgendwas tief in mir drinnen wünscht sich, dass sie daran schuld ist, dann bin ich es wenigstens nicht.

ich hab mit einer freundin und meiner schwester darüber geredet, wer jetzt auf meine mama aufpassen soll. auch wenn meine oma ein drachen war, hatte sie trotzdem ein auge auf sie. meine cousine lebt zwar auch in der nähe, aber sie hat zwei kinder und kann sich nicht ständig um meine mutter kümmern. verdammt. sterben ist echt scheiße.

ich will nicht zu meiner mama ziehen, um auf sie aufzupassen. wie haben sie das damals machen können, das ist ja echt verrückt.

lu

„Nein, ich kann nicht." Lu seufzt. „Meine Oma ist gestorben. Ich muss zum Begräbnis und bleib bis Sonntag."

„Verstehe, das tut mir leid." Kurze Pause. „Geht's dir gut?", fragt Erich leise. Durch das Telefon klingt seine Stimme tiefer.

„Ja, das ist schon okay, ich frag mich nur, wie es mit Mama weitergehen soll."

„Mhm, kann ich mir vorstellen." Gar nichts, gar nichts kannst du, denkt sie und schmiert mit einem Stift X-Häuschen in den Notizblock, das Handy zwischen Ohr und Schulter eingeklemmt.

„So ist das Leben eben."

„Ja, so ist es. Und, hast du heut schon was vor?" Lu tut, als würde sie überlegen.

„Hmmm … Eigentlich nicht. Sollen wir uns heute noch treffen?"

„Ja, ich könnte so ab acht, ich hol dich ab, okay? Dann reden wir. Gut."

„Gut." Sie legt auf, geht zu Pinz, bittet ihn um einen freien Tag wegen des Begräbnisses. Er nickt verständnisvoll. „Es tut mir leid", meint er als sie sein Büro wieder verlässt. Was denn, fragt sie sich?

Kurz nach acht steht Erichs schwarzer Wagen vor der Haustür. Er umarmt sie vorsichtig, als wäre sie eine Porzellanpuppe. „Mir geht's gut, keine Angst", sagt sie und lächelt.

„Wirklich?" Er küsst sie auf den Mund. „Meine Süße, das wird schon wieder." Sie gehen ins Kino, danach etwas trinken, sie verstehen sich gut, sie reden viel, über Arbeit, über Eltern, über Freunde, über Verantwortung. Dann lässt sich Lu von ihm nachhause fahren. „Danke", verabschiedet sie sich und will aussteigen, doch er hält sie zurück.

„Lu", sagt er leise, „ich muss dir was sagen." Sie ist erstaunt, lässt sich wieder in den Autositz fallen. „Ich weiß, dass es nicht einfach ist, wenn jemand stirbt und ich möchte ..." Lu unterbricht ihn.

„Hör auf." Sie ist genervt, das Mitleid, die netten Worte, die gut gemeinten Gesten. Dabei ist sie gar nicht traurig. Das Einzige, was sie hat, ist ein schlechtes Gewissen, weil sie überhaupt nicht traurig ist. „Es geht mir gut, wirklich. Natürlich mache ich mir Sorgen. Was mit Mama wird, wer für sie da sein wird. Aber das ist mein Problem und das wird sich alles zeigen. Verstehst du?" Ihr Gesicht verfinstert sich. Plötzlich tun alle, als müsste man sie ganz sanft behandeln. Sonst nimmt Erich auch nie Rücksicht. Idiot! Ihre Wut wird größer, woher kommt immer wieder so viel Wut in ihrem Bauch? „Aber weißt du was? Weißt du, was mich echt fertig macht?" Lu steigert sich immer mehr in ihren Zorn hinein, heut sagt sie ihm alles, denkt sie, heut hat sie genug. „Echt fertig machst du mich." Sie schaut ihn scharf an, er blickt zurück, seine Augen weit geöffnet, der Gesichtsausdruck erstaunt.

„Ich weiß." Er räuspert sich. „Ich weiß", wiederholt er. „Aber ich will nicht, ich will dir nicht wehtun, verstehst du? Ich kann nicht einfach von einer Beziehung in die nächste, ich kann nicht einfach meinem Kind eine neue Freundin vorstellen, es geht nicht. Vielleicht ...", er zögert, „vielleicht ist es besser, wenn wir uns nicht mehr sehen. Für dich."

Sie erschrickt. Wovon redet er plötzlich? Was soll das? Nein, nicht mit ihr, nicht heute und nicht jetzt. Sie steigt aus. „Vielleicht hast du Recht", sagt sie und knallt die Autotür zu.

Marion ist nicht da. Lu dreht den Fernseher auf. Eine junge Frau mit langem blondem Haar, das sie zu einem Pferdeschwanz gebunden hat, geht in einer dicken, grauen Jacke einen Weg entlang, von hinten kommt ein junger, gut aussehender Mann. „Darf ich dich begleiten?", fragt er. Sicher ein deutscher Krimi. Lu kann Krimis nicht leiden. Sie schaltet den Ton ab, betrachtet die stummen Bilder. Der Mund des Mannes bewegt sich, die Frau lacht, ihre weißen Zähne blitzen. Sie gehen gemeinsam den Weg entlang, es ist ein Park oder ein Wald. Das Licht ist dämmrig.

Vielleicht sollte sie Brit anrufen, obwohl es schon spät ist. Sie möchte mit jemandem über den heutigen Tag reden, über den Streit, den sie mit Erich hatte. Und was sie tun soll gegen diesen Drang in ihr, Erich sofort anzurufen, sich mit ihm auszureden, alles ist wieder gut, will sie sagen, lass uns nicht streiten. Aber nein, das darf sie nicht, nicht schon wieder, durchhalten, sagt sie sich, reiß dich zusammen, wenigstens diesen einen Abend, ruf nicht an, nein, ich ruf nicht an.

Doch es ist niemand da, der sie aufhalten könnte, also ruft sie Erich an, legt wieder auf, ruft wieder an. An, auf, an, auf.

Ein Spiel, nicht mehr als ein Spiel, um gegen die Langeweile anzukämpfen, gegen die Gedanken, die da wären, wenn es ihn nicht gebe. Aber so lassen sie sich bündeln, der Ärger, die Enttäuschung, die Erwartung, die Hoffnung, die Liebe, die Wut und manchmal sogar der Hass. Alles kann sie auf ihm abladen, für alles ist er zuständig und es gibt nichts, worüber sie nachdenken muss, denn es liegt immer an ihm.

Sie könnte aber auch Noone schreiben, an ihn kann sie denken, ganz ohne eines dieser Gefühle, außer vielleicht ein bisschen Ärger, weil er ihr nicht verraten will, wer er ist. Zwischen ihnen gelten keine Regeln, keine Einschränkungen, sie kann ihm schreiben, wann immer sie will.

Sie öffnet das Notebook, steigt ein, Name, Passwort. Sie öffnet das Programm und freut sich, dass sie ein Mail von ihm im Posteingang findet.

Von: noone@hotmail.com an alleswirdbesser@gmx.at
6. Mai 2009 02:45:52

Das tut mir leid, aber vielleicht ist „tut mir leid" die falsche Wendung. Lassen wir es also lieber dabei, dass ich Ihnen alles Gute wünsche bei der Suche nach der Lösung, wie es mit Ihrer Mutter weitergehen soll.

Natürlich habe ich es damals auch als verrückt empfunden, zu meiner Großmutter zu ziehen. Vielleicht hätte ich es einige Zeit später nicht mehr gemacht, aber ich habe ihr zugesagt und was passiert ist, ist passiert. Ich bereue weder die Zeit noch die Erfahrung und das Leben, das ich führte. Ich bereue aber, dass ich meiner Großmutter vielleicht nicht das geben konnte, was sie sich gewünscht hat. Ich bereue, dass ich mir manchmal, nein, sogar oft gewünscht habe, sie möge endlich sterben.

Es hätte auch eine andere Lösung gegeben, es gibt immer eine andere Lösung. Auch Abwarten kann zu einer Lösung führen. Ich kann Ihnen zu nichts raten, kann nicht sagen, ob es klug wäre, Ihre Mutter zu pflegen. Die Zweifel daran,

151

die Sie in Ihrem Schreiben äußern, sind nicht zu überlesen. Auch ich hatte Zweifel, mit meiner Großmutter zu leben. Doch unsere Zeit war begrenzt, ihr Tod stand von Anfang an fest, ob er nun einige Monate früher oder später kommen sollte. Obwohl sie länger lebte, als ich erwartet hatte ...

Meine Großmutter und ich hatten nicht viele Momente, in denen wir wirklich miteinander redeten. Mit den Jahren wurden unsere Gespräche immer seltener und am Ende lebte sie bereits in einer anderen Welt und es war unmöglich, zu ihr durchzudringen.

Wir saßen draußen, ein wunderschöner Frühlingstag, schon warm und doch noch würzig-klare Luft. Es tut mir leid, sagte meine Großmutter, dass du hier bei mir versauern musst. Ich war erstaunt, noch nie hatte ich ein Wort wie „versauern" aus ihrem Mund gehört. Ich versicherte ihr, ich würde hier viel lernen, lesen, spazieren gehen und Zeit für mich selbst zur Verfügung haben. Du solltest wieder mal ausgehen, meinte sie, dich amüsieren.

Doch ich wollte nicht. Ich konnte nicht, ich hatte aber nicht nur Angst davor, sie allein zu lassen. Bis jetzt weiß ich noch immer nicht, was es war. Vielleicht war es dieses Schuldgefühl. Sie haben geschrieben, Sie würden sich wünschen, Ihre Großmutter wäre an der Verrücktheit Ihrer Mutter schuld. Die Schuld und der Verlust der Unschuld − damit hat die Bibel nicht umsonst gleich begonnen.

Ich ging nicht aus, weil ich es selbst nicht mehr wollte. Das misanthropische Gefühl meiner Großmutter stülpte sich auch über mich. Unsere Tage waren Abläufe des ständig selben. Doch auch, wenn ich dieses ewige Perpetuieren hasste, so gab es mir dennoch Geborgenheit. Alles andere war mir zu anstrengend. Sogar Telefonate laugten mich aus und es war eine Überwindung, eine Verpflichtung, mich bei anderen zu melden. Also ließ ich es irgendwann bleiben.

Doch Freundschaften wollen gepflegt werden. Ich fühlte mich einsam. Aber es ist seltsam, obwohl ich mich vergessen und allein gelassen fühlte, hielt ich niemanden in meiner Nähe aus. Außer Großmutter.

Eines Tages traf ich dann doch eine Freundin zum Essen. Wir waren gemeinsam in die Schule gegangen und hatten uns immer hervorragend verstanden. Doch das

Gespräch war schleppend und ich musste mich beherrschen, nicht ständig auf die Uhr zu schauen. Bereits nach eineinhalb Stunden gingen wir. Dabei saßen wir früher nächtelang zusammen. Ich war so erleichtert, dass ich endlich zurück zu Großmutter konnte.

Mein Leben drehte sich nur mehr um sie und ich merkte es gar nicht.

Liebe Lu, es ist spät und ich bin müde. Ich wünsche Ihnen eine gute Nacht! K.

Lu öffnet ein Mail, schreibt dann aber doch nichts hinein. Sie weiß nicht, wie sie ihm schreiben soll, dass sie nie genug Leute um sich haben kann. Dass sie sich nichts Schlimmeres vorstellen könnte, als auf eine andere Person aufzupassen. Dass sie sich sofort allein und einsam und verlassen fühlen würde. Lieber einen Idioten zur Seite als einsam und allein und verlassen.

Das Handy läutet. „Du hast mich ein paar Mal angerufen?", sagt er.

„Ja", erwidert Lu knapp.

„Na?", fragt er sanft. „Wieder okay?"

Sie schluckt. „Ja, wieder okay."

„Okay Süße, dann hören wir uns morgen, gut?"

„Gut, bis dann."

Das Begräbnis ist kurz. Zu ihrer eigenen Überraschung muss Lu weinen, auch Marion hat feuchte Augen. Nur die Mutter sieht ruhig auf den Sarg und heult nicht.

Danach sitzen Lu und Marion links und rechts von der Mutter, gegenüber sitzt der Opa. Der Opa ist blass, isst wenig und sieht schlecht aus. Er schnäuzt sich.

„Sie wird fehlen", sagt die Mutter ernst und sticht mit ihrer Gabel in einen Erdapfel. „Das wird komisch, ohne sie."

Die Mutter sieht nicht traurig aus, sondern erstaunt. „Es wird alles anders", sagt der Opa und seufzt. Lu legt das Besteck weg.

„Ich wollte sowieso fragen", stammelt sie und rückt ihren Stuhl zurecht, „wie es jetzt weitergehen soll. Ich meine, wegen dem Haus und so." Die anderen schauen sie an. „Ich meine nur", nuschelt sie.

„Natürlich", sagt der Großvater, „habe ich mir darüber schon den Kopf zerbrochen. Ich weiß nicht, was ihr denkt. Glaubt ihr es ist besser, wenn ich mir eine Hilfe nehme? Aber wen? Oder soll ich allein bleiben? Vielleicht komme ich allein zurecht."

„Aber wer soll für dich sorgen, Papa? Muss ich jetzt jeden Tag für dich kochen?", fragt die Mutter erschrocken.

„Nein, nein. Aber ich freue mich, wenn du hin und wieder zu mir zum Essen kommst." Sie nickt und lächelt ihn an, wie ein ganz junges Mädchen sieht sie plötzlich aus.

„Ich komme jeden Tag", sagt sie und er sieht sie an, erinnert sich, als sie ein kleines Mädchen war und vor ihm stand und er nicht wusste, wie er mit ihr umgehen sollte.

Jetzt ist sie groß und er weiß noch immer nicht, wie er mit ihr umgehen soll. Jetzt sitzt sie ihm gegenüber und schaut ihn an und er weiß nicht, wie man sie richtig behandelt, denn die Tochter muss man behandeln wie eine Kranke, sie hat einen Fehler im Kopf, sie leidet an Depressionen und Wahnvorstellungen, aber der Opa ist keine Krankenschwester, er ist ein Opa und braucht selber jemanden, der ihn pflegt.

Der Opa hat sich das alles ganz anders vorgestellt. Er wollte viele kleine Enkel und Urenkel und eine Tochter, die sich liebevoll um ihn und seine Frau kümmert, wenn sie alt sind.

Er hat ein Haus gebaut, groß genug für alle, doch jetzt leben fremde Mieter im unteren Stock, seine Tochter ist die, die Hilfe braucht, seine Enkel leben viel zu weit weg, um ihm nahe zu sein und seine Frau ist tot, was soll er denn jetzt machen?

Sie ist einfach plötzlich tot, zack, von einem Tag auf den anderen. Dabei hat er die Herzprobleme und das kaputte Kreuz, die schlechten Leberwerte und das erhöhte Cholesterin. Aber sie lässt ihn allein, ohne dass er sie vorher noch fragen konnte, was er jetzt tun soll. Sie wusste immer, was zu tun ist, sie musste nicht lang überlegen und abwägen und analysieren.

„Es wird alles anders", wiederholt er.

„Wir helfen dir, wir können gemeinsam schauen, welche Möglichkeiten es gibt, in Ordnung?", sagt Marion und er nickt.

Plötzlich beginnt der Opa zu weinen. „Was soll jetzt aus mir werden?", schluchzt er. Wieder und wieder fragt er, doch seine Frau ist nicht mehr da, seine Frau, die ihm sagte, dass er endlich seine Klappe halten und mit dem Jammern aufhören soll.

Der Tag dauert lange. Andere Verwandte schütteln den Schwestern die Hände, wünschen Beileid. Nach der Reihe verabschieden sich die Trauergäste, der Opa sieht noch immer aus wie ein Häufchen Elend. „Es wird alles anders", sagt er dazwischen. Die Mutter sitzt daneben, sie scherzt mit einer Cousine und klopft dem Opa auf die Schultern. So gut gelaunt war sie schon lang nicht mehr, denkt Lu und staunt.

Um halb sechs sind endlich alle fort. Der Opa ist noch zu benommen, also spricht Lu mit dem Wirt über die Rechnung. Es waren weniger Leute da, als erwartet, der Preis bleibt derselbe. „Sie war eine gute Seele", sagt der Wirt am Schluss. Der

155

Opa nickt und schnäuzt sich. Marion stützt ihn, die Mutter und Lu gehen hinter ihnen her. Sie helfen dem Opa beim Einsteigen. Er sieht ganz schwach und müde aus.

Marion und Lu bleiben noch lange auf, trinken Wein und sehen sich ein altes Familienalbum der Großmutter an. Sie amüsieren sich über ihre Kindergesichter und wundern sich über ein Bild der Mutter, auf dem sie lacht, die Wangen rot, die Augen geschminkt und ihr Haar zu einem Pferdeschwanz gebunden. „Sie sieht so anders aus", flüstert Marion. In dem Album findet sich kein einziges Foto, auf dem der Vater zu sehen ist. „Die hat Oma sicher alle eliminiert", meint Lu. Sie blättern weiter, entdecken Babyfotos von sich selbst, dann Erstkommunion, Firmung, einige Seiten mit Bildern von Omas Dackel, der vor zehn Jahren gestorben ist, und erst auf der letzten Seite gibt es ein Foto von Oma selbst. Neben ihr steht der Opa und obwohl er größer ist, scheint sie das gesamte Foto einzunehmen. „Eine Wucht, diese Frau", sagt Marion.

Kurz vor dem Zubettgehen schreibt Lu noch ein Mail.

Von: alleswirdbesser@gmx.at an noone@hotmail.com
8. Mai 2009 23:02:12

was für eine mühsame angelegenheit, so ein begräbnis. heute habe ich mir vorgestellt, wie das begräbnis ihrer oma war. ich stelle mir vor, dass es sehr nobel gewesen ist. damen mit großen hüten und männer in dunklen anzügen und alle reden, was für ein guter mensch sie doch war. wie in einem film eben. und sie stehen mittendrin und kennen die meisten leute nicht.

bei uns war es nicht so wie im film. meine oma hatte nicht so viele verwandte und bekannte. der sarg ist runtergerutscht und weg war sie. zugeschaufelt, ab und danke. schon komisch. der tod ist sehr gruselig, finde ich. diese vorstellung. da geht es mir gleich kalt übern rücken. brrrrr.

aber jetzt war es noch nett, ich habe mit meiner schwester ein altes fotoalbum durchgeblättert. verrückt, wie sich die zeit und die menschen ändern.

also ich geh dann halt mal ins bettchen. bin saumüde, echt. gute nacht. lu

Von: noone@hotmail.com an alleswirdbesser@gmx.at
9. Mai 2009 03:39:12

Nachdem ich Ihr Mail gelesen habe, habe ich heute ebenfalls ein altes Fotoalbum ausgepackt. Darin fand ich Fotos wieder, an die ich mich gar nicht erinnern konnte. Dann fiel es mir wieder ein: Mein Vater hatte mich zu meiner Großmutter gebracht und uns fotografiert. Wir setzten uns also auf die Veranda und starrten in die Kamera. Er meinte, wir sollten näher zusammenrücken und den Arm umeinander legen. Wir fühlten uns beide unwohl.

Doch wir erfüllten die Bitte meines Vaters und nun sehe ich ein Foto, auf dem wir beide steif und blass in die Kamera starren, unsere Arme liegen ganz leicht auf der Schulter des andern, doch es scheint trotz allem, als würden wir uns nicht berühren. Wie fremd mir dieses Bild und diese Frau sind. In ihren letzten Jahren wurde sie eine ganz andere.

Der Zustand meiner Großmutter verbesserte sich nicht, im Gegenteil, es ging ihr zunehmend schlechter. Sie war oft erkältet und wenn sie stark fieberte, flößte ich ihr Hustensaft und Wasser ein. Sie trank zu wenig und aß fast nichts. Ihr Rücken, früher kerzengerade und aufrecht, verkrümmte, ihre Schultern fielen nach vor, ihr Körper wurde knochiger.

Ich glaube jedoch, je weniger sie wurde, desto näher kam sie mir, desto menschlicher und verletzlicher erschien mir diese einst so harte, unerschrockene Frau.

Doch das alles geschah nicht an einem Tag, es zog sich über Wochen, Monate, schließlich wurde es ein Jahr, dann zwei. Ich war fast immer bei ihr, nur Besorgungen unterbrachen meinen Tag. Kontakt hatte ich zu niemandem mehr. Sobald meine Eltern anriefen, blockte ich ab, sagte, es ginge mir gut.

Aber es war nicht alles trist und traurig. An warmen Tagen setzten wir uns hinaus, ich hüllte meine Großmutter in Decken ein, doch sie fror trotzdem.

Wir lauschten den Geräuschen aus dem Ort, beobachteten Vögel und kleine streunende Katzen. Es sind schöne Momente, die ich mit ihr erlebte und eines Tages begann sie zu erzählen.

Ich bin, sagte sie, mein Leben lang unabhängig gewesen. Dabei hätte, fuhr sie fort, alles ganz anders kommen sollen.

Meine Großmutter war die Tochter eines reichen Fleischerzeugers gewesen, dessen Geschäfte ihr älterer Bruder, der Stolz der Familie, hätte übernehmen sollen. Sie hatte ihn nie gemocht, diesen großen Bruder, der für seine Schwester nichts als abschätzige Worte übrig gehabt hatte. Als er an einer Gehirnhautentzündung verstarb, hat sie dennoch geweint, das erste und einzige Mal in ihrem Leben.

Der Vater war am frühen Tod seines einzigen Sohnes zerbrochen, hat sich um nichts mehr gekümmert. Die Mutter hat den verdrießlichen, traurigen Mann eines Tages verlassen und tauchte nicht mehr auf. So war nur noch die Tochter da, die anstelle des Vaters die Geschäfte übernahm und ihn nur noch unterschreiben ließ, Verträge, Abschlüsse, Bilanzen.

So ging es weiter, bis der Vater starb. Sie erbte das Unternehmen und setzte ihre Arbeit fort, erlebte schlechte Zeiten, in denen sie glaubte, alles zu verlieren, und gute Zeiten, in denen das Geschäft florierte.

Schließlich lernte sie einen Mann kennen, den sie heiratete – nicht aus Liebe, wie sie lachend erzählte. Sondern weil er der einzige Mann war, der sie nicht wegen des Unternehmens heiraten wollte. Er war zu sehr auf sich selbst konzentriert, um mitreden zu wollen. Als sie schwanger wurde, hoffte sie auf eine Tochter und als diese – meine Mutter – zur Welt kam, war alles so, wie sie es geplant hatte. Sie erzog die Tochter so gut sie konnte zu einer unabhängigen, selbstbewussten Frau, schickte sie auf die besten Schulen und ließ sie studieren. Dass diese sich am Ende weigerte, den Betrieb zu übernehmen, stattdessen eine musische Karriere einschlagen wollte, erschien meiner Großmutter wie Verrat. Doch am Ende, sagte meine Großmutter, hätte sie der Tochter nichts vorwerfen können, denn sie selbst hätte ihr beigebracht, einen eigenen Weg zu finden und diesen zu gehen, koste es, was es wolle.

Sie schwieg und lächelte. Ich sah sie an, sie saß eingehüllt in einer dicken Decke,
die Sonne schien auf ihre Beine. Und jetzt, sagte sie unerwartet, bin ich das erste
Mal nicht mehr unabhängig.
Sie sah so anders aus als auf dem Foto, das ich hier vor mir sehe.
Alles Liebe, Lu,
K.

Von: alleswirdbesser@gmx.at an noone@hotmail.com
12. Mai 2009 19:31:12
die ersten paar tage seit dem tod meiner oma sind vergangen und ich warte immer noch auf einen anruf meines opas, der sagt, dass mama im krankenhaus ist
oder dass er nicht klar kommt mit ihr. aber bis jetzt ist noch nichts geschehen.
ich wundere mich, dass das leben so „normal" weitergeht. ich habe gestern mit
ihm telefoniert und er hat gesagt, dass alles bis jetzt in ordnung ist, aber er ist
noch immer so verunsichert. oma hat immer alles im griff gehabt und jetzt weiß
er oft nicht, was er tun soll. aber zum glück gibt es meine cousine, einen sehr
lieben menschen. sie hat einen mobilen pflege- und betreuungsdienst organisiert.
die erledigen alles und mein opa findet, das essen ist zwar nicht so gut wie das
von der oma, aber es ist in ordnung.
einerseits bin ich froh darüber, dass alles so gut funktioniert, andererseits bin ich
angespannt … ich warte auf einen knall, darauf, dass alles zusammenbricht.
und ich weiß nicht, was ich dann tun soll.
ich freu mich auf ihre nachricht. lu

Brit sitzt allein an einem Tisch, bis auf zwei weitere Frauen
mit Kindern ist das Lokal leer. Sie hat ihren Stuhl zurück ge-
schoben und die Beine ausgestreckt, unter ihrem hellen Kleid
wölbt sich der Bauch. „Du bist dicker geworden", grinst Lu
und setzt sich zu ihr. Brit lächelt.

„Ja, ich strenge mich an." Sie schwenkt ihren Arm mit einer
ausladenden Geste. „Wir können uns schon mal daran gewöh-

nen, dass wir in Zukunft immer in solchen familienfreundlichen Lokalen sitzen werden."

„Mir gefällt's", sagt Lu. Brit bestellt Tee, Lu ein Bier. Sie erzählt der Freundin vom Begräbnis, von der Mutter, vom Opa und den Noone-Mails. „Diese Vergangenheit klingt nicht nach jemandem, den wir kennen".

„Vielleicht ein Freund von früher, oder auch ein flüchtiger Bekannter", entgegnet Brit.

„Ich denke gar nicht mehr darüber nach. Für mich ist er so wie ich ihn mir vorstelle." Die Kellnerin stellt den Tee und das Bier ab.

„Aber treffen möchtest du ihn schon, oder?", sagt Brit.

„Natürlich, unbedingt." Sie beobachten eine Weile die Kinder am Nebentisch, die sich unter den Stühlen ihrer Mütter verstecken. „Mia, Ilvie, wo seid ihr?", ruft eine Mutter. Die beiden Mädchen kichern, sie halten sich an den Stuhlbeinen fest.

„Wie geht es Raoul?", fragt Lu.

„Bald nicht mehr gut, wenn er unser Kind tatsächlich Agate nennen will", sagt Brit und grinst. „Aber sonst", fügt sie ernst hinzu „viel Arbeit und Ärger mit seinem Kollegen. Noch schluckt er es hinunter, aber ich weiß nicht, wie lange noch. Er denkt dran, sich selbständig zu machen. Aber ich bin schon nicht fix angestellt. Wenn er jetzt ganz von vorn anfängt, wovon sollen wir dann leben?"

Die andere Mutter steht auf, sieht sich suchend um. Sie fragt die Kellnerin: „Haben sie unsere Mädchen gesehen?" Die Mädchen unter dem Tisch lachen.

„Aber wir haben noch Zeit, um zu überlegen und zu organisieren. Sofern der kleine Wurm nicht zu früh kommt."

Brit streicht über ihren Bauch. „Meine Mama kann uns nicht unterstützen und Raouls Eltern haben auch nicht viel."

„Das wird schon alles gut gehen", beruhigt Lu ihre Freundin. „Jetzt bekommst du erstmal das Kind und dann wird sich schon alles ergeben."

Lu und Brit lächeln sich an, Brit zieht ihren Fuß zurück, öffnet ein Zuckersäckchen, dann das nächste. Die Art, wie sie umrührt, hat Lu schon immer fasziniert. Zuerst energisch in eine, dann mit voller Kraft in die andere Richtung. Der Tee schwappt über. Jedes Mal ärgert sich Brit darüber und jedes Mal passiert es wieder.

„Kein Wunder, wenn du so wild rührst", sagt Lu dann zu ihr.

„Das ist eine Gewohnheit, die kann man nicht ablegen. So wie Leute, die ständig ‚ja' oder ‚nicht' am Ende des Satzes sagen müssen. Und sie müssen es tun, genau wie ich so umrühren muss. Das kann man un-mög-lich aufgeben", antwortet Brit und rührt weiter wie eine Wilde.

Lu lächelt und blickt auf Brits Gesicht. Auch um ihre Augen haben sich kleine Fältchen gebildet. Doch noch immer könnte man sie mit einer Zwanzigjährigen verwechseln. Wegen ihres jungen Aussehens musste Brit früher in Clubs ihren Ausweis herzeigen, dafür kam sie zum Jugendpreis ins Bad. Und das konnte sie brauchen, denn Brit hatte nie Geld. Während Lus Vater seine Töchter in der Studienzeit unterstützte, war Brit auf sich selbst gestellt.

Ihre Mutter kam aus der Slowakei und heiratete in den Siebzigern einen Wiener. Sie zog um, bekam ein Kind, Brit, ein Jahr später zog ihr Mann nach Deutschland, sie blieb in Wien. Kurz darauf die Scheidung. Danach sah Brit ihren Vater nicht wieder. Obwohl er sich irgendwann meldete, fragte, ob sie sich nicht doch einmal treffen sollten. Seine Tochter sagte kein Wort und legte auf. Er rief nicht mehr an.

Die Mutter war immer stolz auf ihre Tochter. Brit lernte leicht und war fleißig, sie wollte studieren und irgendwann mehr verdienen als die Mutter, die kellnerte, putzte, in einer Spitalsküche arbeitete. Trotzdem reichte es hinten und vorne nicht. Die beiden teilten sich eine winzige Wohnung.

Lu lernte Brit kennen, weil sie eine neue Mitbewohnerin brauchte. Eine Studentin rief an, sie machten einen Termin aus und einige Tage später stand Brit vor der Tür, völlig durchnässt. „Ich bin in die falsche Richtung gegangen und hab meinen Schirm vergessen. Hallo, ich bin Brit." Sie streckte Lu ihren nassen Arm entgegen und lachte. Lu gefiel ihr Lachen. Sie machte Tee und war fasziniert, wie Brit den Zucker umrührte. Obwohl beide Psychologie studierten, waren sie einander noch nie begegnet. Brits Zähne klapperten. „So geht das nicht, zieh dich aus, dusch dich heiß, ich leih dir etwas zum Anziehen."

Zu Lus Erstaunen tat es Brit ohne Widerrede. In einer viel zu langen Hose und einem schlabbrigen Pullover blieb sie bis spät in die Nacht mit Lu in der Küche sitzen. Einen Monat später zog sie ein.

Vier Jahre lebten Lu und Brit zusammen in einer kleinen, aber gemütlichen Wohnung im sechzehnten Bezirk. Jedes Wochenende besuchte Brit ihre Mutter im Elften und nahm Kuchen mit. Nur einmal tauchte die Mutter auch bei ihnen auf. Sie sah Brit ähnlich: Klein, zierlich, ein Mädchengesicht.

„Wenn Raoul seinen Job echt aufgibt, Lu, dann weiß ich nicht mehr weiter."

Von: noone@hotmail.com an alleswirdbesser@gmx.at

13. Mai 2009 01:03:23

Der Zustand meiner Großmutter verschlechterte sich. Sie wurde krumm, mager, knochig. Dafür wurde sie gesprächiger, sie erzählte mir viel und manches doppelt und dreifach. Es schien, als würde sie plötzlich noch alles los werden wollen, so viel von dem, was sie immer verschwiegen hat. Sie sprach von der lieblosen Ehe, dem Stolz, als sie ihre Tochter zum ersten Mal auf einer Bühne sah und sogar von dem Mann, den sie im Alter kennen und lieben gelernt hatte. Aber, sagte ich zu ihr, er wäre doch noch immer in ihrer Nachbarschaft und sie könne ihn jederzeit sehen. Doch sie schüttelte den Kopf. Er hätte immer ihre Unabhängigkeit geschätzt und sie für ihre Stärke geliebt — wie könnte sie ihm nun als gebrechliche alte Frau gegenüber treten?

Ich erzählte ihr dennoch, wenn er mir bei einem Spaziergang begegnete und mich fragte, wie es ihr ging. Sie freute sich darüber, doch sie befahl mir, ihren Zustand zu verleugnen. Sie sei wohlauf, aber sehr beschäftigt, sollte ich sagen. Ich tat es nicht, ich sagte ihm die Wahrheit. Wozu hätte ich ihn anlügen sollen? Er machte sich Sorgen und eines Tages stand er tatsächlich vor der Tür. Ich bat ihn, nein ich bettelte ihn an, wieder zu gehen. Er tat es erst, nachdem ich drohte, die Polizei zu rufen. Sie hätte es mir nie verziehen. Ich glaube, er hat sie wirklich geliebt.

Nicht nur meine Großmutter, auch ich selbst büßte an Kraft ein. Wahrscheinlich sah auch ich mager, blass und müde aus. Ich schaute nicht mehr in den Spiegel, ich achtete nicht mehr darauf, ob meine Haare zu Berge standen oder meine Kleidung alt und abgetragen war. Wozu auch? Es gab nur eine alte Frau, die nicht mehr gut sehen konnte, und mich. Was spielte es da schon für eine Rolle?

K.

Von: alleswirdbesser@gmx.at an noone@hotmail.com
13. Mai 2009 18:02:13
lieber k., ich kann ihnen heute gar nicht viel erzählen. nichts passiert, nichts
ändert sich. ich habe gestern zuerst eine freundin und dann meine affäre getroffen. es war sehr schön mit ihm … es ist seltsam, oft fühle ich mich bei
ihm wohl und geborgen und dann kann er das gefühl so schnell zerstören. gestern
haben wir viel geredet und er hat mir erzählt, wie es für ihn war, als seine frau
ihm damals sagte, dass sie schwanger wäre. von seiner angst, vater zu werden.
und dass er sich als versager fühlte, als er sich von seiner frau trennte und
monate brauchte, bis er es seinen eltern gestand. und dass er nicht noch einmal
versagen will und deshalb nicht wieder so eine tiefe beziehung beginnen, sondern
etwas langsam entstehen lassen will. wenn ich es so niederschreibe, klingt es gar
nicht mehr so toll und edel und klug. ich warte eben weiter, dass irgendetwas
passiert. ist das gut, ist das schlecht? ich weiß es nicht.
lg lu

Von: noone@hotmail.com an alleswirdbesser@gmx.at
14. Mai 2009 01:58:11
Ich habe auch immer gewartet, dass irgendetwas passiert. Dabei nahm ich gar
nicht wahr, wie viel jeden Tag tatsächlich geschah.
Wie der Mensch neben mir jeden Tag ein winziges bisschen kleiner wurde.
Dünner. Langsamer, müder, kränklicher, leiser, verwirrter. Sie erzählte mir.
Doch ihre Geschichten begannen mich zu langweilen, sie wiederholte sich und
schien sich in ihren Erinnerungen immer öfter zu irren. Großmutter verdrehte
Namen, Zeiten, vergaß mitten im Satz, was sie sagen wollte. Hatten mich ihre
Geschichten zu Beginn fasziniert, fand ich sie bald ermüdend. Ich hörte ihr
nicht mehr zu. Manchmal stand ich einfach auf und ging. Wissen Sie, ich
wollte ihr nicht wehtun. Doch es war für mich so schwer auszuhalten, dieser
Stillstand und dieses Immergleiche. Mit einer einzigen Aussicht: Ihrem Tod.
Ein Mensch, der immer weniger wird …

Liebe Lu. Sie brauchen nicht warten, alles geschieht, ohne dass wir es bemerken. Jeden Tag.

Das Lokal ist voll. Lu stellt sich Erich inmitten der schwitzenden, tanzenden Masse vor, das perfekt sitzende Haar, der teure Anzug. Er steht neben einer Box und die Musik dröhnt in seinen Ohren, lauter, lauter und noch einmal lauter, bis er umfällt, der Lärm ihn niederdrückt, sein perfektes Haar und den teuren Anzug. Sie trinkt Spritzer, die nicht nur billig sind, sondern auch so schmecken. Sie trinkt und redet mit Marion, sie trinkt und redet mit Gunther, dann beginnt das Konzert und sie trinkt und wippt zur Musik, sie trinkt und tanzt zur Musik. Sie trinkt und bestellt sich noch etwas an der Bar, sie trinkt und ein Mann stellt sich neben sie. Sie trinkt und sie reden, sie trinkt und sie küssen sich. Sie hört auf zu trinken, sie geht und der Mann geht neben ihr.

Zuhause haben sie Sex. Es ist nicht gut und nicht schlecht, doch als er kommt, ist Lu erleichtert. Sie will allein sein, der Körper auf ihr ist ihr fremd. Er atmet erschöpft und legt sich neben sie, streichelt ihren Rücken. „Es tut mir leid, ich wollte nicht, aber ich konnte es nicht aufhalten", sagt er.

„Schon gut", antwortet Lu und gähnt. Sein Atem beruhigt sich, wird gleichmäßiger, doch noch immer spürt sie seine Hand auf ihrer Haut. Aber nicht mehr lang und er schläft ein, denkt Lu. „Hallo?"

„Hm?", murmelt er.

„Äh … ich wollte nur, bevor du einschläfst, weißt du, ich habe morgen einen sehr anstrengenden Tag und muss früh raus. Also …"

„Oh! Natürlich, kein Problem." Er steht auf, zieht sich im Dunkeln an. Lu sieht ihm zu, wartet, dass er geht. „Na dann",

sagt er und setzt sich auf das Bett, küsst ihre Stirn. „Ich weiß,
das war irgendwie ... Aber weißt du, ich finde dich nett. Vielleicht können wir uns ja einmal treffen, was meinst du?"

„Ja, sicher", sagt sie und gähnt.

„Weißt du was, ich schreibe dir schnell meine Nummer
auf. Und wenn du Lust hast, ruf mich an." Er geht in den
Vorraum, macht Licht. Lu fragt sich, wo er Zettel und Kugel-
schreiber hernehmen will. Doch kurze Zeit später ist er wieder
im Zimmer, legt einen Zettel auf ihr Nachtkästchen. „Gut, also
vielleicht bis bald."

Von: noone@hotmail.com an alleswirdbesser@gmx.at
16. Mai 2009 04:38:14

Sie kam in die Küche und wollte sich ein Glas Wasser nehmen. Ich stand neben
ihr und da kippte sie plötzlich um. Ich fing sie im letzten Moment auf, bevor
sie auf den Fliesenboden aufschlagen konnte. Ihr Gewicht in meinen Armen,
sie war viel schwerer, als ich es bei dieser zarten Person für möglich gehalten
hätte.

Ich rief um Hilfe, ich schrie sie an, ich schüttelte ihren mickrigen kleinen
Körper, ihre Augen blieben geschlossen. Sanft bettete ich sie auf den Boden,
rannte zum Telefon, rief den Notarzt. Lebensfunktionen kontrollieren. Atmet sie
noch? Großmutter, atmest du noch? Stabile Seitenlage. Kleidungsstücke öffnen.
Frischluft. Wachte sie auf? Oder erst im Krankenwagen? Im Krankenhaus? Ich
weiß es nicht mehr, erinnere mich nur an ihr graues Gesicht und die geschlos-
senen Augen und dann sagte eine Ärztin, es ginge ihr gut.

Sie lag im Krankenhausbett und verschwand darin.

Als sie nachhause kam, war sie nicht mehr dieselbe. Sie konnte nicht mehr auf-
stehen. Sie konnte nicht mehr richtig sprechen. Sie war noch dünner, noch kno-
chiger, mickriger, ihre Haut war durchsichtig, wie Löschpapier, nur hellblaue
Adern und Venen zogen ihre Bahnen bis zum Herzen, das noch immer schlug.

Ich wünschte mir, sie würde sterben. Ich dachte, ich wünschte es für sie. Doch in Wahrheit wünschte ich es meinetwegen.

Und dann noch ein Jahr. Ein Jahr in einem Bett, aus dem sie nicht mehr aufstand. Durch eine halbseitige Lähmung fiel ihr das Essen schwer. Ich las Ratgeber, sprach mit Experten, informierte mich, bat eine Krankenschwester um Hilfe. Selbständigkeit erhalten, Sorgen und Ängste ernst nehmen, einfache Fragen stellen, Respekt bewahren — hörte ich, las ich, erfuhr ich. Es waren so viele Tipps, die ich beachten musste, so viele Möglichkeiten, die das Leben meiner Großmutter erleichtern sollten, so viele Vorschläge, was getan werden könnte. Und manchmal schaffte ich es. Setzte mich neben sie. Hielt ihre Hand. Doch es gab Tage, an denen ich es in ihrer Nähe kaum aushielt. Ihr Zimmer mied. Sie allein und vor sich hin starren, warten, liegen ließ. Es gab Tage, an denen mir vor ihr graute. Vor diesem kleinen mickrigen Menschen.

Ein Jahr. Und dann ging alles schnell. Sie litt an Durchfall, sie erbrach — und dann war sie tot. Zuerst glaubte ich es nicht. Dann war ich erleichtert. Und irgendwann war ich traurig. Ich verlor durch sie den einzigen Sinn, den mein Leben fünf Jahre lang hatte. Plötzlich stand ich da, plötzlich war ich allein.

An das Begräbnis kann ich mich nicht erinnern und auch nicht daran, was kurz danach geschah. Mutter bat mich, zurück nachhause zu ziehen, doch ich wollte nicht.

Drei Monate lebte ich im Haus meiner Großmutter. Dann zog ich aus. Ich verkaufte das Haus und bekam viel weniger, als ich erwartet hatte.

In den ersten Nächten in der neuen Wohnung hatte ich immer denselben Traum: Großmutter stand in einem Garten, rundherum weiße Blumen. Der Himmel war weiß, doch nach einiger Zeit erkannte ich, dass es kein Himmel war, sondern eine Decke. Und als ich mich genauer umsah, entdeckte ich rundherum Mauern. Es war also ein Raum, in dem ein weißer Blumengarten gepflanzt war. Auch die Blätter und Stängel strahlten weiß. Winzige Blumen reckten ihre zierlichen Köpfchen dem weißen Himmel entgegen, es gab welche mit üppigen, riesigen Kronen und erhabenen Häuptern, die über mich hinausragten, welche mit spitzen Blütenblätter und wieder welche, die mit ausladenden breiten Blütenblättern andere zärtlich bedeckten. Mittendrin stand meine Großmutter. Ihre Haut und ihr Haar hoben sich kaum von all dem Weiß ab. Aus ihrem Gesicht strahlten nur die grünbraunen Augen. Doch die Großmutter war bunt gekleidet. Sie trug einen langen Umhang, der einer afrikanischen Tracht glich, die ich in einem Fotoband gesehen hatte. Nur ihre Hände und das Gesicht ragten aus dem langen Umhang, der ihren Körper umhüllte und sie viel größer und stärker erscheinen ließ als in meiner Erinnerung.

Sie streckte mir ihre Hände entgegen und bat mich, zu ihr zu kommen. Obwohl sich ihr Mund nicht bewegte, hörte ich ihre Worte. Ich ging auf sie zu. Wie weit war ich entfernt? Zuerst schien ich ganz nah, dann doch nicht. Nach einigen Schritten bemerkte ich, dass das Gelb ihres Umhangs nicht mehr strahlte, das Orange seine Kraft verlor und das Blau verblasste. Ich blieb stehen. Sie winkte mir zu. Ich kann nicht, schrie ich. Da begann sie zu weinen und auch einige Blumen ließen ihre Köpfe hängen. Sie schienen mich anzustupsen mit ihren weißen zarten Blüten, als wollten sie mir sagen: los komm, rette sie. Also ging ich weiter. Versuchte, nicht auf die Farben zu achten, die immer mehr verblassten. Ich war nur noch zwei Schritte von ihr entfernt. Ihr Umhang hatte keine Farben mehr, sondern war genauso weiß wie alles herum. Großmutter, fragte ich, wo bist du? Ich konnte ihre Stimme nicht mehr hören, aber ich konzentrierte mich, ihre Augen, dachte ich, die Augen, die muss ich sehen. Doch ich fand sie nicht mehr.

Ich glaube nicht daran, dass Träume etwas erklären und aufzeigen wollen. Ich glaube auch nicht an die Möglichkeit, Träume zu entziffern und halte nichts von Okkultem oder Mystik. Träume sind für mich nichts mehr als lose Gedanken, die uns während der Nacht unterhalten, um keine Langeweile aufkommen zu lassen.

Doch ich muss zugeben, dass mir dieser Traum keine Ruhe ließ.

Schließlich ging ich in einen Blumenladen und kaufte alle weißen Blumen, die ich finden konnte. Weiße Rosen, Lilien, Hyazinthen und andere, deren Name ich sofort vergaß. Nach drei Wochen waren alle eingegangen. Meine Pflege war

zu viel, zu wenig — auf alle Fälle falsch. Nur eine überlebte. Es ist eine weiße
Orchidee. Die einzige Pflanze, die ich besitze und die meine Wohnung mit
ihrem Strahlen ausfüllt, sobald sie erblüht. Und sie blüht immer wieder.
Auch wenn ich ständig versuche, es nicht zu ernst zu nehmen und keinen tieferen
Sinn dahinter vermute: Ich freue mich dennoch, dass meine kleine weiße Blume
überlebt hat.
Liebe Lu, alles Liebe, K.

Sie schläft lang und als sie aufwacht, scheint ihr die Sonne auf
die Füße. Neben ihr liegt ein Zettel. Darauf steht eine Nummer
und darunter der Name „Thomas". Sie erinnert sich, dass sie
nicht nach seinem Namen gefragt hat. Dass seine Bartstoppeln
sie kitzelten. Dass er nett war und ihr gefiel. Lu dreht sich auf
den Rücken, tastet mit den Fingern das Kinn ab. Es fühlt sich
rau an. Sie muss dringend aufs Klo, ist aber zu faul aufzustehen.

Noch einmal greift sie nach dem Zettel. Sein „T" ist groß
und geschwungen, das „o", das „m" und das „a" kleben zusammen. Das „s" steht weit draußen, als würde es nicht dazu-
gehören. Was kann man aus dieser Schrift erkennen? Sie legt
den Zettel auf das Nachtkästchen. Träge steht sie auf, streckt
sich, geht zum Schrank und zieht sich ein T-Shirt über. Sie
wankt aufs Klo, dann zurück, holt im Vorbeigehen ihr Handy
aus der Jackentasche und legt sich wieder ins Bett. Vielleicht
sollte sie ihn anrufen. Ja, warum nicht? Sie schaltet das Telefon
ein, es piepst: Ein Anruf in Abwesenheit.

Erich hat bereits eine Nachricht hinterlassen: „Hallo! Das
Wetter wird heute schön und wir könnten einen Ausflug machen?" Schnell kontrolliert sie, wann er angerufen hat. Es ist
schon zwei Stunden her, sie beeilt sich, tippt seine Nummer
ein. Keine Sekunde verlieren, bevor er sich noch etwas anderes

ausmacht. „Hallo", sagt er. „Wie schaut's aus, machen wir etwas?" Sie nimmt den Zettel vom Nachtkästchen, während Erich einen Ort vorschlägt. „In einer halben Stunde hole ich dich ab", sagt er und sie antwortet „Ja." Sie legt den Zettel zurück, vielleicht ruft sie Thomas am Abend an.

Lu und Erich gehen spazieren, sie sitzen bei einem Heurigen. Erich legt den Arm um Lu und sie kuschelt sich an ihn. Beim Essen teilen sie sich eine Jause, er schneidet das Fleisch, sie viertelt eine Tomate. Sie bestellen Spritzer und als Lu einen Schluck nimmt, fällt ihr plötzlich der Zettel ein, der noch immer auf ihrem Nachtkästchen liegt. Sie erschrickt. Was, wenn Erich mit ihr mitkommt? Sollte sie sagen, dass es ihr heute nicht passt? Andererseits sind sie offiziell nicht zusammen, also weshalb sollte sie sich einschränken lassen? Vielleicht tut es ihm gut, einmal zu erkennen, dass sie nicht ewig zur Verfügung steht, auch andere trifft und ein eigenes Leben führt. „Magst du noch?", fragt er und gießt Wein nach. „Auf den schönen Tag", meint Erich und prostet ihr zu.

Die Welt vergessen, alles ist gut. Sie schließt die Augen, versucht an nichts zu denken und nur den Moment zu genießen. Aber genießen, wie geht das? Kann man das lernen?

Lu rutscht auf der Bank hin und her. Sie sieht auf die Uhr ihres Handys. Wenn nur die Zeit nicht zu schnell vergeht, denn sie will es wirklich, jede Sekunde mit Erich ist kostbar, seine Hand auf ihrer, seine Lippen auf ihren, seine Haut, sein Körper, alles ganz nah, dabei liegen sie nicht im Bett, sondern sitzen auf einer Bank, zu zweit, ganz eng nebeneinander, vergessen ist die Nacht mit einem Thomas. Was will schon ein Thomas, wie soll er es aufnehmen mit dem Mann, der keine Nacht bleibt und immer nur kommt, um zu gehen?

„Vielleicht sollten wir in zwei Wochen mal für ein paar Tage wegfahren, was meinst du?", fragt Erich.

„Wegfahren?", sagt Lu erstaunt. „Aber Johannes ist doch bei dir." Erich schüttelt den Kopf.

„Nein, nächstes Wochenende ist er bei seiner Oma."

„Ja sicher", sagt Lu. „Sehr gern."

Kurz denkt sie daran, Thomas trotzdem anzurufen. Aber vielleicht erst morgen. Sich zu schnell zu melden ist sowieso keine gute Idee. Lieber ein bisschen warten, das macht interessant. „Wohin?", fragt sie.

„Egal", sagt Erich. „Wo es schön ist."

Im Auto legt er seine Hand auf ihr Knie. Vor ihrem Haus bleibt er stehen, zieht sie zu sich. „War ein schöner Tag", flüstert er in ihr Haar und küsst ihren Hals.

„Du kommst nicht mit?", fragt sie. Er schüttelt den Kopf.

„Hab morgen einen harten Tag. Aber was hältst du davon, wenn wir in den nächsten Tagen ein nettes Ziel für unser Wochenende suchen?"

„Mhm. Gute Idee." Sie steigt aus, winkt, läuft die Stiegen nach oben. Zieht die Schuhe aus, geht ins Schlafzimmer. Das Bett ist zerwühlt, die Vorhänge geschlossen. Auf dem Nachtkästchen liegt der Zettel. Sie speichert die Nummer ein. Irgendwann wird sie ihn vielleicht anrufen.

Von: alleswirdbesser@gmx.at an noone@hotmail.com
17. Mai 2009 22:02:23
lieber k.
ich habe ihre mails noch einmal gelesen. ihre großmutter, die letzten jahre mit ihr, der tod und dann die einsamkeit. neben dieser geschichte verblasst alles an-

dere. und ich fühle mich daneben auch so einfach und banal, dass ich mich fast schäme, ihnen zu schreiben. so viel dramatik … ich glaube nicht, dass ich das aushalten würde. aber vielleicht lesen sie ja zwischendurch auch mal ganz gern so eine art groschenroman. das sind dann meine mails ☺

wie auch immer. sie werden es nicht glauben, aber ich habe doch tatsächlich jemanden kennen gelernt. naja. kennen gelernt ist schon ein bisschen zu viel. eigentlich haben wir nur gevögelt.

Lu hält inne. Was schreibt sie da eigentlich? Gibt sie nicht Intimitäten preis, die niemanden etwas angehen? Geht sie zu weit? Oder war es von Anfang an K.s Ziel, ihre Geheimnisse zu erfahren? Ist Vögeln ein größeres Geheimnis als die Vergangenheit ihrer Mutter?

Sie atmet tief durch. Nein, er kennt sie nicht. Er ist der Mann, der in seinem Zimmer sitzt. Sich an seine Großmutter erinnert und an eine weiße Blume. Sie überlegt. Wie er sich freut über ihre Nachricht, das E-Mail öffnet und liest. Zuerst lächelt und dann erstaunt das Wort betrachtet. gevögelt. Sie löscht den letzten Satz.

naja. kennen gelernt ist schon ein bisschen zu viel. wir haben eine nacht miteinander verbracht.

Wieder hält sie inne, betrachtet den Satz, liest ihn laut. Dann nickt sie. Gut.

naja. kennen gelernt ist schon ein bisschen zu viel. wir haben eine nacht miteinander verbracht. am nächsten tag ist er gegangen und hat mir seine telefonnummer hinterlassen. aber wissen sie, es ist doch verrückt. als hätte es meine affäre gerochen, hat sich diese auch brav gemeldet. und einen wunderschönen tag

mit mir verbracht. als wäre das nicht genug, hat meine affäre dann auch noch
vorgeschlagen, demnächst mit mir wegzufahren. das ist doch verrückt, oder?
ich habe jedenfalls die nummer von dem anderen mann gespeichert. wer weiß, ob
ich ihn jemals anrufe. dabei war er wirklich ganz nett. vielleicht mag ich keine
netten. vielleicht mag ich lieber die idioten. was weiß ich. ☺
k., ich wünsche ihnen einen schönen tag.
lu

Dann ist wieder Montag. Lu ist schon gespannt, was Noone
diesmal zurückschreiben wird, doch im Posteingang ist keine Nachricht von ihm zu finden. Zur Sicherheit kontrolliert
sie den Spam-Ordner. Dasselbe tut sie am Dienstag und am
Mittwoch. Am Donnerstag: Keine Nachricht und das Begräbnis und die Tränen und die Nacht mit dem fremden Mann
bleiben eine vage Erinnerung.

Keine Nachricht.

Es ist Freitag und Samstag. Nichts. Warum schreibt er nicht?
Hält er sie nach der letzten Nachricht für einfältig? Für jemanden, der ständig dumme Männergeschichten erzählt?

Vielleicht ist er auch nur krank. Oder müde. Oder nicht
da.

Lu lenkt sich ab, stürzt sich in Arbeit, schreibt Mails an Brit,
an Erich, an ihre Schwester, die sie ohnehin jeden Abend sieht.
Nur nicht daran denken und ständig die Mails kontrollieren,
lieber Konzepte schreiben und an Aussendungen feilen, dazwischen sich mit schlechtem Gewissen an die Diplomarbeit
erinnern und dann gibt es noch immer die Mutter und den
Opa und die Frage, wie es mit ihnen weitergeht. Außerdem
fährt sie mit Erich weg, sie kann Hotelbilder im Internet ansehen, Restaurants …

173

So viele Möglichkeiten. Doch noch immer meint sie das Signal zu hören, das eine neue Nachricht ankündigt. Noch immer drückt sie mit der Maus die „Empfangen"-Taste.

Am Samstagvormittag schreibt sie ihm. *Lieber Noone, was ist passiert?* Abends geht sie aus, betrinkt sich und denkt an Noone, wie er in seinem kleinen Zimmer liegt, krank, verzweifelt und allein, in seiner Schnürlsamthose und sein Bart ist wild, stachelig und ungepflegt. Er will die Rettung rufen, die Fürsorge oder irgendwen, der ihm hilft, aber er hat kein Telefon und sie haben ihm den Strom abgedreht, den einzigen Kontakt, den er nach außen noch hatte, und sogar dieser ist nun gekappt. Auf seinem Bauch liegt die Katze und er streichelt sie, der Atem schwer und so dämmert er dahin, denn nichts passiert, bis Nachbarn irgendwann auf den Gestank in der Wohnung daneben aufmerksam werden und Insekten aus der Tür kriechen, bis der Frühling zum Sommer wird und einen seltsamen Geruch weiter trägt und weiter und weiter, über die Häuser der Stadt, durch Gassen und Straßen und am Ende landet er bei ihr, nur noch ein zarter Hauch weht durch das Fenster, doch sie kann es riechen, kann ihn riechen, obwohl sie ihn noch nie gesehen hat, weiß sie, dass es er ist.

Sie steht an der Theke, bestellt noch einen Wodka. „Was ist denn?", fragt Marion und stellt sich neben Lu.

„Der Todeshauch", murmelt sie, „was mach ich denn, wenn der zu mir weht?"

„Ja keine Ahnung", sagt Marion, lacht auf und legt ihren Arm um Lus Schultern. „Die Nase zuhalten und durch den Mund atmen?" Lu seufzt. Marion drückt sie fester an sich. „Wovon redest du eigentlich?", fragt sie noch immer lachend.

„Von meinem E-Mail-Schreiber."

„Er wird sich schon wieder melden", beruhigt Marion sie und streichelt über Lus Rücken.

„Aber was mach ich denn, wenn ihm was passiert ist?"

„Ach Blödsinn, nichts ist ihm passiert! Er wird sich schon wieder melden."

„Wahrscheinlich haben sie ihm den Strom abgedreht. Weil er seine Rechnungen nicht bezahlen kann. Und er hat ja niemanden, der sich um ihn kümmert."

„Lies nicht so oft die U-Bahnzeitung, dann kommst du nicht auf so dumme Gedanken. Es geht ihm sicher gut, vielleicht ist er einfach nicht da."

Lu schüttelt den Kopf, stützt sich auf den Ellbögen ab. „Ganz sicher nicht. Wo soll er denn hinfahren? Er hat doch niemanden."

„Woher, liebe Schwester, willst du das wissen?"

„Ich weiß es." Marion streicht ihr über den Arm. Einige Minuten bleiben sie nebeneinander stehen. Die Musik wird lauter. „Ich geh tanzen", sagt Marion und verschwindet auf der Tanzfläche.

Sie hebt die Arme und bewegt die Hüften. Schon als Kind träumte Marion vom Tanzen und einer Karriere als Ballerina. Sie kramte einen alten, weißen Vorhangstoff voller Spitzen aus einer Kiste im Keller hervor und wickelte ihn um den kleinen Körper. Dann nahm sie eine ernste Haltung ein, reckte die Arme nach oben und versuchte auf Zehenspitzen zu stehen. Lu war ihr Publikum und die einzige, die zusehen durfte. Solang sie noch zuhause bei der Mutter lebten, gab es fast jede Woche eine Vorführung.

Und jetzt tanzt sie vor allen und es ist ihr egal, wer zusieht, denkt Lu. Wann hat sie angefangen, sich zu verändern? Wann wurde aus dem schüchternen, zurückgezogenen und

175

verweinten Mädchen die mutige, unerschrockene Frau? Die in anderen Ländern ganz ohne Probleme zurechtkommt und sich dort wohl fühlt, obwohl sie niemanden kennt?

Auch Noone hat die Welt bereist. Ganz bestimmt. Er hatte Geld, während seiner Studienzeit besuchte er Städte, schon damals trug er eine Schnürlsamthose. Er spricht mehrere Sprachen, unterhielt sich mit Römern und Engländern, er kennt Ägypten und die Anden, er hat Machu Picchu gesehen und in Namibia eine Farm besucht. Er war überall und nirgends, er kannte niemanden und alle, bis er aufgehalten wurde von einer alten, sterbenden Frau. Und dann war alles anders. Wer sagt, dass es nicht so gewesen ist?

Marion kommt zurück zur Bar. „Du siehst überhaupt nicht gut aus." Sie nimmt einen Schluck aus Lus Getränk. Ihre Beine wippen noch immer im Takt der Musik. „Komisch", sagt Marion. „Es ist wie bei einer Liebesgeschichte. Sobald der eine auf die Anmachversuche des anderen einsteigt, ist der andere weg." Sie bestellt Mineralwasser, trinkt es in einem Zug leer. „Ah, das tut gut. Bist du verliebt?" Die Frage kommt rasch aus Marions Mund, als hätte sie sie unabsichtlich und zufällig gestellt.

Lu lacht. „In den armen, alten Mann? Nein. Verliebt nicht. Aber angetan, interessiert. Irgendwie so in der Art. Ich lese gern, was er schreibt. Und ich schreibe ihm gern."

Marion nickt. „Vielleicht ist er ja wirklich nicht da."

„Vielleicht, ja. Ich kann mir nur nicht vorstellen, dass er das Haus verlässt." Lu hustet. Ihre Augen brennen und sie überlegt, ob sie nicht doch lieber nachhause gehen soll. Bleibt sie zu lang, verschläft sie den Sonntag.

„Ich glaube noch immer, dass er dich kennt", sagt Marion.

„Ja? Wer weiß. Ich glaube es nicht mehr." Tatsächlich schließt sie mittlerweile beinahe aus, ihn zu kennen. Doch Marion zweifelt.

„Wieso soll er sonst schreiben? So toll ist deine E-Mail-Adresse auch nicht."

„Hey! Meine E-Mail-Adresse ist großartig", sagt Lu. „Du bist ja nur neidisch."

„Ja total." Sie lacht, dann sagt sie ernst: „Weißt du, mir ist alles zu eng. Ich möchte raus, was sehen. Herumkommen." Sie zögert. „Ich habe mir sogar überlegt, Papas Geld zu nehmen."

„Ehrlich? Willst du das wirklich?"

„Ich weiß, dass du das nicht gut findest und es nie tun würdest", murmelt sie. „Und wahrscheinlich bist du auch enttäuscht, wenn ich es mache. Aber ganz ehrlich? Warum nicht? Wieso soll ich es nicht nehmen? Und wenn er damit auch nur sein schlechtes Gewissen beruhigen will, soll es mir auch recht sein."

Lu zuckt die Schultern. „Du hast Recht. Ich weiß nicht, ich hätte nur das Gefühl, dass er sich so meinen Respekt kaufen will."

„Das kann er sowieso nicht. Und warum soll er nicht bezahlen für die Jahre, in denen er nicht da war? Früher hat er nicht geholfen, aber jetzt hilft er mir und ich kann es brauchen."

„Wenn du ihm sagst, dass du das Geld für eine Reise verbrauchst, gibt er es dir sicher nicht."

„Vielleicht sage ich es ihm gar nicht. Und außerdem: Hat er gesagt, dass wird das Geld nur für etwas Bestimmtes verwenden dürfen? Ich bin ihm nichts schuldig."

Von: alleswirdbesser@gmx.at an noone@hotmail.com
24. Mai 2009 00:11:13

meine mutter hat durch mich durchgeschaut, als wäre ich nicht da. sie hat etwas anderes gesehen. oder gehört. ich habe mir oft gewünscht, dass sie stirbt, damit es vorbei ist. und trotzdem habe ich immer aufgepasst, dass sie sich nichts antut. meine schwester und ich wollten mal abhauen, ließen einen zettel liegen und sind losgefahren. einfach so. haben uns in den zug nach wien gesetzt. ich glaube, wir sind per anhalter zurückgekommen, wir hatten schließlich kein geld.

mama war allein. als wir zurückkamen, saß sie da und heulte. wir versuchten, sie zu beruhigen, dass wir ja wieder da seien und es uns gut ginge. doch sie weinte nicht, weil wir plötzlich weg gewesen waren, wie wir dachten. sie weinte wegen der stimmen, die sie hörte. ich war so wütend auf sie. sie hat nicht einmal gefragt, wo wir waren.

ich weiß nicht. ob meine mutter fähig ist zu lieben.

lieber k., ich vermisse sie sehr. ich würde gern von ihnen lesen. vielleicht geht es ihnen nicht gut, vielleicht sind sie weg. vielleicht habe ich aber etwas geschrieben, das sie dazu bewogen hat, sich nicht mehr zu melden. vielleicht sind ihnen meine mails einfach nur zu langweilig. ich weiß es nicht. lu.

Lu vergisst, einen Kunden anzurufen. Sie sucht stundenlang ein Dokument, das sie falsch abgespeichert hat. Pinz ruft dreimal an: Er will endlich die fertige Journalisteneinladung haben. Dann klärt Lu telefonisch ein Missverständnis auf, die Frau am anderen Ende der Leitung ärgert sich und schimpft. Nachdem das Gespräch beendet ist, fühlt Lu sich erschöpft, ausgelaugt und hundeelend.

„Alles klar?", fragt Maria. „Du siehst echt fertig aus."

„Das bin ich auch", gibt Lu zu.

„Soll ich dir einen Kaffee holen?"

„Das ist sehr lieb von dir. Aber ich glaube, das hilft nichts."

Maria steht auf, streckt sich, gähnt. „Manchmal ist es mühsam. Aber das geht vorbei. Man darf das nur alles nicht zu ernst nehmen. Aber das gelingt eben nicht immer."

„Du hast Recht. Obwohl – ich glaube eher, ich nehme es nicht ernst genug."

Maria setzt sich wieder. Ihr Gesicht verschwindet hinter dem Computer und Lu hört nur noch ihre Stimme. „Das ist auch gut so. Sonst hättest du so einen Stress wie Pinz. Und wer will das schon."

In dem Moment läutet das Telefon: „Luise, was ist mit der Einladung? Ich brauche sie in zehn Minuten." Pinz knallt den Hörer auf die Gabel. „Wenn man vom Teufel spricht."

Exakt zehn Minuten später schickt Lu das Mail ab. Kurz darauf ein erneuter Anruf: „Kannst du bitte herkommen?" Wieder legt er sofort auf. „Tolle Laune", murmelt Lu.

„Darfst du ihn persönlich besuchen?", fragt Maria.

„Ja, hurra", brummt Lu.

„Du schaffst das!" Maria hält beide Daumen in die Höhe. „Mach ihn fertig!"

Pinz telefoniert. Er hat sein Handy am Ohr, hat sich nach vorn gebeugt und starrt ins Nichts, er sieht Lu nicht an, als sie sein Büro betritt. „Also das kann ja wohl nicht wahr sein!", schimpft er in sein Telefon. „Das kann ja nicht ewig dauern!" Er lässt sich in die Rückenlehne fallen, richtet seinen Blick auf die Decke, schüttelt den Kopf. „Hören Sie" sagt er plötzlich laut und setzt sich wieder auf. „Ich will bis morgen Vormittag wissen, was zu reparieren ist und wie viel ich zahlen muss. Und ich will keine Fantasiebeträge, sondern einen anständigen Preis. Alles klar?" Er legt auf und Lu ist beeindruckt von seinen scharfen, klaren Worten. Wie Erich, denkt sie. Der immer lächelnde Chef kann also auch anders sein. Pinz sieht sie noch immer nicht an, er greift nach der Maus, klickt ein paar Mal. „Also", sagt er und wartet, bis sich das Programm öffnet. „Wenn ich mir nicht alles selbst anschaue, funktioniert wohl gar nichts", murmelt er dann. „Ich weiß nicht, ob das dein Ernst ist, was du mir da geschickt hast", setzt er fort. Überraschend sieht er plötzlich vom Computer hoch und ihr ins Gesicht. Streng und ernst. Wie ein Lehrer, denkt Lu und hat das Gefühl, kleiner zu werden, im Stuhl zu versinken. „Oder?", fragt er.

Sie zuckt mit den Schultern, räuspert sich.

„Oder? Ist das dein Ernst?", fragt er noch einmal lauter.

„Nun, eigentlich schon", stammelt sie.

Er lacht, doch es klingt verärgert. „Das habe ich mir ja fast gedacht." Pinz schaut wieder auf den Computer. „Ich werde dir deine Einladung jetzt Wort für Wort vorlesen und vielleicht erkennst du ja dann, was los ist." Langsam trägt er ihren Text vor, betont jeden Buchstaben.

„Ich frage dich jetzt also noch einmal, ist das dein Ernst?" Gut. Sie hat drei Fehler eingebaut und den Firmennamen falsch geschrieben. Na und? Sie steht auf.

„In fünf Minuten bekommst du eine neue Version", sagt sie. Bevor er etwas sagen kann, hat sie sich umgedreht und das Büro verlassen.

Sie möchte Noone schreiben, von ihrem Tag erzählen. Von früher und jetzt und was sein wird. Sie hat Angst um ihn. Seine Abwesenheit macht alles viel dramatischer, als es sein müsste. Auf dem Weg zurück in ihr Büro überlegt sie, was

180

er zu Pinz gesagt hätte. Aber es ist unmöglich, sich ihn und seine Schnürlsamthose in diesem sterilen Büro neben ihrem sonnengebräunten Chef vorzustellen.

„Und? Hast du ihn fertig gemacht?", fragt Maria als Lu wieder das Büro betritt.

„Er liegt am Boden und weint."

„Wow! Gut gemacht."

„Ich hab ihm gesagt, ich schicke ihm noch eine Version und dann kann er seinen Platz räumen."

Maria lacht. „Ich hoffe, du führst dann die Drei-Tage-Woche ein."

***

Marion

Marion zieht sich die Socken an, schnallt den Gurt um ihren Bauch und zieht ihn enger. „Hello", grüßt sie den Mann, der sich neben sie setzt, er ist um die fünfzig, hat eine Glatze und dunkle Haut, sie lächeln sich an. Zehn Stunden werden sie nun gemeinsam verbringen, ganz nah beieinander. Sie lehnt sich zurück, steckt die Kopfhörer in die Ohren. „Sorry", entschuldigt sie sich, als sie dabei mit ihrem Ellbogen die rechte Schulter des Mannes berührt. Ein Rütteln und dann fährt die Maschine los, bleibt aber auf der Piste und sucht die richtige Abflugposition. Marion hat einen Gangplatz, sie sieht nur ein kleines Eck Himmel und die Piste. Sie schaltet ihren Mp3-Player ein, dreht die Musik ganz leise. Ein kleiner Fernsehmonitor klappt von der Decke herunter. Eine blonde Dame erscheint auf dem Bildschirm und erklärt die Sicherheitsmaßnahmen. Marion dreht die Musik lauter.

„When I was a child I toyed with dirt and I fought" klingt aus den Kopfhörern und die Frau auf dem Bildschirm legt eine Atemmaske über ihr Gesicht. Marion schließt die Augen.

Die Maschine hebt ab.

Als Marion jünger war, beobachtete sie die Flugzeuge vom Fenster aus und stellte sich vor, darin zu sitzen. Der erste Flug war dann eine große Enttäuschung. Damals flog Marion mit ihrem Vater auf Urlaub, neben ihr saß Lu, die sich gelangweilt gab, doch Marion wusste genau, wie aufgeregt die Schwester tatsächlich war. Der erste Urlaub ohne Auto, nicht in einem stickigen Bus oder Zug. Der erste Urlaub mit dem Vater, der beschlossen hatte, drei Tage mit seinen Töchtern in Paris zu verbringen.

Ein kleines Hotel am Stadtrand. Lu wollte nichts ansehen, war dauernd mürrisch und ging am Ende doch widerwillig überallhin mit. Marion wollte alles sehen, den Louvre, den Eiffelturm, La Défense, Sacré Cœur, *Père Lachaise*. Die Tage waren zu kurz. Beim Rückflug sagte der Vater, es wäre toll gewesen, sie müssten es bald wiederholen. Das taten sie natürlich nicht.

Zwei Jahre später flog Marion wieder weg, diesmal allein, diesmal nach London. Ein Jahr lang blieb sie dort, passte auf Kinder auf, die deutsch lernen sollten. Nach zwölf Monaten konnten sie „Guten Tag", „Hallo" und „Ich heiße". Am Flughafen winkten sie zum Abschied und schrieen „Komm bald wieder", drei neue Wörter, die sie extra für ihre Abreise gelernt hatten. Marion war gerührt, den ganzen Rückflug über weinte sie.

Einige Monate danach stieg sie wieder in einen Flieger, dann wieder, wieder und wieder. Amsterdam, Rom, Thailand, Buenos Aires, Los Angeles, Dubrovnik, Kreta, Kairo, Warschau. Meistens flog sie allein, lernte viele Leute kennen, aus Israel, den USA, Pakistan, Jemen, Brasilien, der Slowakei, den Philippinen und immer mehr und immer mehr. Auf Facebook hat sie schon fast vierhundert Freunde.

Jetzt fliegt sie in ein neues Land, wo sie noch niemanden kennt und sie freut sich. Sie hat sich Bilder im Internet angeschaut; mit Leuten, die dort bereits gearbeitet haben, Kontakt aufgenommen, mit zukünftigen Kollegen gechattet, eine nette Unterkunft gefunden.

Als erstes wird sie Lu ein Mail schreiben, dass sie gut gelandet und alles in Ordnung ist. Und dann ist alles offen.

Marion winkelt die Knie an und stützt sie am Sitz vor sich ab. Sie sieht sich um, ihr Sitznachbar hat bereits die Augen geschlossen, die Stewardessen und Stewards beginnen, Kopfhörer zu verteilen. „Thank you", sagt Marion. Der Sitznachbar öffnet die Augen, nimmt die Kopfhörer und lächelt der Stewardess zu.

„I do it for the joy it brings ...", hört Marion jetzt aus ihren Kopfhörern. Sie denkt daran, dass sie sich von ihrer Mutter gar nicht wirklich verabschiedet hat, aber es ging alles so schnell und dann hatte sie plötzlich einen Job und einen Flug und schon war sie weg. Doch den Vater rief sie an, sie sagte, dass sie wegfliegen und einige Zeit woanders leben wollte. „Mhm", sagte er und damit die Pause nicht zu lang wurde, fügte sie schnell hinzu, dass sie natürlich auch arbeiten würde. Wieder antwortete er nur mit einem „mhm". Sie wusste, er würde es nicht gutheißen. Sie verabschiedete sich kurz, ver-

sprach sich zu melden. Der Vater seufzte. „Alles, alles Gute,
Marion", sagte er und sie legte auf.

Das Anschnallzeichen erlischt, überall ist das Klicken zu
hören, die Gurte werden geöffnet. Marion steht auf, wie immer muss sie sofort aufs Klo, sie zwängt sich in die winzige
Kabine, hockt sich so hin, dass die Oberschenkel nichts berühren und pinkelt. Ein plötzlicher Ruck lässt das Flugzeug
erzittern und sie sitzt erst recht auf der Brille. Na toll. Als sie
wieder herauskommt, drängt sie sich an einem Mann vorbei,
der bereits vor der Tür wartet. Ihr Sitznachbar liest in einem
Buch. Sie setzt sich wieder hin, steckt die Kopfhörer ins Ohr,
schaut auf den Monitor am Sitz vor ihr. Noch neuneinhalb
Stunden.

***

„Costa Rica", sagt Lu, „sie ist nach Costa Rica geflogen."

„Sie hat mir erzählt, dass sie weg will, aber dass sie so
schnell etwas findet, hätte ich nicht gedacht." Brit gibt Gas
und schaltet in den dritten Gang.

„Wie wirst du Autofahren, wenn du einen richtigen Bauch
hast?", fragt Lu.

„Keine Ahnung, dann darf endlich Raoul seinen Führer-
schein machen." Sie fährt einmal auf der linken, dann auf der
rechten Spur den Gürtel entlang. „Jedenfalls schade, dass sie
schon wieder weg ist." Brit setzt die Sonnenbrille auf.

„Da war schon rot", protestiert Lu.

„Orange", korrigiert Brit. „Wie lang will sie bleiben?" Vor
der nächsten Ampel bleibt Brit stehen. „Besser?"

Lu öffnet das Fenster, vom Kebabstand weht ihr ein Knoblauch-, Fett- und Fleischgeruch entgegen, die Ampel schaltet um. „Das weiß sie noch nicht. Mindestens ein halbes Jahr. Und dann kommt es darauf an, wie der Job ist. Musst du da nicht links rein?"

„Scheiße ja! Das war knapp."

„Ich kann mir ja gar nicht vorstellen", setzt Brit fort, als wäre nichts gewesen und nimmt die Brille wieder ab, „dass man in Costa Rica arbeiten kann. Aber ich werde auch nie in die Versuchung kommen."

Sie parken in der Tiefgarage und laufen die vielen Stöcke nach oben, weil Brit Aufzüge hasst. „Kinderzimmer-Abteilung. Da war ich auch noch nie", sagt sie als sie angekommen sind. Die beiden wandern an rosa Himmelbetten, an einem kuschelweichen Minisofa und einem „Lesekänguru", in dessen Bauch sich Bücher verstecken lassen, vorbei.

„Was es alles gibt", staunt Lu und öffnet den Vollholz-Kinderschrank, in dem lauter Teddybären verstaut sind.

„Unser Kind bekommt diesen ganzen Ramsch sicher nicht", sagt Brit. Zielstrebig geht sie zu den Matratzen.

„Stopp, bleib stehen", flüstert Lu plötzlich und hält Brit an der Schulter fest.

„Was ist?" Lu deutet mit dem Zeigefinger in Richtung Kinderbetten.

„Erichs Exfrau!"

Auf einem Bett, das die Form eines Rennautos hat, liegt Johannes. Er ahmt Fahrgeräusche nach. „Kommst du, Johannes?", sagt seine Mutter. Er kuschelt sich in einen Polster.

„Woher weißt du, dass sie es ist?", fragt Brit.

„Von Fotos. Und das Kind, Johannes, das habe ich schon gesehen."

Lu macht einen Schritt zurück und stellt sich hinter den Kinderschrank. Sie beobachtet die Frau: Jeans, T-Shirt, flache Schuhe, eine sportliche Tasche. Ihr Haar ist schwarz, die Haut leicht gebräunt. „Aber sie, sie kennt dich doch nicht, oder?", meint Brit.

„Wahrscheinlich nicht, aber ich will ihr trotzdem nicht begegnen."

„Alles klar. Dann gehe ich zu den Matratzen und du wartest unten auf mich, okay?", sagt Brit.

„Okay", antwortet Lu. Sie dreht sich um, geht zur Treppe und läuft nach unten. Dort wühlt sie in Billigangeboten. Sie entdeckt einen großen, pastellfarbenen Emailtopf, der sie an das Geschirr in der WG erinnert. Nur war das nicht so poliert und an den Ecken kaputt. Die Haushälterin der WG kochte in diesem Topf Gulaschsuppe, von der immer die Hälfte übrig blieb. Lu nimmt den Topf heraus, wiegt ihn in der Hand. Gulaschsuppe gab es oft, nur die Einlagen variierten: Nockerln, Nudeln, Erdäpfel. Lu erinnert sich an den Geschmack.

„Schau mal, Johannes", hört sie hinter sich. Sie dreht sich nicht um, obwohl sie neugierig ist. Doch bald müsste sie an ihr vorbei sein und dann kann sie Erichs Exfrau und Johannes aus den Augenwinkeln beobachten. Sie wartet. Doch die beiden gehen nicht an ihr vorbei.

„Entschuldigung", hört sie plötzlich dicht an ihrem Ohr und ein Finger tippt auf ihre Schulter. Sie dreht sich um. Erichs Exfrau steht vor ihr. Johannes ist weiter weg und sieht sich Kaffeehäferln an. Seltsam, denkt Lu, sie ist überhaupt nicht geschminkt wie auf dem Foto. Lu sagt kein Wort. „Ich kenne Sie", sagt die Frau. „Natürlich, ich weiß, wer Sie sind. Und Sie wissen, wer ich bin, nicht wahr?"

Lu möchte den Kopf schütteln oder davonlaufen. Doch stattdessen nickt sie einfach. Sie steht da und starrt die Frau an, der sie doch eigentlich fremd sein müsste. „Mama!", sagt Johannes und zerrt am Arm der Mutter. „Johannes, ich hab grad eine Freundin getroffen", sagt sie zu ihm. Und dann, an Lu gewandt: „Haben Sie Zeit?" Lu sieht sich um, Brit ist noch immer nicht zu sehen. Sie nickt.

„Ich habe mich noch nicht vorgestellt", sagt die Frau. „Elisabeth Marlic." Sie streckt Lu die Hand entgegen.

„Lu. Luise." Johannes hüpft von seinem Stuhl.

„Da, schau!", ruft er und zeigt auf eine Rutsche und ein Becken voll bunter Bälle gleich neben dem Café.

„Jaja, geh schon." Sie sehen dem Jungen nach, wie er langsam die Plastikstufen nach oben klettert. „Es ist zwar nicht gerade gemütlich, aber ich finde es trotzdem großartig, wenn es in einem Geschäft ein Café und etwas zum Spielen gibt. Das macht es oft unkomplizierter mit dem Einkaufen", sagt Erichs Exfrau und stellt einen Sack neben dem Stuhl ab. Das Café liegt am Eingang des Möbelhauses. Von hier aus kann Lu Brit sehen, wenn sie zur Garage geht. Sie konzentriert sich, um nicht gestresst, sondern ruhig und gefasst zu wirken. Die Frau ist hübsch, sehr hübsch. Noch immer bringt Lu kein Wort heraus. „Es tut mir leid, dass ich Sie so überfallen habe", sagt die Frau.

„Kein Problem", stammelt Lu. Lu sieht Erichs Exfrau kurz von der Seite an, sie wirkt ganz entspannt, als würde sie neben einer guten Freundin sitzen. „Einen Café latte."

„Ein Wasser, bitte", stottert Lu.

„Mama!", ruft Johannes dazwischen und winkt. Seine Mutter winkt zurück und lächelt. Schwupps, rutscht er eine Minirutsche aus rotem Plastik hinunter.

„Los, noch einmal", feuert sie ihn an. Die Kellnerin stellt die Getränke ab. Erichs Exfrau nimmt das kleine Wasserglas, trinkt es in einem Zug aus. Dabei wippt ihr schwarzer Pagenkopf. „Ich wollte mich auch bei Ihnen entschuldigen, weil ich Sie damals angerufen habe. Es tut mir sehr leid und es ist mir sehr unangenehm." Sie räuspert sich, rührt ihren Kaffee um, senkt den Blick auf die Tasse. Aus ihrem Pagenkopf lösen sich Strähnen und fallen ihr ins Gesicht. Sie klemmt das Haar streng hinter die Ohren. „Ich wollte Sie danach auch wirklich noch einmal anrufen und mich entschuldigen, aber um ganz ehrlich zu sein, traute ich mich nicht. Verstehen Sie? Es war mir einfach wirklich", sie sieht hoch und Lu direkt ins Gesicht, „peinlich."

Lu nickt. Sie will fragen, warum sie sie erkannte und ob sie mit Erich über das Telefonat gesprochen und was er ihr gesagt hat und weshalb sie sich jetzt plötzlich entschuldigt, doch aus ihrem Mund kommt nur ein „aha."

„Mama", ruft Johannes wieder und winkt.

„Ich habe mit Erich gesprochen. Dass es nicht an Ihnen lag, sondern an Erich selbst, habe ich nicht gewusst. Es war nur so ...", sie rührt wieder ihren Kaffee und senkt den Blick. Es ist ihr wirklich peinlich, denkt Lu. „... Sehen Sie, die Geschichte ist die", sie nimmt einen Schluck Kaffee. „Ich habe einmal vor dem Kindergarten gewartet, weil ich vergessen hatte, dass Erich Johannes abholt. Als ich ankam, stand Erichs Auto genau gegenüber. Ich wollte schon aussteigen und hinüber gehen, doch dann sah ich Sie am Beifahrersitz. Ich blieb sitzen und, ich gebe zu, ich habe Sie beide beobachtet. Ich wollte wissen, ob Johannes Sie kennt oder ob Erich Sie vorstellt. Ich wollte einfach wissen, was passiert. Doch bevor Johannes aus dem

Kindergarten kam, öffneten Sie die Autotür, stiegen aus und gingen."

Lu erinnert sich: Sie hatte die Nacht mit Erich verbracht, er hatte frei. Sie schliefen lang und gingen essen. Danach hatte er es schon eilig, weil er Johannes abholen musste. Sie fuhren gemeinsam, da sie in dieselbe Richtung mussten. Insgeheim hoffte sie tatsächlich, er würde ihr seinen Sohn vorstellen. Er tat es nicht. Als er vor dem Kindergarten stehen blieb, bat er sie auszusteigen.

„Ich war so wütend. Wirklich." Johannes läuft um die Rutsche herum. „Und ich kann ihnen nicht einmal sagen warum." Sie hört auf zu rühren, sucht Johannes. Lu betrachtet die Jeans der Frau und das einfache lila T-Shirt mit dem V-Ausschnitt. Auf den Fotos, die Lu in Erichs Wohnung entdeckt hat, trägt seine Exfrau Kostüme, schöne Kleider, elegante Mäntel.

„Ich hab Durst, Mama", brüllt Johannes. „Gleich, ich bestelle dir einen Apfelsaft mit Wasser, gut?"

„Ich will aber Fanta!"

„Nicht doch lieber Apfelsaft?" Johannes zieht beleidigt ab. „Das hat man davon, wenn die Oma dem Kind alles gibt." Lu lächelt, sie lässt ihre Hände, die sie vor der Brust streng verschränkt hat, sinken. Erichs Exfrau schaut zu Johannes, der sich auf den Boden gesetzt hat und wütend wegschaut. „Vielleicht habe ich mich einfach geärgert, weil ich das Gefühl hatte, allein gelassen zu werden. Und weil ich dachte, wenn Erich eine neue Beziehung hätte, würde die neue Freundin wenigstens genug Mumm haben und sich vorstellen. Aber vielleicht war es auch einfach nur, weil er wen hatte – und ich nicht." Sie seufzt. „Danach hatten Erich und ich einen großen Streit. Er sagte, sein Privatleben gehe mich nichts mehr an. Ich habe ihn so lang genervt, bis er mir Ihre Telefonnummer verraten hat."

„Aber wie haben Sie mich erkannt? Haben Sie mich vor dem Kindergarten so genau sehen können?", fragt Lu. Endlich hat sie ihre Sprache wieder gefunden.

Erichs Exfrau lächelt. „Nein. An dem Tag sah ich gar nichts vor lauter Wut. Aber als ich letzte Woche Johannes abholte, wollte er mir unbedingt sein neues Kinderzimmer zeigen, das Erich für ihn eingerichtet hat. Also ging ich mit. Und auf Erichs Laptop sah ich dann ein Bild von Ihnen. Ja und heute", sie nimmt einen Schluck Kaffee, „sind Sie plötzlich vor mir gestanden. Und ich glaube nicht an Schicksal, aber das war doch irgendwie ein Wink."

Sie streckt Johannes ihre Arme entgegen. „Komm her, kleine Leberwurst." Er tut so, als höre er nicht. Doch schließlich hebt er sein mürrisches Köpfchen und sieht seine Mutter böse an. „Kleine Leberwurst", neckt sie ihn, sie hält ihre Arme noch immer ausgestreckt und lacht. Angestrengt versucht Johannes seinen wütenden Gesichtsausdruck zu behalten. „Leberwurst, Leberwurst."

Er beginnt zu lächeln. „Hör auf", sagt er und kann sein Lachen nicht mehr unterdrücken. Er läuft auf seine Mama zu. Sie umarmt ihn und drückt ihm Küsse auf den Kopf. Johannes kuschelt sich an sie.

„So ist das eben", sagt seine Mutter. Sie winkt der Kellnerin. „Zahlen, bitte." Lu zieht ihre Geldbörse aus der Tasche. „Lassen Sie", sagt Erichs Exfrau. „Ich lade Sie ein."

„Das ist aber nicht notwendig."

„Sehen Sie es als kleinen Versuch, es wieder gut zu machen, in Ordnung?" Sie zahlt, steht auf. „Wir werden uns dann mal auf den Weg machen."

„Ja, ich mich auch."

Sie schütteln sich die Hände. „Auf Wiedersehen", sagt Erichs Exfrau. „Tschüss", brüllt Johannes und läuft los. Seine Mutter geht ihm langsam hinterher.

„Entschuldigung", ruft Lu. „Ich muss Sie noch etwas fragen. Haben Sie, ich meine, haben Sie mir vielleicht auch Mails geschickt? Oder so?" Lu geht ihr ein paar Schritte entgegen.

„Tut mir leid, aber Ihre E-Mail-Adresse hat mir Erich nicht verraten." Sie lacht. „Alles Gute", sagt sie und winkt. Von hinten wirkt das füllige dunkle Haar fast wie ein Helm, findet Lu.

Irgendwo taucht plötzlich Brit auf. „Na, wie war's?"

„Stell dir vor, Erich hat ein Foto von mir auf seinem Laptop!"

„Luise, kannst du bitte zu mir kommen?"

„Ja, klar."

„Schon wieder eine Audienz beim Chef?", fragt Maria, nachdem Lu den Hörer aufgelegt hat. „Mhm."

Auf dem Weg zu seinem Büro trödelt sie. Betrachtet ein Bild an der Gangwand. Ein blaues Segelboot schwimmt in einem gelben Meer, darüber spannt sich ein roter Himmel. In dem roten Himmel schwimmen violette Fische, große, kleine, sogar ein Rochen. In dem gelben Wasser fliegen dafür Vögel in Grün: ein winziger Piepmatz in der Mitte und am rechten Ende ein riesiger Adler. Das Bild ist ihr noch nie aufgefallen, dabei geht sie auf dem Weg zum Klo immer wieder daran vorbei. Sie tritt einen Schritt näher, im rechten Eck steht der unleserliche Name des Künstlers. Langsam wird sich Pinz wundern, wo sie bleibt.

191

„Luise! Herein mit dir." Pinz steht vor dem Fenster. Am Ohr hält er wie immer sein winziges Handy, trotzdem spricht er mit ihr. „Nimm Platz, ich höre nur meine Box ab und muss ein Gespräch führen, dann habe ich auch schon Zeit für dich." Er weist mit dem linken Arm auf den Stuhl vor seinem Schreibtisch. Er dreht sich um, sieht aus dem geöffneten Fenster. Davor steht eine Eiche, die ersten Knospen, zarte Blätter, Vogelgezwitscher. Was für ein Luxus, denkt Lu, wenn Maria und sie das Fenster öffnen, sind Autos zu hören. Telefonieren bei offenem Fenster? Unmöglich. Pinz' Hintern zeichnet sich durch den Anzugsstoff ab. Ein sehr schöner Hintern, findet Lu. Seine Schuhe glänzen. Schnell schiebt sie ihre unter den Tisch. Wieder nicht geputzt. Dabei ist ein gepflegtes Auftreten das Um und Auf in der PR, hat Pinz ihr zu Beginn erklärt.

„Guten Tag, Herr Kreuzer!" Pinz dreht sich wieder zu ihr um, lehnt sich an das Fensterbrett, verdreht die Augen, hält die Hand vor den Hörer und flüstert „Nervensäge".

„Ja Herr Kreuzer, ich bin noch da, bitte, was kann ich für Sie tun?"

Luise entspannt sich. Er ist gut aufgelegt. Immerhin. Sie betrachtet den Kalender an der Wand: Ende März. Wann hat sie Noones letztes Mail bekommen? Noch immer schaut sie nach, jeden Tag am Morgen, zu Mittag und am Abend. Sie zwingt sich, nicht ständig ihre Mails abzurufen.

„Herr Kreuzer, ich bin leider gerade in einer Besprechung, aber ..." Pinz sieht Luise an, lächelt. Sein Schreibtisch ist aufgeräumt. Ein Flachbildschirm, eine Mappe, ein Montblanc-Kugelschreiber, das Telefon. Ordnung ist das halbe Leben, das hat Lus Opa schon immer gesagt und Pinz ist das beste Beispiel. Ordnung macht erfolgreich. Hinter Pinz' Glasschreibtisch steht ein Regal. Vielleicht ist es Kunststoff. Nein, Pinz hat sicher kein Kunststoffregal. Die Scheiben sind glänzend poliert. Das Material sieht edel aus.

Auf dem Regal steht nur wenig. Wo hat Pinz all seine Sachen versteckt? Neben einem schwarzen Ordner ein Grafik- und ein PR-Buch. Dicke Bücher. Langweilig, alles langweilig.

Die nächste Regalreihe ist nicht spannender. Vielleicht hat Pinz eine Lade, in der er alle Unterlagen versteckt hält. Und wenn man sie öffnet, fallen Papierfuzel, Zeitungsausschnitte, Stifte, Klebeband, Post-its, Klammern, Batterien und anderes Bürozeugs heraus. Lu sieht sich um. Im ganzen Büro gibt es nirgends eine Lade. In dem hellen Raum steht eine riesige Pflanze, die sich bis zur Decke streckt und ihre üppigen Blätter sogar über das Regal ausbreitet.

Pinz redet noch immer. Soll sie aufstehen und gehen? Ja, warum nicht. Sie erhebt sich langsam aus dem Lederstuhl. Pinz deutet, dass sie sitzen bleiben soll. Nun gut.

Sie betrachtet wieder das Regal vor ihr. Ein Ordner, ein PR-Sachbuch, dicke Bücher und – Lu beugt sich nach vorn. Kann das sein? Sieht sie richtig? Nein, das ist unmöglich. Sie rückt noch weiter vor. Kneift die Augen zusammen, um den Blick zu schärfen, legt den Kopf zur Seite, um es besser lesen zu können. Das einzige Buch im dritten Regal. José Saramago: Die Stadt der Blinden.

„Luise!", sagt Pinz und Lu lehnt sich erschrocken zurück.

„Ich habe nur ...", fängt sie an, doch Pinz fällt ihr ins Wort.

„Kein Problem, sagen wir einfach, die Fehler beim letzten Mal sind nie passiert in Ordnung? Schwamm drüber." Er kommt auf Luise zu, klopft ihr auf die Schulter. „Okay?"

Sie nickt. Was ist, wenn er? Nein, unmöglich. Pinz – Noone, Noone – Pinz – nein, das kann nicht sein.

„Okay", gibt sie stockend zurück. Er lächelt sie an. Sollte sie ihn einfach fragen? Würde er es ganz plötzlich ansprechen? Wahrscheinlich hat er sie deshalb schon geholt. Und eigentlich war er gar nicht wegen ihrer verpatzten Presseaussendung sauer, sondern wegen ihres dummen Mails.

„Gut, dann kann ich ja …", er geht zurück zu seinem Schreibtischsessel, lässt sich fallen und sitzt Lu gegenüber, „… jetzt dafür das große Lob aussprechen." Links hinter Pinz steht das Buch. Er hat es absichtlich hierher gestellt. Damit sie ihn darauf anspricht. Los, sag was.

„Die Firma Reinsmeyer, oder besser gesagt deren Geschäftsführer, hat sich sehr positiv über dich geäußert." Pinz. Wie ist es möglich, solche Mails zu schreiben und dann so zu sein? Ein top-gestylter, aalglatter Schnösel. „Der Geschäftsführer, Herr Rahamon, möchte …" Sie tut ihm Unrecht. Er ist, wie er ist. Dann trägt er eben keine Schnürlsamthose, sondern fährt Porsche, na und? Sie weiß dafür, wie er wirklich ist. „… auch in Zukunft mit dir zusammenarbeiten. Ich wollte dir das nur sagen …" Aber es ist natürlich schwierig. Ja, was ist, wenn er von ihr enttäuscht ist? Was ist, wenn er sie jetzt kündigt? Und dann? „… weil ich es wichtig finde …" Nein, sie werden sich aussprechen. Oder vielleicht tut er sich einfach schwer mit dem Reden. Sie können sich ja auch mailen. Genau, das wird sie vorschlagen. „… dass die Leute nicht nur immer erfahren, was sie falsch gemacht haben …" Natürlich, sie müssen eine neue Basis finden, um nebeneinander weiterhin so professionell arbeiten zu können, „… sondern vor allem auch positives Feedback bekommen", doch das werden sie schaffen, ja, bestimmt. Und sie wird es ihm jetzt einfach sagen, dass sie weiß, dass er es ist.

Er sieht sie an. Lus Mundwinkel ziehen nach oben, sie lächelt, nein, sie strahlt ihn an. „Noone", sagt sie.

„Wie, was bitte?" Er sieht erstaunt aus. Was ist los, tut er jetzt so, als würde er nicht wissen, wovon sie spricht?

„Das Buch", sagt sie und deutet mit dem Kopf auf das Regal hinter ihm. „Das Buch hat dich verraten."

„Was für ein Buch? Luise, wovon sprichst du?"

„Saramago. Die Stadt der Blinden."

„Was?"

„Das Buch, die Stadt der Blinden."

Er dreht den Sessel auf die linke Seite. „Ach das, ja. Hat mir ein Kunde mitgebracht. Wir haben für den Blindenverband mal was gemacht. Komisch, nicht? Ehrlich gesagt habe ich es noch nicht gelesen. Ist es gut?"

„Ja, äh ... ich meine, es, es ist sehr gut", stammelt Lu. Ihr Mund fühlt sich verklebt an, als hätte sie gerade türkischen Honig genascht.

„Schön", ruft Pinz, „also dann ..." Erwartungsvoll nickt er ihr zu. Lu ist verwirrt. „Das war eigentlich alles von meiner Seite, hast du noch etwas auf dem Herzen?"

„Nein, obwohl, nun ja." Auf dem Schreibtisch vibriert das Handy. Pinz nimmt es in die Hand, kontrolliert das Display.

„Oh", sagt er und wendet sich wieder Lu zu. „Ist es sehr wichtig? Können wir das später klären?"

Sie nickt. „Natürlich."

„Super."

Lu erhebt sich aus dem gemütlichen Stuhl. Irgendwas muss er doch noch sagen, er kann sie jetzt nicht einfach so gehen lassen. „Du ... du hast es also nicht gelesen? Sicher nicht?"

195

Er lacht sie an. „Luise, hallo! Warst du gestern zu lang weg? Nein, ich hab es nicht gelesen, wirklich nicht."

Sie schüttelt den Kopf. „Dann ... dann tut es mir leid. Vergiss es einfach." Bevor sie geht, wirft sie noch einen Blick auf das Regal hinter ihm. Warum lügt er sie an? Oder lügt er gar nicht?

Die folgenden Tage geht sie Pinz aus dem Weg. Er wirkt jedoch wie immer. Noone meldet sich weiterhin nicht. Zwei weitere Tage verstreichen. Am Abend des dritten Tages beschließt sie, ein Mail zu schicken.

Von: alleswirdbesser@gmx.at an noone@hotmail.com
1. Juni 2009 23:13:49
lieber noone. ich werde ihnen heute das letzte mal schreiben und hoffe, ich kann mich daran halten. ich habe auch sehr oft beschlossen, meine affäre nicht mehr zu kontaktieren. das hat leider nie so funktioniert, wie ich es wollte ... aber bei ihnen ist das was anderes. irgendwie. vielleicht. naja, ich hoffe es zumindest.
die sache ist die. ich habe gedacht, dass ich weiß, wer sie sind. aber jetzt bin ich mir nicht mehr so sicher. also ich frag sie jetzt mal einfach so heraus: sind sie es, pinz? vielleicht liege ich auch völlig falsch, aber es kann doch kein zufall sein, dass dieses buch da gelegen ist. oder vielleicht doch? haben sie deshalb getan, als wüssten sie von nichts? sie brauchen auch gar nichts zu sagen. geben sie mir ein zeichen. kommen sie in mein büro und zwinkern sie zweimal. oder schicken sie mir ein mail mit „ja". irgendetwas. ganz ehrlich gesagt: ich finde, das sind sie mir schuldig. denn jetzt liegt es an ihnen, den ersten schritt zu tun.
aber wenn sie es nun nicht sind, dann vergessen sie mein mail einfach. nur bitte — schreiben sie mir. bitte. alles liebe, k. — oder ist es a? u? h? oder etwa p? lg lu.

Lu geht den Donaukanal entlang. Von hinten eine Klingel. „Ausweichen! Achtung!" Sie springt zur Seite und ein Radfahrer zischt vorbei. „Arschloch", murmelt sie. Erschöpft bleibt sie stehen, lässt die Arme hängen. Sie ist müde, setzt sich auf eine Bank.

Die Haushälterin in der WG, Frau Erika, trank ständig einen abführenden Tee, der genauso aussah wie das Wasser des Kanals. Frau Erika schwor auf die entschlackende Wirkung. „Nicht alles, was gut tut, schaut auch so aus", sagte sie und kippte das Gesöff hinunter.

Eines Tages kam die Haushälterin nicht mehr. Sie sei krank, sagten die Betreuerinnen und Betreuer. Doch sie kehrte auch nach Wochen nicht zurück. Lu fragte oft nach, doch nie bekam sie eine konkrete Antwort. „Die wird sicher sterben. Sonst würden sie sagen, was los ist", meinte Becko. Er hatte Recht. Erika hatte Krebs. Der Tee konnte da nicht helfen. Lu mochte Erika, sie war gemütlich und meist gut gelaunt. War sie dazwischen einmal grantig, schimpfte sie ordentlich, doch danach war es schnell vergessen.

Lu wirft einen Kieselstein in die Donau. Er ist so klein, dass er vor ihren Augen verschwindet, noch bevor er das Wasser berührt. Einfach weg. Wie Noone, wie Erika.

Wahrscheinlich steckt Pinz nicht hinter den Mails. Sie ist ihm nicht mehr aus dem Weg gegangen. Im Gegenteil. Sie hat seine Nähe gesucht, um versteckte Zeichen nicht zu übersehen. Allerdings schien er ihr aus dem Weg zu gehen. Kein Wunder: Sie starrte ihn an, sobald er in ihre Nähe kam, verfolgte ihn, lächelte, suchte sein Gesicht nach Hinweisen ab.

Ein großer brauner Hund läuft auf Lu zu. Sie legt die Füße auf die Bank. Vor großen Hunden hat sie zwar keine Angst, begegnet ihnen aber mit Respekt. „Geh, geh weg, gsch, gsch." Der Hund rührt sich nicht vom Fleck, riecht an ihren Füßen. „Gehst du jetzt!" Er ist dünn und hat kurzes, braunes Haar, eine spitze Schnauze, Schlabber-Ohren. Er legt seinen Kopf auf Lus Oberschenkel. Sie traut sich nicht, ihn zu verjagen. „Warum bist du nicht angehängt?", murmelt sie. Eigentlich sieht er ganz friedlich aus. Aber ihre Oma hat immer gesagt: Trau nie einem Tier.

„Rufus, hieeeeer!" Der Hund hebt den Kopf, dreht ihn in die Richtung, aus der die Stimme kommt. „Rufus!" Er läuft los, prescht durch das Gebüsch und rennt auf eine Joggerin zu. Sie winkt Lu. „Tut mir leid", ruft sie und nimmt den Hund an die Leine. Lu winkt zurück. „Schon okay."

Jetzt sitzt sie wieder allein auf ihrer Bank. So übel war der Hund gar nicht. Er hat zwar ein bisschen gestunken, aber immerhin war er da und hat sie mit seiner Schnauze berührt.

Sie denkt an Erich, den sie vor einigen Tagen zum Kino getroffen hat. Lu erzählte ihm nichts vom Gespräch mit seiner Exfrau. Im Kino kuschelte sie sich eng an ihn. Sie dachte an das Foto auf seinem Laptop. Das musste etwas bedeuten, ganz klar. Also sprach sie ihn noch einmal auf das geplante Wochenende an. Sie könnten doch nach Italien fahren. Vielleicht sogar länger. Erich lächelte, nickte, doch er sagte nichts. Und dann war alles wie immer. Sie schlief mit ihm. Eine halbe Stunde später ging er. Wieso sollte ein Foto irgendetwas ändern?

Ihr fällt Thomas ein, sie hat den Zettel mit seiner Telefonnummer noch immer nicht weggeworfen.

Sie sieht auf ihr Handy. 16 Uhr 02. Sie hat das Büro heute früher verlassen. Behauptete, sie hätte Kopfschmerzen. Doch das stimmte nicht. Sie wollte hinaus. Einfach so. Der Wind wird kühler, die Wolken verdichten sich. Sie könnte nachhause gehen, sich vor den Fernseher setzen und einen gemütlichen Abend auf der Couch verbringen. Wie gestern. Und vorgestern. Sie könnte ihre Wohnung putzen, ihre Mutter anrufen, die Rechnungen sortieren, den Kleiderschrank ausräumen, eine Präsentation vorbereiten, lesen, schlafen, sporteln, kochen, malen. Es gibt so viele Möglichkeiten. Sie bleibt sitzen. Wenn sie etwas tun wollen würde. Aber sie will gar nichts.

Seit Marions Abflug wartet zuhause niemand mehr auf sie. Brit hat jeden Abend Seminare. Gunther muss ein Projekt fertig stellen. Sie spaziert den Donaukanal entlang Richtung Zentrum. Vielleicht sollte sie doch ins Büro zurück. Arbeiten ist nie falsch. Doch ihre Beine gehen einfach weiter in die andere Richtung. Dann eben nicht.

Sie könnte durch den ersten Bezirk bummeln, die Auslagen ansehen und so tun, als wäre sie auf Urlaub. Das spielte sie früher oft mit Marion: Urlaub. Sie zogen sich ihre Bikinis an, wickelten die bunten Steinkettchen der Mutter um den Hals und klemmten Badetücher unter den Arm. Weil es im Winter zu kalt war für Bikinis, spielten sie nur im Sommer Urlaub. Doch einmal wollte Lu unbedingt Anfang Winter Urlaub spielen. Kurz darauf war Marion krank. Bei Minusgraden und einer schlechten Heizung war Urlaub im Winter riskant.

Aber auch auf Auslagen-Schauen hat sie keine Lust. Vielleicht sollte sie doch einfach mit der Straßenbahn nachhause fahren. An der Haltestelle warten einige Leute, Lu stellt sich dazu, senkt den Kopf.

Sie packt ihr Handy aus. Keine neuen Nachrichten.

Zuhause holt sie das Handy wieder aus der Tasche. Diesmal zeigt es vier unbeantwortete Anrufe von Raoul. Er hat ihr zwei Nachrichten hinterlassen. Raoul hat sie erst zweimal angerufen, seit sie ihn kennt: Einmal, weil Brit Lu besuchte und ihr Handy vergessen hatte, und einmal, weil er sich verwählt hatte.

Es muss etwas passiert sein. Sofort hört Lu die Nachrichten ab.

Etwa fünf Leute stehen vor dem Eingang und rauchen. Lu sieht sie nicht an. Die Schiebetür öffnet sich und sie eilt am Portier vorbei. Sie ruft Raoul noch einmal an. Es piepst, das Telefon zeigt keinen Empfang an. Scheiße. Sie läuft zurück zum Eingangsbereich, hier funktioniert es wieder.

„Wohin muss ich? Wo seid ihr?", fragt sie.

„Ebene 9c, du musst mit dem Lift rauf."

Muss sie sich an den blauen oder roten Markierungen orientieren? Oder das grüne Bettenhaus? Lu ist verwirrt, sie war erst einmal im AKH.

Sie fährt mit dem falschen Lift, geht dann in die verkehrte Richtung. zweiundzwanzig Stöcke, wie soll sich da jemand auskennen? Noch dazu, wenn alles gleich aussieht, die Räume, Zimmer, Schilder, alles gleicht einander. Auch die Patientinnen und Patienten schauen sich ähnlich: blass, erschöpft, in Pyjama oder Jogginghose. Auf den Gängen kommen ihr Leute in weißer Kleidung entgegen.

Ihr Handy läutet. „Wo bist du?", fragt Raoul.

„Gleich da, hoffe ich. Das ist so riesig."

„Alles klar, dann bis gleich." Er legt auf.

Nach einigen Minuten kommt sie an. Raoul und Brit sitzen am Ende eines Ganges auf Plastikstühlen. Beide schauen zu Boden. Brit hat die Beine ausgestreckt, ihre Hände ruhen auf ihrem Schoß. Raoul trägt Jeans und ein T-Shirt, das sich mit der Farbe der Hose schlägt. Brit hat eine ausgeleierte Jogginghose und ein Pyjamaoberteil an. Sie ist blass und sieht müde aus – wie die anderen Patientinnen und Patienten. Mit der rechten Hand berührt Raoul ihre Hände. Lu geht auf sie zu, doch sie scheinen ihre Schritte nicht zu hören und gar nicht zu registrieren, dass sie kommt. „Hallo?", fragt sie und bleibt neben ihnen stehen. „Du darfst schon aufstehen?"

Brit und Raoul heben gleichzeitig den Kopf. Sie haben dunkle Augenringe und sehen verweint aus. „Hi", sagt Brit. Lu setzt sich neben Brit, legt den Arm um sie und drückt ihr einen Kuss auf die Wange. Sie lächelt. „Es war eine Blitzgeburt. Es ist ganz schnell gegangen. Da war es. So winzig. Dann haben sie es mitgenommen und mich ins Bett gebracht. Und da hab ich es nicht mehr ausgehalten, das Herumliegen. Mir fehlt ja nichts. Und Schmerzen hab ich auch nicht." Brit lächelt nicht mehr. Lu würde gern etwas Ermutigendes sagen, aber ihr fällt nichts ein.

Sie war immer nur wegen ihrer Mutter im Krankenhaus. Die Zimmer in den kleinen ländlichen Krankenhäusern waren viel einfacher zu finden. Auch hier kämpfte Lu gegen die Stille an, wenn sie mit Marion am Bett der Mutter standen. Lu war immer froh, wenn die Mutter das Zimmer mit anderen Patientinnen teilte, die drauf los plapperten.

Ein junges Paar kommt vom anderen Ende des Ganges, sie halten sich an den Händen. Der Bursche hat eine Wollmütze auf und eine Strickjacke um den Bauch gebunden. Das Mädchen trägt einen kurzen Jeansrock, bunte Strümpfe und klobige Stiefel. Sie plaudern fröhlich, reden vom Vorabend, doch als sie an Lu, Brit und Raoul vorbeigehen, verfallen auch die beiden in Schweigen.

„Na wir haben ja eine tolle Ausstrahlung", sagt Raoul tro-
cken. Brit lächelt.

„Wir bringen heut alle zum Verstummen", erwidert sie.

Jetzt ist die Chance, denkt Lu, das Eis ist gebrochen. Sie
steht auf, stellt sich vor Brit und Raoul. „Aber es geht ihm
doch gut, oder?"

„Ihr", verbessert Raoul, „es ist eine sie."

„Naja, das Baby – also ihm. Ach egal. Es ist alles in Ordnung, nicht wahr?"

„Soweit ist alles okay, ja", sagt Brit. „Bis jetzt."

„Also." Lu öffnet die Arme, als würde sie eine Vorstellung
geben und ihren Auftritt ankündigen. „Es wird alles gut."

Brit nickt langsam. „Ich weiß", flüstert sie. „Die Ärztin auf
der Station hat dasselbe gesagt. Aber Genaueres weiß keiner.
Oder ob es später Komplikationen geben wird." Brit bedeckt
ihr Gesicht mit den Händen. „Ich weiß auch nicht", murmelt
sie.

„Wie geht es dir? Ich meine körperlich", fragt Lu.

„Ganz gut."

„Vielleicht sollten wir einfach einmal auf das Baby anstoßen
und nicht gleich das Schlechteste annehmen." Mit geröteten,
müden Augen betrachten Brit und Raoul Lu. „Oder?", fragt sie
leise und setzt sich wieder hin.

Kurz darauf steht Raoul auf, er streckt sich, geht ein paar
Schritte hin und her. Lu fällt auf, dass er sich nicht rasiert hat.
Draußen müsste es bereits dämmern, doch im Krankenhaus-
bunker sind Tag und Nacht gleich. Lu wünschte, sie würden
gehen, irgendwohin, wo es mehr Luft zum Atmen gibt. „Es
kommt alles zusammen", sagt Raoul plötzlich. Er hat sich
gegen die Mauer gelehnt, seinen Blick gesenkt und es scheint,

als würde er mit dem Boden sprechen. „Ich wurde vorige Woche gekündigt."

„Was? Das gibt es doch nicht!"

„Doch, das gibt es." Raoul sieht sie noch immer nicht an. Er hat einen Fuß angewinkelt, mit der Fußspitze malt er unsichtbare Kreise in den Boden.

„Aber du bist grad Papa geworden, das geht doch nicht!"

Raoul lacht bitter. „Natürlich geht das. Ein internationaler Konzern – was glaubst du, wie viel es die juckt, ob ich Papa werde oder nicht. Der Entlassungsschutz gilt erst, wenn ich die Karenz oder Elternteilzeit beantrage. Und das habe ich noch nicht getan. Ich habe gehofft, ich hätte mehr Zeit, zumindest bis das Kind auf der Welt ist. Aber jetzt ist sie schon da. Und wenn es vielleicht später, ich meine, wenn zum Beispiel irgendein Schaden bleibt, das kostet doch alles."

„Du bekommst doch noch Geld, oder?"

„Drei Monate. Dann Arbeitslose und dann Notstand. Vielleicht mache ich mich selbständig. Aber dann brauche ich einen neuen Computer. Das kostet auch wieder. Scheiße."

„Jetzt wird es eben noch enger." Brit seufzt. „Fast drei Monate zu früh. Und unter tausend Gramm. Ein kleiner, winziger Wurm, Lu, wenn du sie sehen könntest, unglaublich." Brit reibt sich die Augen. „Ich bin müde."

Raoul setzt sich wieder. „Ich auch, was für ein Scheißtag."

Er legt seine Hände auf die Knie. Brit sieht noch immer zu Boden. Ihre Wangen sind eingefallen. Kein Wunder, nach einer Geburt, auch wenn sie nur zwei Stunden gedauert hat. Sie gähnt.

„Wie lang seid ihr schon da?", fragt Lu. „Wie geht es eigentlich weiter?"

„Die Kleine liegt auf der Neugeborenen-Intensivstation", sagt Brit erschöpft.

Lu zieht hörbar die Luft ein. „Intensivstation", murmelt sie. Ein Wort, das bei Fernsehserien immer nur nach Unfällen vorkommt. Bei viel Blut und wenig Überlebenschancen.

„Bis 19 Uhr ist die Besuchszeit, wir gehen dann noch einmal hinein", sagt Raoul. „Es dürfen aber immer nur zwei Besucher gleichzeitig hinein." Lu nickt.

Sie sitzen noch eine halbe Stunde auf den unbequemen Plastikstühlen. Brit erzählt von den plötzlichen Wehen, der überraschenden Geburt. Sie bewegt sich kaum, sogar ihre sonst so lebendige Mimik hat ihre Kraft verloren

Erst beim Verabschieden fällt Lu ein: „Wie heißt sie eigentlich?" Zum ersten Mal an diesem Tag verzieht sich Brits Mund zu einem breiten, großen Lächeln. „Linda."

Ohne große Hoffnung kontrolliert Lu ihren Posteingang. Immerhin hat Marion ein kurzes Mail geschrieben. „Es geht mir gut, ich melde mich bald, Internet funktioniert leider sehr schlecht."

Lu schreibt Marion zurück, erzählt von Brits Frühgeburt, dem Treffen mit Erichs Exfrau und Pinz' Buch. Das Thema Diplomarbeit schneidet sie gar nicht erst an, weil sie selbst froh ist, nicht daran erinnert zu werden. Sie schreibt, dass es Opa und der Mutter anscheinend ganz gut gehe, nachdem sie sich nicht gemeldet haben. Und das sei doch ein gutes Zeichen. „Ich vermisse dich" schreibt sie zum Schluss.

Am Abend ruft Erich an. Lu hebt nicht ab. Dafür ruft sie ihren Vater an. Die Box ertönt, sie spricht nichts darauf. Er ruft sie kurz darauf zurück.

„Hallo, du hast mich angerufen? Wie geht's dir?"

„Ich, ich glaub, ich brauch auch das Geld. Die fünftausend Euro jedenfalls", antwortet sie.

Der Vater räuspert sich. „Verstehe. Dann hast du also etwas Nützliches gefunden, für das du das Geld verwenden willst?" Der Vater erwartet sich eine Antwort. Doch Lu geht nicht darauf ein. „Ja, das habe ich." Sie sitzt auf ihrer Couch und hat ihre Bankomatkarte vor sich liegen. „Wenn du willst, kann ich dir auch gleich ein Sparbuch eröffnen", meint er.

„Nein, ich brauche kein Sparbuch. Ich gebe dir meine Kontonummer, in Ordnung?"

Am nächsten Tag durchsucht sie eine Schachtel, in der sie alte Briefe, Fotos und andere Erinnerungen aufbewahrt. Zwischen einem Schiedsrichterpfeiferl und gelben Zetteln mit winzigen Notizen findet sie das Bild von Marion, Brit und ihr vor dem Eiffelturm. Schnell dreht sie das Foto um. „Ha!", ruft sie. Ihr Gedächtnis hat sie nicht enttäuscht. Auf der Rückseite findet sie Brits Kontonummer.

Nach zwei Tagen ist das Geld ihres Vaters auf Lus Konto. Sie überweist es mit E-Banking an Brit. Als Verwendungszweck schreibt sie: „Für Linda".

„Tolles Lokal, nicht wahr?", sagt Erich. „Mhm", antwortet Lu. Sie schaut aus dem Fenster des Autos. Erich hat einen Offroad-Mercedes, so kann Lu auf die anderen Leute in den Autos hinunterschauen. Wozu er das eigentlich braucht, wenn er nur in der Stadt fährt?

Am Gürtel stehen die Huren, eine Frau mit weißen Stiefeln bis zum Po, einem weißen Stringbody und einer kurzen Pelzjacke.

„Magst du noch irgendwohin auf ein Getränk?", fragt Erich.

Lu schüttelt den Kopf. „Ich muss morgen früh raus."

„Alles klar." Er fährt sie nachhause. Vor dem Haus wird er langsamer, fährt dann aber doch am Eingang vorbei.

„Äh … Suchst du einen Parkplatz?", fragt Lu. „Ich glaub nämlich, ich würde heut ganz gern gleich schlafen gehen."

„Natürlich, kein Problem, entschuldige."

„Ist ja nichts passiert. Du kannst mich gleich da aussteigen lassen, okay? Sonst musst du wieder rundherum wegen der Einbahnen."

„In Ordnung." Er bleibt stehen, sie küssen sich. Lu öffnet die Autotür.

„Warte. Ich muss dir noch etwas sagen", sagt Erich.

Sie schließt die Tür wieder. Er sieht aus dem Fenster, mit der rechten Hand stützt er sich auf dem Ledersitz ab, die linke Hand ruht auf dem Lenkrad. Er trommelt mit dem Zeigefinger. Ist er nervös?

„Was gibt es?"

Sein Finger trommelt schneller. Er hebt den anderen Arm, rückt seine Brille zurecht, die er beim Autofahren immer trägt. „Die Sache ist die …" Lu erschrickt plötzlich, ihr fällt ein, dass sie nie daran gedacht hat, dass Erich hinter den E-Mails stecken könnte. Aber wieso nicht? Was weiß sie schon von ihm, von seiner Vergangenheit?

„Ich weiß nicht, wie ich anfangen soll …" Jetzt kommt es. Jetzt wird er sagen: Lu, ich habe dir die Mails geschrieben, denn ich kann dir so viele Dinge nicht sagen, verstehst du, aber in den Mails, da habe ich mich getraut, endlich getraut …

„Ich werde mich von meinem Partner trennen."

„Oh!"

206

„Ja, ich weiß, ein großer Schritt. Aber ich glaube, es wird Zeit."

Sie sagt nichts mehr. „Es wird natürlich stressig am Anfang. Da muss man eben durch." Lu atmet aus und fängt zu lachen an. „Was ist?", fragt Erich.

„Nichts. Tut mir leid, tut mir wirklich leid. Ich bin froh, dass du mir das gesagt hast", sagt Lu.

Erich sieht sie verwirrt an. „Ja, ich dachte, nachdem wir ja auch immer viel reden und du über viele Dinge Bescheid weißt, die mich beschäftigen. Ist das so lustig?"

„Nein, nein gar nicht, vergiss es, ich dachte nur, du würdest mir etwas anderes sagen. Vergiss es." Sie küsst ihn. „Ich wünsch dir alles Gute und eine gute Nacht."

„Na immerhin habe ich deine Laune verbessert", ruft Erich ihr noch hinterher. Wie konnte sie auch nur annehmen, er hätte die Mails geschrieben?

Zurück in der Wohnung steigt sie aus Gewohnheit ins Internet ein. Erst nachdem sie den Wetterbericht für die nächsten Tage und den Inhalt der nächsten Folgen ihrer Lieblingsserie recherchiert hat, öffnet sie, wie jeden Tag, ihr Mail-Programm.

Von: noone@hotmail.com an alleswirdbesser@gmx.at
07. Juni 2009 00:34:24
Ich weiß nicht, wie ich mein Mail beginnen soll. Ich weiß nicht, wie ich mich entschuldigen soll. Ich weiß nicht, ob Sie mir verzeihen, selbst wenn ich Ihnen erklären könnte, warum ich Ihnen nicht geschrieben habe.
Es fällt mir auch schwer, diese Zeilen zu schicken. Ich schreibe einen Buchstaben und lösche ihn wieder. Nur die Leerschritte erscheinen mir richtig.
Liebe Lu. Vielleicht wollen Sie nichts mehr von mir wissen. Aber ich habe Sie sehr lieb gewonnen, obwohl ich mir noch immer nicht sicher bin, ob das über

E-Mails überhaupt möglich ist. Ich habe lang nachgedacht und ich glaube, all das, was ich bin, ist ein großes Sammelsurium an Erinnerungen und die Freundschaft mit einem Menschen, dem ich mich nicht einmal zeigen will. Es gibt kein Vorwärts mehr, außer Sie kennen zu lernen. In einer realen Welt.

Könnten wir uns in einem Café treffen? Wenn Sie möchten, kann ich auch eine rote Rose tragen, um dem Klischee zu entsprechen. Aber bitte seien Sie nicht enttäuscht, wenn ich nicht Ihren Vorstellungen entspreche. Vielleicht würden Sie mir einen Vorschlag schicken, wo und wann es für Sie passend wäre. Ich freue mich.

Es tut mir sehr leid.

K.

Lu liest das Mail dreimal. Dann dreht sie den Computer ab. Er hat geschrieben. Er will sie treffen. Sie steht vom Esstisch auf, legt sich auf die Couch, greift nach der Fernbedienung, es läuft ein Krimi, doch sie schaltet wieder ab. Sie geht in die Küche, gibt einen Teebeutel in eine Tasse. Sie wartet, bis sich das Wasser im Wasserkocher erhitzt und gießt es in die Tasse. Der Computer läuft noch, sie geht zurück ins Wohnzimmer, schaltet ihn ab.

Er hat den Verstand verloren. Völlig übergeschnappt. Lu setzt sich wieder an den Esstisch. Sie kratzt mit ihren Nägeln Reste eines Wachsflecks vom Holz. Sie wird ihn nicht treffen, ganz klar. Jetzt geht er zu weit.

Aus der Wohnung über ihr hört sie Schritte. Dann ein Quietschen, als würden Möbel verschoben werden. Lu dreht sich um, die Küchenuhr zeigt halb zwölf. Vor dem Fenster bleibt ein Auto stehen und lässt den Motor laufen. Wo soll sie ihn überhaupt treffen? In einem Café? In der Aida vielleicht? Auf eine Melange und ein Punschkrapferl?

Sie geht ins Bad, putzt sich die Zähne. Ihr Haar ist strähnig, morgen muss sie früher aufstehen und es waschen. Sie beugt sich vor, spuckt die Zahnpasta aus, will die elektrische Zahnbürste wieder auf das Ladegerät stellen und wirft dabei Zahnbürste, Zahnpaste und Ladestation hinunter.

Was der sich überhaupt einbildet! Dass sie springt, weil er jetzt plötzlich draufkommt, dass er sie kennen lernen möchte? Sie hebt alles auf, steckt die Zahnbürste in die Ladestation und geht zu Bett.

Während Lu unter ihre Decke kriecht und das Licht zuerst aus-, dann wieder einschaltet, sind von oben wieder Schritte zu hören. Natürlich ist sie neugierig. Gar keine Frage. Sie könnte auch hingehen, nachsehen, wer er ist und einfach wieder verschwinden. Aber was, wenn sie sich kennen? Dann funktioniert es auch nicht, jemand anders hinzuschicken. Gunther hätte es sicher gemacht. Nur − falls Noone auch ihn kennt, bringt es gar nichts. Brit will sie sowieso nicht damit konfrontieren, sie ist außerdem jeden Tag im Krankenhaus, da wird sie wohl keine Lust haben, dazwischen in ein Café zu laufen, um endlich herauszufinden, wer hinter den Mails steckt. Obwohl − vielleicht würde Brit etwas Ablenkung sogar gut tun.

Lu verschränkt die Arme hinter dem Kopf. An der Decke findet sie das Loch, das sie vor Jahren mit Brit in die Mauer gebohrt hat. Versehentlich, denn nachdem sie die Lampe montiert hatten bemerkte sie, dass sie ganz woanders hingehörte.

Aber wenn sie ihn so vor sich sieht in seiner kleinen Wohnung mit seiner Schnürlsamthose, tut er ihr doch leid. Nein, er lügt bestimmt nicht.

Auch einen Meter weiter entdeckt Lu ein Loch, diesmal ist es ein Fleck, den sie noch nicht kennt. Sie dreht sich zur Seite, zieht die Decke bis zur Nase hoch. Es ist mittlerweile schon nach zwölf, sie sollte jetzt endlich schlafen. Ob er ihr in der Nacht noch ein Mail schickt? Vielleicht sogar gerade jetzt? Sie könnte nachschauen. Es wäre ohnehin egal, ob sie wach im Bett liegt oder schnell ins Wohnzimmer läuft.

Sie springt aus dem Bett, schlüpft in die Patschen und schlurft ins Wohnzimmer. Sie schaltet den Computer ein. Es ist kalt, sie winkelt die Beine an, stellt die Füße auf den Stuhl und legt den Kopf auf die Knie. Sie ruft die neuen Nachrichten ab – nichts. Gut, war auch zu erwarten, was hätte er ihr schon noch schreiben sollen? Lu gähnt, sie öffnet das Internet, weiß dann aber gar nicht, wohin sie surfen soll. Schließlich loggt sie sich bei Facebook ein, liest die Meldungen, loggt sich wieder aus.

Also doch wieder ins Bett. Lu verkriecht sich ganz tief unter der Decke und dreht das Licht ab. Einfach hingehen, vielleicht ist das die beste Lösung. Dieser dummen Geheimnistuerei ein Ende setzen. Ja, so wird sie es machen: Ganz seriös und unspektakulär. Weniger dramatisch, dafür authentisch. Klipp und klar sagen, was sie sich gedacht und gefühlt hat. Sich darauf einlassen und wenn es nicht passt, dann eben nicht. Schließlich ist sie alt genug, sie kann jederzeit gehen.

Es regnet. Sie stellt sich vor, dass auch Noone in einem kleinen Bett liegt, die Katze zu seinen Füßen, sie hat sich eingerollt und ihr Fell kitzelt seine Zehen. Doch er scheucht sie nicht weg, genießt ihre Nähe, ihr weiches, kuscheliges Fell. Er bewegt seine große Zehe und kichert. Auch er kann nicht schlafen. Er wartet, er hofft auf eine Antwort. Vielleicht, denkt er, war es falsch, vielleicht hätte er nichts mehr schreiben sollen, aber er konnte nicht, die Sehnsucht war zu groß. Er seufzt. Doch er hat es versucht, er musste es versuchen, jetzt kann er nicht mehr zurück. Denn er weiß, wenn er sie jetzt nicht trifft, dann tut er es nicht mehr und er weiß, dass er sie endlich sehen will, er hat genug von Vorstellungen und Phantasien, er hat genug von Nachrichten, zu denen er ein falsches Gesicht hat. Er will sie sehen, während er mit ihr spricht, ihre Stimme hören und Worte, die aus ihrem Mund kommen, unausgebessert und frei heraus und die nicht auf einem Bildschirm abgedruckt sind.

Am nächsten Morgen hat Lu das Gefühl, überhaupt nicht geschlafen zu haben. Ihr ist schwindelig und sie hat Kopfweh. In der Küche sieht sie die Tasse Tee, die sie gestern ganz vergessen hat. Sie schüttet das kalte Gebräu weg.

Am Vormittag ist sie mit Pinz auf einem Kundentermin, beim Einsteigen ins Auto bleibt sie mit der Strumpfhose an der Tür hängen und reißt sich eine Laufmasche ein. Was soll's. Sie wird warten, überlegt sie, sie wird warten, bis Noone sich noch einmal bei ihr meldet.

Am Nachmittag schüttet sie Wasser über die Tastatur, fühlt sich mit der Beantwortung eines Mails überfordert und spricht einen Kunden mit falschem Namen an. Später telefoniert sie mit Brit, die sich für das Geld bedankt und erzählt, dass es noch immer nichts Neues gibt. Lu sagt nichts von dem geplanten Treffen, denn Brit klingt erschöpft und gehetzt. Dafür schickt sie ein Mail an Gunther. „Wir haben uns schon lang nicht mehr gesehen", schreibt sie, „vielleicht hast du Zeit für ein Treffen, ich brauche deinen Rat." Nach wenigen Minuten piepst es in ihrem Eingang. „Natürlich. Wann? Wo?"

Sie treffen sich nach der Arbeit zum Essen. Gunthers bedachte, entspannte Art beruhigt Lu. „Na was soll schon passieren?", fragt er.

„Ich weiß nicht. Aber das ist doch völlig daneben, mir zuerst zu schreiben, dann plötzlich nichts mehr von sich hören zu lassen und auf einmal will er mich sogar treffen. Ich möchte wissen, was da plötzlich passiert ist."

„Das wirst du nie wissen, wenn du ihn nicht triffst", sagt er.

„Ja, aber wer weiß, vielleicht ist es doch nur ein Fake. Irgendjemand von früher, der das total lustig findet und für mich ist das dann saupeinlich."

„Wer weiß", lächelt Gunther. Lu tritt ihm sanft gegen das Schienbein.

„Verarsch mich nur. Vielleicht ist es auch ein völlig Irrer, der mich psychisch fertig machen will."

„Natürlich. Alles ist möglich. Aber du wirst ihn nicht bei ihm zuhause treffen, sondern in einem Lokal, in dem andere Leute sitzen. Du wirst ihn nicht mitten in der Nacht, sondern untertags treffen. Du wirst nicht im Supermini und High Heels aufkreuzen. Und wenn du möchtest, kann ich auch in der Nähe oder telefonisch erreichbar sein."

„Weil du selber neugierig bist."

„Sicher bin ich neugierig, es ist doch auch spannend."

„Aber was mache ich, wenn ich enttäuscht bin? Wenn er so gar nicht das ist, was ich erwarte?"

„Was erwartest du dir überhaupt? Das klingt ja, als würdest du einen tollen Lover vor Augen haben."

„Nein, ganz und gar nicht." Lu erzählt Gunther von ihrer Vorstellung: der ältere Herr in Schnürlsamthosen. Gunther nickt, dann zuckt er mit den Schultern. „Wenn er nicht so ist, dann ist er eben anders. Aber deshalb ist er nicht schlechter oder besser oder sonst etwas. Es kann alles sein, es kommt drauf an. Ob man sich traut oder nicht. Ich kann mich erinnern, ich habe mal ein Mädchen getroffen, das ich übers Netz kennen gelernt habe."

„Du?", fragt Lu erstaunt. „Davon hast du mir nie erzählt."

„Natürlich hab ich dir nichts davon erzählt. Du mit deiner Neugierde, das hätte ich nicht ausgehalten."

„Ja und was ist passiert? Auf welcher Homepage warst du überhaupt? Und warum?"

„Auf jetzt.at. Ist schon länger her. Ich wollte wissen, wie das so ist. Also habe ich es auch ausprobiert."

„Ja und weiter?"

„Nichts weiter, wir haben uns einige Male gemailt und uns dann getroffen, kurz geplaudert, es war auch ganz nett und irgendwann haben wir uns wieder getrennt. Das war's."

„Und worüber habt ihr gesprochen? Habt ihr euch danach nie mehr gehört?"

Gunther seufzt. „Siehst du? Genau deshalb habe ich es dir nicht erzählt. Das ist jetzt mehr als ein Jahr her, glaubst du, ich weiß das noch so genau? Wir haben uns an einem Abend in einem Gürtellokal getroffen. Und gemailt haben wir uns alles Mögliche. Es war ganz lustig. Aber das Treffen war nicht so berauschend."

„Und dann warst du enttäuscht."

„Enttäuscht ist übertrieben. So tragisch ist es ja auch nicht. Du bist unsere Drama Queen." Gunther lächelt und zwinkert Lu zu.

„Ja, du hast Recht."

„Soll ich mitgehen?", fragt Gunther.

„Nein. Ich glaube das muss nicht sein. Oder? Ich weiß auch nicht."

„Du kannst mich ja noch anrufen." Lu nickt.

Sie wird ihn treffen, ja, ganz bestimmt. Einfach hingehen, kein großes Theater, nichts mit Drama Queen. Am Abend wird sie ihm ein Mail schreiben. Jetzt muss sie nur noch überlegen, wo sie sich treffen könnten.

Wenigstens diese Entscheidung hätte er ihr abnehmen können. Er hat von einem Café gesprochen. Aber welches Café? Ein kleines, kuscheliges? Eines, das vor allem ältere Leute besuchen und das vielleicht ein bisschen mieft, aber dafür Atmosphäre hat? Oder doch lieber etwas Moderneres, damit er nicht glaubt, sie halte ihn für einen verkorksten alten Herrn, der ins Altersheim gehört?

Und was, wenn er eben nicht ihren Erwartungen entspricht? Wenn er ein romantisches Date erwartet in einem schummrigen Lokal mit Kerzenschein und das mit der roten Rose und dem Klischee entspricht der Wahrheit, warum nicht? Er will sie verführen, mit ihr ins Bett, warum denn nicht, am Ende war es vielleicht doch nur eine einfache, aber erfolgreiche Anmache, der Versuch, der Einsamkeit zu entgehen, auch der körperlichen.

Nein, nein, alles Blödsinn. Sie muss sich nur auf ihr Gefühl verlassen und ihr Gefühl sagt, dass er ein netter alter Mann ist, ja, das ist er und sie gibt ihm so lang die Chance, einer zu sein, bis er ihr gegenüber sitzt in einem Lokal, das sie sich aussuchen wird. Ganz einfach.

„In welchem Café kann man einen netten, älteren Herrn treffen?", fragt Lu, streckt ihren Rücken durch und hebt den Kopf, um Maria zu sehen.

„Was bitte?" Maria sieht Lu ebenfalls über den Computer hinweg an.

„Ein Lokal, in dem man einen älteren Mann treffen kann."

„Was für einen älteren Mann?"

„Das weiß ich noch nicht." Maria steht auf, stützt sich mit den Handflächen auf ihrem Schreibtisch ab und beugt sich zu Lu hinüber. „Jetzt machst du mich aber neugierig. Wen? Wie alt? Warum?"

Lu räuspert sich. „Ein Onkel, den ich aber noch nie gesehen und den ich ganz gern kennen lernen möchte", lügt sie.

„Ach so." Maria klingt enttäuscht – doch keine spannende Geschichte. „Na ganz einfach, irgendwo in seiner Nähe, damit er nicht mühsam herumkutschieren muss. Wo wohnt er denn?"

Tolle Hilfe. „Irgendwo in Floridsdorf oder so. Aber er hat gemeint, er würde gern mal wieder woanders hin. In die Stadt vielleicht."

Maria setzt sich wieder. „Naja, ich weiß nicht", sagt sie und verschwindet wieder hinter ihrem Computer. „Café Landtmann vielleicht?"

„Zu viele Politiker", antwortet Lu.

„Café Sperl? Sacher?"

„Zu viele Touristen."

Maria rollt mit ihrem Schreibtischstuhl auf die rechte Seite und sieht Lu an. „Ich hab's. Café Museum. Und aus."

Café Museum. Während der Studienzeit war Lu oft dort. Obwohl sie es furchtbar fand. Das Getue um die Wiener Kaffeehäuser hat sie nie verstanden. Natürlich, die alten, großen Räume, die kleinen Nischen und die riesigen Luster waren beeindruckend. Aber die grantigen Kellner, die überteuerten Preise, die muffige Luft und die alte, verstaubte Einrichtung – was war daran so besonders? Aber für das Treffen ist das Café Museum perfekt. Es zeugt von Qualität, Intellekt und Charme. Es passt zu Noone, ganz bestimmt.

„Super Idee, danke!"

„Na bitte, geht doch", sagt Maria und rollt wieder hinter den Computer zurück.

Am Abend setzt sich Lu vor den Computer. Sie will ihn nicht am Abend nach der Arbeit treffen. Das hat zu sehr den Anschein eines Rendezvous. Außerdem muss sie in den nächsten Tagen unter der Woche viel arbeiten. Also Samstag oder Sonntag. Lu entscheidet sich für Sonntag. Dann noch die Uhrzeit: Nicht zu früh, aber auch nicht zu spät. Also 3 Uhr.

Lu öffnet Noones letztes Mail noch einmal und klickt auf „Antworten".

Von: alleswirdbesser@gmx.at an noone@hotmail.com
9. Juni 2009 21:25:14
diesen sonntag, 15 uhr, café museum. wir werden uns schon erkennen.

Sie schickt es ab. Gunther wäre stolz auf sie: Sie hat nicht geschwafelt, sondern ganz schlicht einen Termin genannt. Lu sieht auf den Bildschirm, als könnte sie ihn hypnotisieren und zwingen, eine Antwort von Noone auszuspucken.

Nichts passiert, obwohl Lu nach einiger Zeit alle fünf Sekunden die „Empfangen"-Taste drückt. Sie sieht auf die Uhr. Es ist viel zu früh für eine Rückmeldung, ganz klar. Im Posteingang findet sich keine wichtige neue Nachricht, weder Marion, noch Erich oder Brit haben ihr geschrieben. Erich ist wahrscheinlich mit der Trennung von seinem Kanzleipartner beschäftigt, Brit ist sicher zu müde und erschöpft, um ein Mail zu schreiben. Morgen will Lu sie und Raoul treffen. Sie zuhause besuchen, am Abend, wenn sie aus dem Krankenhaus kommen. In der Wohnung, wo das Gitterbett schon wartet.

Von: alleswirdbesser@gmx.at an crazybrain@gmx.at

9. Juni 2009 22:21:12

hallo marion, ich warte auf eine nachricht von dir, aber wenn ich in meinen posteingang guck, ist nichts da. ☹ aber dafür hab ich eine andere nachricht bekommen. du wirst es nicht glauben, aber der e-mail-schreiberling hat sich wieder gemeldet und du wirst es noch weniger glauben, aber er will mich sehen! ich hab ewig hin und her überlegt. zuerst wollte ich ihn nicht treffen, aber du kennst mich ja, neugierig wie ich bin, habe ich mich doch dazu entschlossen: ich werde ihn treffen!

hab als treffpunkt das café museum am sonntag um 15 uhr vorgeschlagen. bin neugierig, was er drauf zurückschreibt. komischer typ. er hat gemeint, er hätte einfach nicht mehr gewusst, was er mir schreiben soll. und dass er nichts mehr zu erzählen hatte und immer vor dem computer saß und meine nachrichten sah, aber keine antwort wusste. ich weiß nicht, ob ich ihm glauben soll. Obwohl, ich weiß ja genauso wenig, ob der rest der ganzen sache stimmt. aber das werde ich dann ja hoffentlich herausfinden und ich werde es dir ganz genau erzählen. schade, dass du nicht da bist, ich würde so gern mit dir reden … gehst mir ab ☹☹☹

bei brits baby gibt es gibt es leider noch nichts neues. ich treffe sie und raoul morgen. ich bin ziemlich nervös, es ist schon komisch, sie sind beide so betroffen und man kommt sich selbst ganz weit weg vor, ich weiß auch nicht. das baby ist so winzig und zerknautscht, das gesicht schaut aus wie das eines uralten menschen. und ich weiß auch nicht, was ich ihnen sagen soll. dass alles gut wird usw. aber was wenn eben nicht? raoul hat außerdem seinen job verloren, die beiden sind echt am semmerl. dafür – hab ich dir eigentlich erzählt, dass ich das geld von papa genommen hab? da schaust, was? ich hab mich entschieden. habe es raoul und brit gegeben. jaja, während du nur auf dich selbst schaust und damit deine reisen finanzierst, gebe ich es eben an leute weiter, die es wirklich brauchen. hast jetzt eh ein schlechtes gewissen? ☺ gut so!

bei uns ist es jetzt nach elf. und ich werde wahrscheinlich die ganze nacht wach sein und mir vorstellen, wie ich den noone treffe und was ich sagen werde und

wie er reagieren wird und was ich bestellen soll usw. ich trau mich auch gar
nicht, den computer zu verlassen, weil ich irgendwie damit rechne, dass er sich
doch noch meldet und dann möchte ich da sitzen. um ja nix zu verpassen. schon
blöd, nicht?
meine liebe schwester, ich denke an dich. melde dich bald.
lg bu lu

Bevor sie das Café betritt, macht sie ihre Frisur noch einmal
zurecht. Sie trägt Jeans, eine blaue Jacke, schwarze Schuhe.
Nicht zu sportlich, nicht zu elegant. Er soll nicht denken, das
Treffen wäre ihr nicht wichtig genug, dass sie im Freizeitlook
kommt. Genauso wenig will sie, dass er glaubt, sie hätte sich
für ihn zurechtgemacht.

Die Tür quietscht. Noch einmal blitzt in ihrem Kopf auf,
dass vielleicht ihr Vater im Lokal sitzen könnte. Oder Pinz.
Erich. Thomas?

Sie steht vor der Kuchenvitrine. Topfenstrudel, Sacher- und
Nusstorte, Cremeschnitte. Sie macht einen weiteren Schritt,
setzt den Fuß vom Fußabstreifer auf den alten Parkettboden,
der knarrt. Gleich links von ihr ist ein Tisch mit einem Mann
besetzt, der eine große Zeitung in der Hand hält. Ist er das?
Der Mann sieht nicht auf, er ist alt, trägt einen Vollbart, raucht.
Doch er scheint sich nicht für den neuen Gast zu interessieren
und auf niemanden zu warten. Auf der rechten Seite, neben
der Kuchenvitrine sitzt ein Touristen-Paar, dahinter zwei Männer, die sich unterhalten, dann ein weiteres Paar, eine Frau allein an einem Tisch und daneben ein junger Mann, der nervös
auf die Uhr schaut. Das Lokal ist gut besucht.

Sie sieht auf die andere Seite: Ein älteres Damenpärchen,
ein Mann und eine Frau sowie ein Tisch, um den vier Leuten
sitzen. Zwei Frauen mit einem Kinderwagen.

Der junge Mann. Es gibt keine andere Möglichkeit. Sie sieht ihn genau an, er kommt ihr nicht bekannt vor. Auch er sieht nicht zur Tür, aber er wartet auf jemanden und er ist nervös. Eindeutig. Obwohl – vielleicht ist er ja noch gar nicht da und der Mann wartet auf eine andere. Warum nicht? Sie hätten doch ein Erkennungszeichen ausmachen sollen. Aber nein, Lu musste natürlich wieder einmal ganz pathetisch feststellen: Wir werden uns bestimmt erkennen. Das hat sie jetzt davon. Selber schuld. Genug. Sie wird jetzt einfach hingehen. Genau. Drauflosgehen und fragen: Guten Tag, haben wir uns gemailt? Peinlich, ganz klar. Aber sie hat schon Peinlicheres erlebt. Also los jetzt.

Der junge Mann sitzt im Eck auf einem roten Stuhl. Er trägt ein giftgrünes T-Shirt, das sich mit der Wandfarbe schlägt. Er ist jung, wahrscheinlich sogar unter fünfundzwanzig. Kann jemand in dem Alter solche Mails schreiben und diese Erfahrungen gemacht haben? Depressiv schaut er nicht aus. Er ist leicht gebräunt und hat dunkelblondes kurzes Haar und seine Arme sehen unter dem kurzärmeligen T-Shirt trainiert aus. Geht Noone etwa ins Fitnesscenter?

Sie bleibt wenige Schritte vor ihm stehen, er sieht sie an, dann wieder aus dem Fenster. „Entschuldigung", sagt eine Stimme von links.

„Ja bitte?", fragt Lu und sieht die Frau am Nebentisch an.

„Hallo, Luise. Wir wollten uns heute hier treffen."

An einem eisigen, verregneten Novembertag schwindelte Lu sich in eine Vorlesung. Sie hatte sich fest vorgenommen, dieses Semester endlich mal weiterzukommen. Und sie wäre pünktlich gewesen, hätte sie ihren Schirm gefunden, wäre der Müllsack nicht gerissen und die Straßenbahn nicht vor ihrer

219

Nase abgefahren. Dass daraus gleich eine halbe Stunde Verspätung wurde, lag daran, dass sie einen Kollegen getroffen hatte, mit dem sie kurz plauderte. Sie setzte sich also unauffällig auf einen freien Platz neben einer Studentin. Sie nickte ihr zu, die andere nickte zurück.

„Worum geht's?", flüsterte sie. Die andere erklärte.

„Oh, alles klar", sagte Lu und verstand kein Wort. Sie hatte die Vorlesung schon zweimal versäumt. „Du, sag mal", fragte sie zögernd, „warst du die letzten Male da? Hast du vielleicht eine halbwegs gute Mitschrift, die du mir borgen könntest?"

Die junge Frau nickte. „Ja, sicher". Sie trug einen grauen, zu großen Pullover. Ihre Figur konnte man darin nicht erkennen. Ihr Haar war schön, lang und dunkel, sie hatte es aber unordentlich in Nacken zusammengebunden. Sie war blass und hatte eine spitze, interessante Nase. Sie wäre sicher sehr hübsch, nur müsste sie sich ein bisschen besser stylen, dachte Lu.

Sie streckte ihr die Hand unter dem Tisch entgegen. „Ich bin übrigens Lu, hi."

„Karen."

„Komischer Name", rutsche es Lu heraus.

„Ich weiß", lächelte die andere.

Am Ende der Vorlesung tauschten sie Telefonnummern und E-Mail-Adressen aus.

Zwei Tage später schickte Karen ein Mail an Lu mit der Mitschrift als Anhang. Lu bedankte sich, schrieb zurück, dass sie unbedingt einmal gemeinsam etwas essen oder trinken gehen müssten. Karen antwortete, sie würde sich über ein Treffen freuen und hätte so gut wie immer Zeit, Lu solle einfach sagen, wann es ihr ausginge.

Dann flog Lu für vier Tage nach Barcelona, dann war sie krank, dann hatte sie immer etwas vor und dann war es ihr unangenehm, sich so lang nicht gemeldet zu haben. Wann immer sie Karen auf der Uni entdeckte, versteckte sie sich und wechselte den Platz, einmal verließ sie sogar ein Seminar wegen ihr.

Lu setzt sich an den Tisch. Sie ist zu verwirrt, um etwas zu sagen, doch die Frau übernimmt das Reden. „Ich weiß nicht, ob Sie mich noch kennen. Wir haben uns auf der Uni kennen gelernt, das ist schon Jahre her. Mein Name ist Karen."

Lu starrt die Frau an, sie sagt kein Wort, ist noch immer geschockt, dass vor ihr kein alter Mann sitzt, nicht einmal ein junger Mann, sondern eine Frau, die ihr irgendwie bekannt vorkommt, doch die Erinnerung ist undeutlich und weit weg. „Ja, ich glaube", stammelt sie und Karen fährt fort.

„Bei einer Vorlesung von Professor Bock. Ich habe Ihnen meine Mitschrift geschickt." Lu schafft nur ein langsames Nicken. Sie betrachtet die Frau genauer. Ihr Haar ist glänzend schwarz. Sie hat es im Nacken mit einem schwarzen Haarband aus Samt zusammengebunden. Ihr brauner Pullover sieht alt und abgetragen aus, ebenso die Jeans. Um ihren Hals hat sie ein beiges Tuch gewickelt. Sie lächelt schüchtern und auf ihren blassen Wangen breitet sich eine zarte Röte aus. „Ich muss mich bei Ihnen entschuldigen. Ich habe Ihre E-Mail-Adresse nicht aus einem Verteiler."

„Ach nein …?" Noch immer herrscht in Lus Kopf ein großes Chaos, sie muss ihre Gedanken ordnen, bevor sie mehr sagen kann. Karen wendet den Blick von Lu ab, sieht auf das Mineralwasserglas.

„Ich habe mir Ihre Adresse gemerkt. Von früher." Sie spricht leise. Ihre Stimme ist zart und angenehm.

„Was kann ich Ihnen bringen?", fragt der Kellner und blickt auf Lu, die nicht antwortet. „G'nädige Frau?", sagt er lauter.

„Eine, eine Melange", murmelt Lu und sieht ihn erschrocken an. Er geht wieder.

„Sie haben sicher viele Fragen", sagt Karen, sie sieht noch immer auf den Tisch, fährt mit den Nägeln ihrer Zeigefinger den Zuckerstreuer entlang.

Fragen? In Lus Kopf schwirren Unmengen von Fragen. Warum die Mails? Wieso das Treffen? Stimmt die Geschichte überhaupt? Wann hat sie die Großmutter verloren? Woher kommt sie? Was arbeitet sie? Wo lebt sie? Warum wollte sie zuerst anonym bleiben und am Ende doch ein Treffen? Warum jetzt? Hat sie sich damals in der Vorlesung in Lu verliebt? Von wegen Fragen, Lu weiß gar nicht, womit sie anfangen soll. Doch sie schweigt, schüttelt den Kopf. „Ja, zu viele", flüstert sie.

Karen nickt und kratzt am durchsichtigen Glas des Zuckerstreuers.

„Bitteschön, die Melange." Lu zieht Karen den Zuckerstreuer grob unter den Nägeln weg, damit sie endlich aufhört und dieses schreckliche Schab-Geräusch ein Ende hat. Sie kippt viel zu viel Zucker in ihre Tasse, rührt aber nicht um, sondern nimmt sofort einen Schluck. „Jedenfalls, jetzt sitze ich hier. Also?" Lu vermeidet es, Karen anzusehen. Sie betrachtet den jungen Mann, den sie für den E-Mail-Schreiber hielt und zu dem sich in der Zwischenzeit eine junge Frau gesetzt hat. Er hält ihre Hand und küsst sie.

Als Lu ihr doch ins Gesicht schaut, lächelt die Frau schüchtern. Doch Lu lächelt nicht zurück, sie ist wütend, sehr wütend

und sie hat das Recht dazu. Monatelang hat diese Frau sie verarscht, ihr mit den Mails einen falschen Eindruck vermittelt.

„Ich entspreche wohl nicht ganz Ihrer Vorstellung", sagt
die Frau, ihre Stimme ist so leise, dass Lu sie kaum versteht.

„Gut geraten", faucht Lu zurück. Die Frau zuckt zusammen.
„Was haben Sie sich gedacht, dass ich reinkomme und wir uns
umarmen? Dass ich mich freue?" Lu atmet tief durch, doch
die Luft im Café ist stickig. „Wir lernen uns bei irgendeiner
Vorlesung kennen und dann sehen wir uns fast zehn Jahre
nicht. Auf einmal bekomme ich Mails von Ihnen. Anonym.
Sie locken mich auf eine falsche Fährte. Ich stelle mir einen
armen alten Mann vor. Ganz plötzlich schreiben Sie mir nicht
mehr. Und aus heiterem Himmel bekomme ich doch wieder
ein Mail. Da steht drinnen, dass Sie mich sehen wollen. Was
glauben Sie? Dass ich begeistert bin? Ich weiß ja nicht, eigentlich sind wir ja nicht einmal per Sie, oder?" Lus Stimme hat
sich von Satz zu Satz gesteigert, das Paar am Nebentisch sieht
neugierig zu den beiden Frauen. Auch der Kellner schaut mit
erstauntem Blick auf die Gäste.

„Aber wissen Sie was? Ich will Sie gar nicht mit ‚du' ansprechen. Haben Sie überhaupt eine Vorstellung davon, dass
mich Ihre Mails nicht kalt gelassen haben? Dass ich mich darüber gefreut habe?", sagt Lu, nun deutlich leiser. Unauffällig
rückt das Paar am Nebentisch näher. Sie schluckt und die Frau
gegenüber windet sich in ihrem Stuhl.

„Das habe ich gehofft", sagt sie und räuspert sich.

„Na toll. Sie haben Ihr Ziel erreicht, zufrieden?"

Die Frau schüttelt den Kopf. „Darum ging es nicht. Ich …"

„Waren Ihre Geschichten überhaupt wahr?", fährt Lu dazwischen. „Gab es die Großmutter denn? Oder haben Sie das
alles nur erfunden?"

„Ja, es gab sie. Und es gab das Haus und die Jahre, die ich bei ihr verbrachte. Es gab den Mann aus der Nachbarschaft. Das wenige Geld. Ihre Krankheit und ihren Tod." Karen sitzt kerzengerade in ihrem Stuhl. Lu sinkt immer tiefer nach unten. Sie denkt an Gunther und seine Enttäuschung, vielleicht hätte sie doch ablehnen und das Bild des alten Mannes bewahren sollen. Hätte, würde, sollen.

„Warum wollten Sie mich treffen?", fragt Lu. Der Mann und die Frau gegenüber haben sich von Lu und Karen abgewandt. Sie tuscheln leise.

„Ich habe lange überlegt, was ich auf Ihre Fragen antworten soll. Und nun fällt mir nichts mehr ein."

Lu verschränkt ihre Arme, sie verdreht die Augen. „Ach was."

Die Frau seufzt. Dann holt sie hörbar tief Luft, sie sieht Lu direkt in die Augen. „Ich kann verstehen, dass Sie wütend auf mich sind und ich kann verstehen, dass Sie sich hintergangen fühlen. Aber wir sitzen uns nun gegenüber. Und ich würde mir wünschen, dass Sie nicht aufstehen und gehen. Auch mir haben Ihre Mails viel bedeutet. Viel mehr, als ich erwartet habe." Sie lehnt sich zurück und wirkt erschöpft, ihr Gesicht scheint noch blasser als zuvor. Mit der linken Hand greift sie nach dem Wasserglas, stellt es aber gleich wieder hin. „Ich will Ihnen alles sagen, was ich sagen kann. Aber viele Dinge entstehen einfach und einiges passiert ohne Kontrolle, ohne dass man es vorher plant oder überlegt."

Lu schiebt ihren Stuhl weiter nach vor, sie kreuzt ihre Hände auf dem Tisch. „Dann fangen Sie an."

***

Karen

Warum? Es tut mir leid, dass ich darauf keine befriedigende Antwort habe. Es stimmt, dass ich einsam bin. Ich habe Jahre mit einer alten Frau verbracht, Jahre, in denen ich niemanden gesehen, getroffen oder gesprochen habe. Verstehen Sie mich nicht falsch: Ich weiß, dass ich selbst die Schuld daran trage. Sich nicht um andere zu kümmern, uninteressiert zu sein und das Leben auf eine einzige Person auszurichten rächt sich. Doch die Einsamkeit war nicht der Grund. Wir plauderten damals nett, aber ein weiteres Treffen kam nie zustande. Ich war ihr nicht böse deswegen. Nein, glauben Sie mir, wirklich nicht. Enttäuscht, ja, aber nicht böse.

Dass Luise mir in Erinnerung blieb, hatte wohl auch einen anderen Grund: Sie sagte etwas über ihre Mutter, nur einen Satz. Ich weiß nicht mehr, worüber wir redeten. Sie sagte, ihre Mutter würde Stimmen hören, sich aber nicht helfen lassen. Der Satz prägte sich in meinem Gedächtnis ein, obwohl er zum damaligen Zeitpunkt keine Relevanz hatte.

Ich zog bei meiner Großmutter ein, beendete mein Studium – oder unterbrach es vielmehr. Luise und all die anderen Menschen blieben eine vage Erinnerung.

Nach dem Tod meiner Großmutter lebte ich bei meinen Eltern. Doch schon nach einem Monat wusste ich, dass ich dort nicht bleiben konnte. Ich fühlte mich fehl am Platz, als wäre ich in eine Zeit zurückgekehrt, die längst vorbei war. Also zog ich wieder um, suchte eine kleine Wohnung und kehrte nach Wien zurück. Um weiterzumachen, wo ich aufgehört hatte.

Ich inskribierte wieder, begann mit dem Doktorat und arbeitete nebenbei in einem Callcenter. Obwohl ich jeden Tag Leute traf, lernte ich Niemanden näher kennen. Niemand interessierte mich. Es störte mich auch nicht, allein zu sein. Schließlich wollte ich so schnell wie möglich meinen Abschluss – obwohl ich nach wie vor nicht weiß, was ich damit tun soll. In meiner Vorstellung führte das Doktorat ganz von selbst zum normalen Leben einer Frau meines Alters.

Doch dann kam diese eine Nacht. Ich saß vor meinen Büchern und lernte. Es war ein viel zu warmer Februarabend, ich hatte das Fenster geöffnet. Mein Fenster ging auf einen Hof hinaus, draußen hörte ich Kinder spielen. Ich wunderte mich, dass sie um diese Zeit noch wach waren. Doch es störte mich nicht, im Gegenteil, viel weniger ertrug ich die Stille, die sich am Abend in mein Zimmer schlich. Und dann hörte ich Großmutter. Ich hörte sie nicht wie ein Gespenst oder eine Eingebung, ich hörte sie, als würde sie neben mir stehen. Sie sprach mit mir. Ganz normal. Sie fragte mich: *Mein Mädchen, warum bist du so allein?*

Ich war so erschrocken, dass ich aufsprang und meine Bücher zu Boden fielen. Dann vernahm ich nur mehr die Stimmen der Kinder.

Ich nahm eine Kopfschmerztablette, obwohl mir nichts weh tat. Vielleicht, überlegte ich, hatte ich mich überarbeitet und die Callcenter-Telefonate schwirrten noch in meinem Kopf. Ich stellte mich unter die Dusche. Danach legte ich mich ins Bett, versuchte, meine Gedanken wieder zu ordnen, mich zu sammeln.

Am nächsten Abend drehte ich das Radio auf. Ich hörte eine Sendung über Russland, legte mich aufs Bett und konzentrierte mich auf die Töne, die Stimme, die Musik. Meine Großmutter fragte mich noch einmal: *Mein Mädchen, warum bist du so allein?* Ich sprang nicht mehr auf, ich blieb liegen. Wusste keine Antwort.

Sie kam jeden Abend zu mir, nur wenn ich im Callcenter zwischen den anderen saß, verschonte sie mich. Die Frage war immer dieselbe, doch nun sagte sie jeden Tag etwas dazu. Banalitäten, etwa, dass der Baum vor meinem Fenster so schön wäre. Oder dass sie gern Tee trinkt.

Ich hatte Angst, verrückt zu werden, überlegte, Hilfe aufzusuchen. Doch gleichzeitig war es schön, ihre Stimme zu hören. Ich wollte sie nicht verlieren. Also rief ich keinen Therapeuten, keinen Psychiater und keine Beratungsstelle an. Mir fiel ein, dass mir eine Studentin vor langer Zeit erzählt hatte, dass ihre Mutter Stimmen hörte. Dass die Mutter jedoch Hilfe ablehnte. Ich erinnerte mich an Luise.

So hörte ich meine Großmutter auch weiterhin, ich vernahm ihre alte, kratzige Stimme jede Nacht gegen 23 Uhr. Mit jedem Mal wurde mir der Vorgang vertrauter. Nach etwa zwei Wochen begann ich schon darauf zu warten. Ihre Sätze waren einmal länger, einmal kürzer und es war aufregend wie in einem guten Buch, nicht zu wissen, was sie diesmal von sich geben würde. Bis auf die erste Frage änderten sich ihre Worte immer. Ich freute mich auf den gewohnten Klang ihrer Stimme, auf ihre Sätze, die bis auf den einen nichtssagend waren und mir dennoch gut taten.

Der nächste Abend kam. Ich erwartete die Stimme meiner Großmutter. Sie kam nicht. Ich schloss die Fenster, um von draußen nicht abgelenkt zu werden, drehte das Radio ab und zum Schluss schaltete ich sogar das Licht aus. Nichts. Ich wurde immer nervöser und unruhiger, hielt mir die Ohren zu, vielleicht würde ich dann endlich etwas hören? Doch nichts geschah. Eine ganze Nacht lang blieb ich wach. Am nächsten Tag hatte ich eine Prüfung und ich schaffte es kaum, mich zu konzentrieren. Obwohl ich müde war, legte ich mich am

Abend nicht ins Bett, sondern setzte mich auf den Boden. Ich wollte nicht schlafen gehen, ich wollte sie nicht versäumen. Doch sie sagte wieder nichts. Nach Mitternacht konnte ich meine Augen nicht mehr offen halten und ich schlief ein, träumte von Großmutter, die auf meinem Bett im Schneidersitz saß und fragte: Bist du allein? Bist du allein?

Als ich am nächsten Morgen wieder nichts von ihr hörte, schickte ich das Mail an Luise. Ich schrieb, weil ich das Gefühl hatte, mich jeden Moment selbst zu verlieren, ich schrieb, um meine Großmutter wieder zu hören und gleichzeitig gegen die Angst, verrückt zu werden. Oder war ich es schon, ist es nicht verrückt genug, Stimmen zu hören von einer Toten? Ich schrieb, weil mir die Einsamkeit plötzlich bewusst wurde und Luises Name sowie ihre E-Mail-Adresse in meiner Erinnerung auftauchten, die Adresse, die etwas versprach, an das ich glauben wollte. Ich schrieb, weil sie die Tochter einer Frau war, die Stimmen hörte, weil sie jemanden kannte, jemanden wie mich.

Also schrieb ich. Das war alles.

Als Lu plötzlich eine Nachricht zurückschickte, war ich überglücklich ...

Ich hatte nicht vor, mich für immer hinter einem Kürzel zu verstecken. Glauben Sie mir, ich wollte ihr alles sagen: Wer ich bin und woher wir uns kannten, was ich tue und wie ich lebe, auch Großmutters Stimme wollte ich ihr nicht verschweigen, Stück für Stück sollte sie erfahren, wer sich hinter dem mysteriösen K. versteckte.

Doch ich wollte ihr keinesfalls von Anfang an verraten, wer ich war. Ich hatte ihr nicht das Bild sein wollen, das sie von früher kannte, das sie mit einer Erinnerung verband, die in ihr etwas auslöste – Unbehagen, Langeweile, was auch immer. Ich wollte ein Bild sein, das sie mit ihren eigenen Farben malen und das sie jeden Tag verändern konnte. Ein Mensch, den man sieht, ohne ihn zu sehen. Ein Experiment, vielleicht, ja vielleicht auch das.

Doch dann kam ganz plötzlich eines Abends Großmutters Stimme zurück. Und Großmutter sagte zu mir, *mein Mädchen, du bist noch immer allein*.

Nur an diesem einen Abend hörte ich sie und nicht mehr als diese Worte. *Mein Mädchen, du bist noch immer allein*, hallte es durch meinen Kopf und es erfüllte mich mit einer Leere und einer Traurigkeit, die ich nicht deuten konnte.

Tags darauf setzte ich mich wieder vor den Computer, um Luise zu schreiben, doch ich konnte nicht, ich musste an die Worte meine Großmutter denken, die in mir herumspukten wie ein Schlossgespenst. *Mein Mädchen.*

Ich saß vor einer „Neuen Nachricht", für die ich keinen Inhalt fand. Auch am nächsten Tag saß ich vor meinem Computer, doch meine Hände schienen unfähig, Buchstaben zu tippen. Das taube Gefühl meiner Hände änderte sich nicht. Es verging eine Woche und Luise schrieb, fragte, was mit mir los sei, aber ich konnte nicht antworten.

Obwohl ich im Kopf Sätze konstruierte, fanden sie den Weg nicht aus mir heraus, sie schienen alle falsch, sobald meine Finger die Tasten berührten. *Mein Mädchen, du bist noch immer allein*, tönte es durch mich und ich konnte nicht mehr schreiben wie bisher, ich konnte Luises Vorstellung nicht mehr aufrechterhalten, die mir die Möglichkeit nahm, einem Menschen in der Realität zu begegnen. Ich saß vor einer Lüge, mit der ich mir selbst die Möglichkeit nahm, nicht mehr allein zu sein.

Aber Sie haben natürlich Recht, alle Versuche, mich herauszuwinden, befreien mich nicht von der Schuld – oder wollen wir es Betrug nennen, oder sind diese beiden Wörter nicht zu hart für mein Vergehen?

Es brauchte die Stimme meiner Großmutter, um es zu erkennen. Keine Nachrichten mehr. Keine falschen Vorstellungen mehr. Kein geschriebenes Wort mehr. Ich musste Lu treffen.

***

Karen redet. Das junge Paar am Nebentisch geht. Die älteren Damen dahinter gehen. Der Mann mit dem Vollbart, das Touristen-Paar, die zwei Männer, ein weiteres Paar, ein Mann und eine Frau sowie die vier Leute und die zwei Frauen mit Kinderwagen gehen.

Neue Leute kommen: Eine Frau mit einem Hund, zwei Männer, einer davon mit Hut, eine Frau und ein Mann mit zwei Kindern, ein Mann, der sich eine Zigarre anzündet, zwei ältere Damen, beide mit winzigen Hunden, die ein Mäntelchen anhaben.

Lu sieht kein Kommen und Gehen. Karen spricht langsam, stockend. Dazwischen hört sie auf, trinkt. Sie bestellt ein Mineralwasser, dann noch eines, ein drittes. Einmal geht Lu aufs Klo, dreimal Karen. Ihre Stimme beginnt zu krächzen, sie räuspert sich.

„Und nun, nun sind wir hier", schließt Karen ihren Monolog ab.

Danach schweigen beide. Lu hat die Arme vor der Brust verschränkt. Karen bindet ihr Tuch fest um den Hals. Sie sieht jung aus, denkt Lu. Dabei ist sie wie eine alte Frau gekleidet, ihre Frisur ist furchtbar altmodisch und langweilig, so dass man ihr hübsches Gesicht gar nicht erkennen kann. Dabei ist ihr Haar wunderschön. Es glänzt in einem tiefen Schwarz, das sich von ihrem blassen Gesicht abhebt. Wie Schneewittchen, denkt Lu und muss über den Vergleich schmunzeln.

Sie sieht Karen an, noch immer ist sie verärgert. Doch Karens Geschichte hat sie versöhnlich gestimmt. „Sie haben gesagt, Sie können sich erinnern, wie ich von meiner Mutter erzählte. Von den Stimmen, die sie hört. Und dass Sie selbst die Stimme ihrer Großmutter nicht verlieren wollten", sagt Lu. „Wissen Sie, ich habe es noch nie von dieser Warte aus betrachtet. Dass die Stimmen auch etwas Gutes haben können."

Karen sieht erschöpft aus. „Wir können nicht in ihre Mutter hineinsehen", flüstert sie. „Vielleicht ist es für sie ganz anders. Haben Sie denn jemals gefragt, was sie hört? Wen sie hört?"

Lu sieht Karen erstaunt an. „Naja, sicher, irgendwelche Stimmen eben. Hirngespinste, was weiß ich." Erst in dem Moment fällt ihr auf, dass sie damit auch Karen beleidigt, doch was soll's. Sie ist ebenfalls erschöpft, müde, zum ersten Mal sieht sie aus dem Fenster. Sie ist plötzlich hungrig.

„Ich … Luise, ich weiß nicht genau, was und wie ich Ihnen sagen soll, dass es mir leid tut. Ich kann Ihnen die Enttäuschung nicht nehmen, egal, was ich sage. Aber ich … nun, auch wenn ich nicht der alte Mann bin, den Sie erwartet haben, nicht das Leben führe, das Sie sich für mich vorstellten und nicht der Person entspreche, die Sie gern gesehen hätten: Was Sie gelesen haben, war ich selbst, egal, ob ich nun so oder

anders aussehe. Und ich ... Ihre Mails haben mich immer ...
sie waren nicht nur irgendein Zeitvertreib." Sie macht eine
Pause, atmet tief ein und aus. „Wissen Sie, ich habe nie besonders viele Freundinnen oder Freunde gehabt. Das hat mich
nie gestört. Aber seit ich Ihre Mails erhalten habe ... Vielleicht
wurde mir dadurch erst bewusst, wie sehr mir der Kontakt zu
jemandem fehlte. Auch wenn es sehr einfältig klingen mag:
Ihre Nachrichten haben mich bereichert. In einer Art und
Weise, die ich nicht für möglich gehalten hatte." Karen sieht
Lu direkt in die Augen.

Lu trommelt mit den Fingern auf dem Tisch. Sie will nicht
einfach so tun, als wäre jetzt alles gut, vergeben und vergessen, nein, so läuft das nicht. „Das klingt wie in einem schlechten Liebesroman."

Karen senkt den Blick. „Luise, ich kenne Sie nicht gut, aber
vielleicht doch ein bisschen. Und ich weiß, dass Sie vieles ins
Lächerliche ziehen, um sich dahinter verbergen zu können.
Ich, die sich selbst versteckte, bin wahrscheinlich die Letzte,
die Ihnen das sagen darf. Doch ich tue es dennoch: Werten Sie
nicht ab, was ich Ihnen sage."

Lu zuckt mit den Schultern. Sie fühlt sich einerseits ertappt,
andererseits bevormundet. „Wissen Sie was? Lassen wir es
einfach, gut? Wir haben uns gemailt, viel erzählt und uns am
Ende getroffen. Also kein großes Drama, es ist nichts passiert.
Okay?" Sie greift nach ihrer Tasche, holt automatisch das Handy heraus, kein Anruf.

„Okay", meint Karen und aus ihrem Mund klingt es wie
ein Fremdwort.

„Warum sprechen Sie so altmodisch?", rutscht es Lu doch
heraus, obwohl sie vorhatte, nichts mehr zu sagen.

„Sie dürfen nicht vergessen, wie viel Zeit ich mit einer alten Frau verbrachte, die sehr nobel war. Die Umgebung prägt."

Der Kellner serviert den Tisch ab. „Noch einen Wunsch?", fragt er und Lu schüttelt den Kopf.

„Die Rechnung bitte."

Er nickt, zieht seine Brieftasche heraus. „Zusammen oder getrennt?"

„Getrennt", sagt Lu.

Sie zahlen, Lu greift nach ihrer Jacke, die sie über den freien Stuhl gelegt hat. Karen steht auf und nimmt einen eleganten schwarzen Mantel, der ihr jedoch um die Schultern zu weit ist. Sie ist überhaupt viel zu dünn, zu blass, sie sieht ungesund aus. Sie bemerkt Lus Blick. „Er gehörte meiner Großmutter und ist mir etwas zu groß. Aber noch immer sehr schön. Wir haben nicht alles verkauft damals."

Sie lächelt verschmitzt und Lu kommt nicht umhin, ebenfalls zu lächeln, sie fühlt sich wie eine Komplizin, wie eine, die in ein Geheimnis eingeweiht wurde. Die Frauen verlassen das Lokal und bleiben einige Meter davor stehen. „Glauben Sie, sie wird sich wieder melden? Ich meine, Ihre Oma?" Karen lächelt.

„Seltsam, ich habe sie nie ‚Oma' genannt. Ich weiß es nicht, es wäre schön, wenn sie sich wieder meldet." Lu nickt. Sie weiß nicht recht, wie sie sich verhalten soll. Es wäre an der Zeit, Karen die Hand zu schütteln, ihr alles Gute zu wünschen und dann einfach zu gehen und zu vergessen. Doch obwohl Lu zum Zahlen drängte und mit schnellem Schritt aus dem Café eilte, möchte sie Karen nun nicht verlassen.

„Vielleicht wollen Sie mich noch ein Stück begleiten?", fragt Karen und Lu freut sich, zeigt es aber nicht. „Warum nicht", antwortet sie absichtlich ungerührt. Gemeinsam gehen sie durch den ersten Bezirk, ziellos streifen sie an Geschäften vorbei, an Touristen, an Pärchen, Familien. „Manchmal", sagt Karen und schließt für einen kurzen Moment die Augen, „manchmal wünsche ich mich in Großmutters Haus zurück, in die Stille. Hier ist oft alles so hektisch." Sie spazieren über das Kopfsteinpflaster, ein Mann läuft an ihnen vorüber, das Handy ans Ohr gepresst. „Ich bin gleich da", brüllt er ins Telefon. „Die haben mich aufgehalten, aber ich bin schon auf dem Weg, in Ordnung? Zehn Minuten." Seine Schritte entfernen sich und auch seine Stimme wird leiser. Lu und Karen sehen sich an und lachen ganz plötzlich los. „Ja, die Hektik ist ein Hund", kichert Lu. Sie gehen weiter zur Kärntner Straße. Ein blindes Sängerpaar steht vor einem Schuhgeschäft, vor ihnen ein Geigenkoffer, in dem nur wenige Münzen liegen.

„Wo hat Ihre Großmutter gelebt?", möchte Lu wissen.

„In der Nähe von Salzburg. Es war sehr schön, aber auch oft verregnet und windig. Vielleicht habe ich deshalb den Wiener Wind so gern." Schweigend passieren sie den Stephansplatz, drängen sich durch die Menschentrauben.

„Wie konnten Sie das tun? Ich meine, wie konnten Sie alles für eine Frau aufgeben, die Sie nicht einmal besonders mochten? Es kann doch nicht allein wegen dem Haus gewesen sein." Karen steckt die Hände in ihre Manteltaschen. „Nein, Sie haben wohl Recht. Ich habe mich das selbst oft gefragt. Und mehr als einmal bereut."

„Ich kann mir überhaupt nicht vorstellen, mich um jemanden zu kümmern. Das ist ja fürchterlich. Ich kann mir nicht einmal vorstellen, ein eigenes Kind zu haben, das einen ständig braucht. Und dann noch dazu eine ältere Frau! Würde mich meine Mutter fragen, ich würde sofort ablehnen."

„Das glaube ich nicht, Luise." Sie seufzt. „Manchmal kommen die Dinge eben anders als geplant. Und es passiert, wie es passiert. Wissen Sie, auch wenn ich mich oft geärgert habe, ich habe dafür anderes erlebt. Ob es anders besser oder schlechter gewesen wäre, die Frage stellt sich nicht."

„Na immerhin weiß ich, wen ich fragen kann, sollte es soweit kommen", entgegnet Lu und lacht.

„Ja, das können Sie", antwortet Karen und der Klang ihrer Stimme ist ernst.

Es wird kühler und Lus Magen knurrt. „Ich habe auch Hunger", sagt Karen, obwohl sie Lus Magenknurren bei all dem Lärm rundherum gar nicht hören konnte. Lu sieht zu einem Würstelstand.

„Ich sollte nachhause fahren", sagt sie zögernd. „Ich muss morgen früh aufstehen."

„Selbstverständlich", sagt Karen.

„Wo müssen Sie hin?", fragt Lu.

„Hier entlang", sagt Karen und zeigt Richtung Karlsplatz.

„Gut, ich muss genau in die andere Richtung. Also dann, schönen Abend." Lu streckt die Hand aus und Karen schüttelt sie. „Dir auch, Lu."

Nein, sie wird sie nicht nach ihrer Telefonnummer fragen, wozu auch. „Darf ich … ich meine, kann ich Ihre – oder deine – Telefonnummer haben?"

„Ja, sehr gern", antwortet Karen und strahlt.

Lu tippt die Zahlen ein. Sie fühlt sich wieder an eine dumme Liebesgeschichte erinnert. Egal. „Gut, ich, vielleicht melde ich mich, irgendwann." Sie erinnert sich, dass sie das schon einmal gesagt hat.

Karen lacht. „Ja, vielleicht diesmal. Es würde mich sehr freuen." Sie lächeln sich an und Lu dreht sich um, geht so schnell sie kann Richtung Stephansplatz zurück, rennt die Stiegen nach unten und bleibt erst am Bahnsteig stehen. Ihr Handy klingelt, doch sie kann es zunächst nicht finden und als sie es schließlich doch aus der Tasche herauskramt, hat es bereits zu läuten aufgehört. „Mist", flucht sie und sieht auf das Display.

Ein Anruf in Abwesenheit. Vielleicht hat Gunther sie angerufen, oder Erich.

Sie sieht auf das Handy. „Mama" steht auf dem Display.

Mit ihr hat sie nicht gerechnet. Sie drückt die „Anrufen"-Taste.

ISBN 978-3-7082-3290-4

© 2010 by Skarabæus Verlag Innsbruck-Bozen-Wien in der
Studienverlag Ges.m.b.H., Erlerstraße 10, A-6020 Innsbruck
E-Mail: skarabaeus@studienverlag.at
Internet: www.skarabaeus.at

Alle Rechte vorbehalten. Kein Teil des Werkes darf in irgendeiner Form
(Druck, Fotokopie, Mikrofilm oder in einem anderen Verfahren)
ohne schriftliche Genehmigung des Verlages reproduziert oder unter
Verwendung elektronischer Systeme verarbeitet, vervielfältigt oder
verbreitet werden.

Buchgestaltung nach Entwürfen von Kurt Höretzeder, Büro für
Grafische Gestaltung, Scheffau/Tirol
Umschlag: Kurt Höretzeder
Coverbild: miss jones – www.photocase.com
Satz: Skarabæus Verlag/Roland Kubanda

Gedruckt auf umweltfreundlichem, chlor- und säurefrei gebleichtem
Papier.